위령촉루
慰靈燭淚

위령촉루

위령축루 1

강재영 新무협 판타지 소설

초판 1쇄 찍은 날 § 2003년 11월 1일
초판 1쇄 펴낸 날 § 2003년 11월 10일

지은이 § 강재영
펴낸이 § 서경석

편집장 § 문혜영
편집 § 장상수 · 권민정 · 유경화 · 김민정
마케팅 § 정필 · 강양원 · 이선구 · 김규진 · 홍현경

펴낸곳 § 도서출판 청어람
등록번호 § 제1081-1-89호
등록일자 § 1999. 5. 31
어람번호 § 제2-0273호

주소 § 경기도 부천시 원미구 심곡1동 350-1 남성B/D 3F (우) 420-011
전화 § 032-656-4452 팩스 § 032-656-4453
http://www.chungeoram.com
E-mail § eoram99@chol.com

ⓒ 강재영, 2003

값 8,000원

ISBN 89-5505-871-3 04810
ISBN 89-5505-870-5 (SET)

강재영 신무협 판타지 소설

慰靈燭淚
위령촉루

1
갈 길은 간다

도서출판
청어람

시작하며

작년 겨울, 우연히 인터넷에서 GO! 武林(www.gomurim.com)이란 곳을 알게 되었다.

취미를 공유한 사람들이 모인지라 너무나 즐거운 곳이었고, 나이에 관계없이 서로를 반기는 따뜻한 곳이었다.

우연히 이벤트 행사 기간 중 소설을 써보게 되었다. 난생처음 써본 소설. 읽어본 GO! 武林 회원들이 격려해 주었다. 더 써보라고.

인사성 말이었을지도 모를 그 말들에 홀딱 넘어갔다. 순진하거나 멍청했거나…….

그때 GO! 武林에서는 청어람 출판사와 함께 '제1회 신춘무협공모전'을 열고 있었다.

마감 때까지 얼마 시간도 없었건만 마침 하고픈 이야기가 있었다.

생초보 무대포정신. 일단 하고플 때는 하는 것이다.

그런데 당선이라는 사고를 내고 말았다.

세상은 너무나 바삐 돌아간다.

너무 많은 일들이 한꺼번에 일어나고 너무 많은 일들이 한꺼번에 잊혀진다. 잊을 수 없는 일들, 잊어서는 안 되는 일들도 서서히 망각의 저편으로 사라지고 만다.

현실은 너무 복잡다단하다.

수많은 절차와 명분 때문에 정작 해야 할 일을 못할 때가 다반사이다. 누구를 위한, 무엇을 위한 절차와 명분인지 모호할 때가 많다.

그런 것이 싫어 쓰게 된 것이 이 글이다.

잊을 수 없는 일이었기에 잊지 않기 위해 썼다.

허랑한 절차로 진실이 사장된 현실이 싫어 그것이 필요없는 강호의 세계를 그렸다.

하고픈 이야기를 제대로 했는가. 그것이 남은 화두이다.

이 글이 출판되기까지 실로 많은 분들에게 마음의 빚을 졌다.

GO! 武林이라는 가상의 강호무림이 없었다면 무협소설을 써볼 생각을 품지 않았을 것이다. 금강 선생님과 운영진 여러분, 그리고 고무림 강호동도들께 먼저 감사드린다. 부족한 글을 보시며 충고를 아끼지 않으셨던 선배 작가 여러분과 날카로운 비평을 해주셨던 모든 이들께 감사드린다. 마지막으로 헤맬 때마다 중심을 잡아주었던 龍門의 사형제분들께 감사드린다.

이분들이 계셨기에 '위령촉루(慰靈燭淚)'가 나올 수 있었다. 그럼에도 모자란 글이 된 것은 모두 내 탓이다. 나를 아는 사람들에게 부끄럼없이 보일 수 있는 글이 되었는지 다시 반문해 본다. 독자 여러분의 질책과 격려를 기다린다.

愼獨 강재영 拜上

등장 인물

심명조: 천축서림의 원주. 심의령의 할아버지. 유림의 거두.

심의령: 주인공. 부모 없이 두 동생들과 할아버지 밑에서 자람. 열아홉 살이 되던 해에 뜻밖의 운명을 겪게 됨.

심미령: 의령의 첫째 여동생.

심효령: 의령의 둘째 여동생.

냉우: 심의령의 어릴 적 친구(?). 다섯 살 때 코피 터진 것에 앙심을 품고 계속 의령에게 집적거리다 열넷의 나이에 천패궁에 입궁.

서문추월: 심명조의 제자. 심의령 남매가 삼촌이라 부르며 따름.

마우간: 천패궁의 사대천왕 중 일 인.

패일로: 천패궁의 사대천왕 중 일 인.

이가련: 천패궁의 궁모.

손우백: 천패궁 본궁의 청룡단 단주. 개봉지부 연회 행차에 호위대를 인솔.

삼이: 추월각에 살고 있는 꼬마. 목격자.

이무력: 개봉지부 이씨 세가의 장자. 이가련의 오빠.

주소축: 이무력의 장자방.

진영: 이십여 년 전의 사무친 기억으로 무림을 떠나 방랑하던 중 아우들과 우연히 심의령을 돕게 됨.

조온: 진영의 의동생. 독안쾌검으로 불리는 좌수 검객.

차정선: 묵인. 진영의 의동생. 흑창이라 불림.

반류: 진영의 의동생. 암기류의 달인.

유성훈: 진영의 의동생. 귀두도를 사용. 머리카락으로 눈을 가리고 다님.

임교연: 진영의 의동생. 채찍을 사용.

한광후: 심명조와 어깨를 나란히 하는 유림의 대거두. 황하의 치수 사업을 하던 중 의령을 돕게 됨.

서(序)

대의(大義)?
이제 그런 건 중요하지 않아.

다들 잊었지?
난 잊지 않았어.

*

좁은 골목길의 한가운데 두 꼬마가 마주 서 있다.
둘 다 대여섯 살쯤 되어 보인다.

깨끗한 백의를 입고 있는 꼬마가 오른쪽으로 한 걸음 옮겼다.

길을 막아선 파란 비단옷을 걸친 녀석이 똑같이 한 걸음 옮겨 막아 선다.

"비켜!"

"니가 비켜!"

둘은 골목의 한가운데에 버티고 서 두 눈을 부릅뜨고 노려본다.

뭔가 어설픈, 그러나 하염없이 진지해 보이는 긴장이 두 꼬마 사이 를 흐른다.

백의를 입은 아이의 얼굴에 난감한 표정이 스쳤다.

"내가 먼저 왔잖아!"

"이 골목 주인은 나야."

"누가 정했는데?"

"나!"

백의를 걸친 아이의 입에 씨익 장난스런 웃음이 걸렸다.

"웃기지 마."

"너 같은 새끼 웃길 생각 없어!"

"뭐?"

"너 같은 고아새끼 웃길 생각 없다구!"

"뭐야?"

"너, 천추서림에 사는 심의령이란 새끼지? 고아 주제에."

심의령(沈義靈)이라 불린 아이가 입술을 깨물었다.

얼굴이 하얗게 질려 있다.

앞을 막아선 청의를 입은 아이의 얼굴이 의기양양해졌다.

"곧 죽을 할아버지만 있지? 재수없게 고아새끼가 어디서……."

아이의 말은 중간에 끊겼다.

의령의 주먹이 코에 틀어박힌 것이다.

퍽!

아이는 바닥으로 뒹굴었다.

코에서 피가 튀었다.

꼬마들 싸움에서 피를 흘리면 진 것이다. 아이는 코를 훔치다 소매에 묻은 피를 보자 곧 울음을 터뜨렸다.

"우왕!"

의령은 자기 주먹에 피를 흘리는 아이를 보자 왠지 무서워졌다.

빨간 피.

의령은 몸을 돌려 달리기 시작했다.

"그 새끼가 먼저 욕했어요!"

짜악!

"다시 한 번 그대로 말해 봐라, 이놈!"

회초리를 든 조부 심명조(沈冥助)의 칼 같은 음성이 방 안을 쩌렁쩌렁 울렸다.

의령은 눈물을 흘리고 있었다.

"그 새끼가 먼저 욕했어요!"

"이 녀석이 아직도!"

짜악!

의령의 걷어붙인 맨다리에 빠알간 회초리 자국이 그어졌다.

"할아버지가 그대로 말하라고 했잖아요!"

심명조는 순간 당황했다. 손주는 분명히 맞기 전에 말한 그대로 말했다. 그 새끼가 먼저 욕했다고.

"이젠 할아비한테 말대답까지 하느냐!"

짜악! 짜악!

심명조의 회초리질은 사정이 없었다.

"무엇을 잘못했는지 아직도 모른단 말이냐?"

"난 잘못한 거 없어요!"

"허어, 이 녀석이 뭐가 되려고……!"

"그 새끼가 나보고 고아새끼라고 놀렸다구요! 흑, 잘못은 그 새끼가 먼저 했는데 왜 내가 혼나야 해요? 억울해요!"

눈물을 떨구면서도 똘망똘망 항변하는 손주를 앞에 두고 심명조는 마음이 약해졌다. 대견하기도 했다.

'그래, 사내가 그 정도 고집은 있어야 하느니!'

그러나 의령의 장래를 생각하면 이대로 지나쳐서는 안 되는 일. 앞으로도 계속 고아라고 놀리는 아이들이 있을 것이다. 그때마다 주먹을 휘두른다면 커서 무엇이 되겠는가? 심명조는 단단히 마음을 다잡았다.

"사람이 사람을 때리는 것이 얼마나 나쁜 일인지 모른단 말이냐! 내 너를 그렇게 가르쳤더냐!"

"하지만 그 새끼가 먼저…….”

"어허! 언제까지 그런 상스러운 욕을 할 셈이더냐!"

의령은 입을 다물었다.

지금 할아버지는 그의 편이 아니었다.

분하고 억울했다.

할아버지가 원하는 대답을 해야 이 자리를 벗어날 것이다.

하지만 잘못한 것은 없다.

"아직도 네가 잘못한 게 없다고 할 셈이냐?"

"……."

"허어, 이 녀석이!"

"할아버지, 다시는 남을 때리지 않을게요."

어린 손주의 단호한 다짐에 심명조는 깜박 의령이 잘못했다고 말하지 않았음을 잊고 말았다.

눈물에 젖어 반짝이는 손주의 눈에 단단한 고집이 서려 있다.

"좋다. 약속하는 거다?"

의령은 당차게 고개를 끄덕였다.

"그래, 널 믿으마. 나가보아라."

단정히 허리를 숙이고 절뚝이며 방을 나가는 손주의 종아리는 피멍으로 얼룩져 있었다.

심명조의 가슴은 쓰라렸다.

일찍 죽은 아들과 며느리가 원망스럽기만 했다.

"허어……."

*

"우혜혜, 야, 이 고아 년들아! 재수없게 왜 울고 야단이야!"

"저년들 콧물도 흘린다. 에, 더러워."

한 떼의 소년들이 모여 두 여자애를 놀리고 있다.

이제 겨우 열 살 남짓 되어 보이는 어린 두 여자 아이는 서로 끌어안고 구슬프게 울고 있었다.

"효령아, 울지…… 마."

"언니도…… 울잖아. 무서워…… 흑흑."

"이 재수없는 년들이 왜 또 여기서 얼쩡거려? 다시는 이쪽으로 오지 못하게 해."

"밟아!"

소년들의 발이 사정없이 흔들릴 무렵 날카로운 고함이 들려왔다.

"멈춰!"

모두 그 한소리에 동작을 멈추고 후닥닥 뒤로 물러섰다. 약속이나 한 듯.

"오빠!"

"울지 마. 오빠 왔다."

소년들의 뒤에 있던 덩치 큰 녀석이 물었다.

"저놈이야?"

"응, 저 새끼가 심의령이야."

"비리비리한데?"

주먹을 꼭 쥐고 두 여자애들의 앞을 막아선 소년. 열서넛쯤 되었을 까? 허연 얼굴에 궁기라고는 없는 얼굴에 빨간 입술이 여자애 같았다.

"무서운 놈이야."

"주먹을 쓰지 않는다며?"

"그래서 더 무서워."

덩치는 고개를 갸웃했다. 이제까지 남을 때린 적이 없는 놈이라 했다. 그런데 뭐가 무섭다는 걸까?

개봉(開封)에 이사 와서 뒷골목의 또래들을 힘으로 누르자 저놈을 이겨야 대장이라 했다. 녀석들이 말한 대로 여동생들을 몇 차례 괴롭히자 저놈이 나타났다. 아무리 봐도 무서운 놈으로는 보이지 않는데…….

의령은 자신에게 다가오는 덩치를 노려보았다.

"새로 이사 왔냐?"

소년답지 않은 날카로운 물음에 덩치는 얼결에 대답했다.

"으, 응."

"저 녀석이 날 이겨야 대장이라디?"

의령의 손가락을 따라 시선을 돌리자 이 자리를 만들었던 비단옷을 입은 녀석, 냉우(冷雨)라는 소년이 보였다. 자신에게 얻어터지고 난 후 의령을 꺾어야 진짜 대장이라던 녀석.

"그래."

"병신 같은 놈."

"뭐?"

"저 자식보고 한 말이야. 벌써 몇 번째인지 모르겠다. 비켜! 오늘 아주 끝장을 봐야겠다!"

덩치는 인상을 썼다.

이 자식은 무언가 기분이 나쁘다.

"나랑 먼저 볼일이 있어."

의령이 고개를 돌렸다.

"저놈이 널 이용해 먹은 거야. 아직도 모르겠냐?"

"그래도 상관없다. 널 이겨야 대장이란 말은 맞는 것 같으니까."

"그게 그렇게 중요하냐?"

"그래."

의령은 피식 웃음을 지었다.

"그럼 너 해."

"뭐?"

"너 대장 하라구. 난 그런 거 관심없어. 나랑 내 동생들만 건드리지 않으면 돼. 이제 됐냐?"

말을 마친 의령은 냉우라는 소년을 향해 걷기 시작했다. 덩치를 그냥 지나쳐서. 냉우의 얼굴은 이미 시퍼렇게 질려 있었다.

덩치는 그제야 왜 이렇게 기분이 나쁜지 깨달았다.

'이 자식은 날 무시하고 있어!'

덩치의 오른발이 공중에서 회전했다. 아비에게 착실히 배운 권각술. 부드러운 곡선을 그린 오른발은 의령의 등줄기를 발뒤축으로 강타했다.

퍽!

의령은 쓰러지지 않았다.

앞으로 몇 걸음 옮긴 의령은 고개를 홱 돌렸다.

"기어이 해보자는 거냐?"

자신의 발차기에 나뒹굴지 않는 또래를 본 적이 없었던 덩치는 바싹 긴장했다.

'숨도 못 쉬어야 정상인데… 정말 보통 놈이 아니구나.'

"비겁한 자식, 좀 괜찮은 놈인 줄 알았더니 말도 없이 뒤에서 때려?"

덩치의 얼굴이 붉어졌다. 화가 나 저도 모르게 한 짓이지만 비겁한 것은 맞았다. 더 화가 났다.

"이익!"

덩치의 손발이 의령을 향해 쏟아져 내렸다.

이제까지 배운 투로는 몽땅 까먹은 채 되는대로 손발을 내뻗었다.

이상한 것은 의령이었다.

얼굴만 빼고는 모두 그대로 맞고 있었다.

얼굴을 향해 날아드는 손발만 탁탁 쳐낼 뿐.

의령의 새파랗게 빛나는 눈을 보며 덩치는 차츰 질려갔다.

얼마나 때려댔는지 점점 숨이 가빠져 왔다.

그런데 맞는 상대는 호흡 하나 흐트러뜨리지 않고 있었다.

"헉헉!"

한참을 혼자 주먹질한 덩치가 숨을 몰아쉬며 동작을 멈추었다.

"다 했냐?"

의령은 바닥에 뒹구는 어른의 주먹만한 차돌멩이 하나를 집어 들었다.

'이 자식이 돌멩이로……?

뒷걸음질치는 덩치.

"겁먹지 마, 이걸로 치진 않으니까. 눈깔 똑바로 뜨고 잘 봐라."

기합 소리도 없었다.

깡!

가볍게 내려친 의령의 손날에 차돌멩이는 두 쪽으로 힘없이 갈라졌다.

덩치의 눈이 커졌다. 저런 건 외공을 익힌 아버지도 기합을 내지르며 하는 일이었다. 저 손에 맞으면……. 다리에 힘이 빠졌다. 덩치는 그 자리에 스르르 주저앉았다.

"너, 대장 노릇 실컷 해. 대신 나나 내 동생은 건드리지 마. 경고다."

그 말을 끝으로 의령은 몸을 돌려 냉우를 손가락으로 가리켰다.

“너, 일루 와.”

움찔한 냉우가 몸을 떨었다.

“일루 와!”

비 맞은 생쥐마냥 풀이 죽은 냉우가 주춤주춤 다가왔다.

다섯 살 때 맞은 이후 이놈은 한 번도 자길 때린 적이 없었다. 그런데도 항상 이놈에게 눌려 지내왔다. 분했다.

“야, 냉우.”

“…….”

“대답해!”

화들짝 놀란 냉우가 대답했다.

“으, 응.”

“너, 언제까지 이런 유치한 짓 계속할래?”

의령은 냉우의 귀를 잡아채 자신의 입에 갖다 댔다.

“으윽!”

의령의 속삭임이 나직하게 들렸다. 냉우에게만 들렸다.

“야, 너 설마 내가 널 때릴 줄 몰라서 가만 놔둔다고 믿는 거냐? 할아버지하고 약속만 안 했으면 넌 진작에 작살났어. 너 진짜 어디 병신 되고 싶냐?”

살짝 웃음을 머금고 자신에게 속삭이는 의령의 목소리에 냉우는 몸을 떨었다. 이렇게 의령이 정면으로 자신을 위협하기는 처음이었다.

“니 아부지한테 일러봤자 내가 니들한테 손가락 하나 대지 않는다는 건 개봉 사람들이 다 알아. 아무도 몰래 내가 널 병신 만들어도 누구하나 날 지목할 사람은 없어. 그거 알고는 있냐?”

그랬다. 의령은 또래 친구는 없었지만 온 개봉 어른들이 칭찬하는 반듯한 놈이었다. 그래서 더 싫었다. 항상 놈과 비교되는 자신이 싫었다. 냉우는 수치감에 부들부들 몸을 떨었다.

"내 꼴 보기 싫으면 니가 딴 데로 가. 분명히 경고한다. 한 번 더 내 동생들 울리면 넌 병신 되는 거야. 알았어?"

냉우가 아무 소리도 하지 않자 의령은 다시 한 번 재우쳐 물었다.

여전히 속삭였다.

"대답해. 알았어?"

"으, 응."

냉우의 귀에서 손을 뗀 의령은 다른 소년들을 찬찬히 둘러보다 발걸음을 옮겼다.

울음은 멈추었지만 놀람은 가시지 않은 여동생들의 눈시울을 닦아주었다.

"놀랐지?"

"응, 오빠는 괜찮아?"

의령은 밝게 웃었다. 티끌 한 점 없는 가을 하늘을 닮은 맑은 웃음.

"오빠 끄떡없어. 미령아, 효령아, 집으로 가자."

"으응."

미령은 자리에서 일어났으나 막내 효령은 몸을 휘청였다.

의령은 효령을 등에 업고 뒤도 돌아보지 않고 걸어갔다.

그 옆을 미령이 총총거리며 따랐다.

삼 남매가 멀어져 간다.

'두고 보자!'

냉우는 부드득 이를 갈았다.

'네놈을 꼭 발 아래 꿇리고 말겠다!'

냉우는 며칠 후 개봉부의 갑부인 아버지를 졸라 정식으로 무공을 배우기 위해 강호 최대 방파인 천패궁에 입궁했다.

덩치는 풀이 죽어 지내다 떠돌이 무사인 아비를 따라 개봉을 떴다.

아무도 의령과 동생들을 괴롭히지 않는 평화로운 개봉부.

그날의 기억은 쉽게 소년들의 머리 속에서 사라져 갔다.

그 나이 때는 시간이 빨리 흐른다.

그렇게 몇 년이 후딱 지났다.

1장 낙화(落花)

짙푸른 창공이 서서히 붉게 물들고 있다.

지붕 위에서 동녘 하늘을 보고 있는 소년.

붉은 입술, 하얀 얼굴, 긴 머리.

이제 열아홉이 된 의령이다.

천추서림(千秋書林)의 내원에서 맞는 상쾌한 아침.

의령은 두 손을 머리 위로 치켜 올리며 힘껏 기지개를 켰다.

"으……."

온몸에서 뿌드득 관절 뒤틀리는 소리가 났다.

여름답지 않은 시원한 산들바람이 불었다.

　의령은 손을 들어 치렁한 머리를 뒤로 빗어넘겼다. 길게 헝클어진 머리가 바람을 맞아 가볍게 살랑대었다. 아침 밥을 먹기 전에 단정히 동여매어야 할 머리였지만 의령은 이렇게 멋대로 풀어헤쳐 놓는 것을 더 좋아했다.

빠알간 해가 머리를 내밀기 시작했다.

의령이 참으로 좋아하는 풍경.

어느덧 태양이 황금빛으로 빛나기 시작했다. 더 이상은 태양을 직시할 수 없었다.

아쉬움에 눈을 돌리던 의령의 눈빛이 번쩍 빛났다.

멀리 외원의 담을 넘는 두 명의 그림자가 눈에 잡힌 것.

"저것들이 이젠 아침부터!"

느긋하던 얼굴에 하얀 선이 그어졌다.

의령의 신형이 지붕을 한숨에 뛰어내려 순식간에 멀어져 갔다.

"언니, 빨리빨리 좀 움직여!"

"어."

"아이참, 왜 그렇게 굼떠? 확 뛰어내리라니까!"

"너무 높잖아."

"나도 뛰어내렸잖아! 언니도 할 수 있어!"

미령은 위태위태하게 외원의 담 위에 걸터앉아 있었다.

한 길이 넘는 담.

긴장을 하면 몸이 경직된다. 평소에 잘 하던 행동도 잘 되지 않는다. 지금 미령의 상태가 그러했다.

효령은 이미 담에서 뛰어내려 미령을 재촉하고 있었다.

미령은 올해 열여섯, 효령은 열다섯.

친구 같은 자매.

담도 함께 넘는다.

"그냥 눈 딱 감고 뛰어내려! 아무렇지도 않다구!"

효령의 말에 미령은 눈을 감았다.

귀엽게 생긴 얼굴이 긴장으로 파르르 떨린다.

톡톡.

미령은 그 순간 어깨를 두드리는 작은 느낌에 미소를 지었다. 효령이 다시 올라온 모양이다. 귀여운 것!

"눈 감고 뛰어내리면 다친단다."

"꺅!"

너무나 귀에 익은 그 목소리에 미령은 자지러질 듯 놀라 저도 모르게 담에서 미끄러졌다.

턱!

미령은 고소한 땅 냄새를 맡기도 전에 누군가에게 붙잡혀 담 위에 대롱대롱 매달리고 말았다.

눈을 떴다.

효령의 울상으로 변한 얼굴이 보인다.

"막내야, 올라와야지?"

부드러운 음성이 머리 위에서 들린다.

일그러진 효령의 얼굴이 점점 멀어진다.

의령의 손에 위로 끌어 올려지는 미령을 보며 효령은 눈을 감았다.

'죽었다!'

효령은 미령과 나란히 서서 눈알을 굴리고 있었다.

오빠에게 들킨 이상 무사히 빠져나가기는 글렀다.

평소에는 더없이 자상한 오빠지만 하지 말라고 한 것을 하면 미친

개처럼 돌변하는 이중인격자.

눈앞에서 왔다 갔다 하며 서서히 긴장감을 높이고 있는 의도된 수법. 뻔한 수법이지만 항상 당한다. 언니를 믿는 수밖에. 평소엔 맹한 구석마저 있는 언니는 이상하게 화난 오빠를 잘 다루었다.

"눈알 굴러가는 소리 들린다."

효령은 찔끔했다.

'소리가 들리긴? 내가 앤 줄 알어?'

"들린다면 들리는 거야."

"헉!"

의령이 고개를 홱 돌렸다.

찔끔해 있는 효령이 아니라 미령의 앞으로 다가섰다. 두 동생이 함께 말썽을 부리면 의령은 항상 미령을 혼내었다.

"미령아."

"으응, 오빠."

"오라버니!"

"오, 오라버니."

"네 나이가 올해 몇이냐?"

"열… 여섯."

"그 나이에 어제 들은 말을 까먹으면 되겠니?"

"……."

"어제 이 오라버니가 뭐라 그랬냐? 한 번만 더 담을 넘다 걸리면 어떻게 한다 그랬지?"

"……."

"대답해! 어떻게 한다 그랬지?"

의령의 추궁에 미령은 하늘로 고개를 들었다.

골똘히 생각하듯 고개를 갸웃하더니 옆으로 가로저었다.

"기억 안 나."

"뭐?"

"기억 안 나. 효령아, 넌 기억나니?"

순진한 얼굴로 고개를 돌린 미령이 가만히 효령을 응시했다.

의령이 안 보이게 오른쪽 눈을 깜찍하게 감는다.

왼쪽 얼굴에는 전혀 표정의 변화가 없어 의령은 알 수가 없었다.

'아아! 언니, 존경해! 난 언니를 따라가려면 아직 멀었어!'

"아니! 나도 기억 안 나는데?"

효령도 순진한 얼굴로 도리도리 고개를 저었다.

의령의 얼굴이 구겨졌다.

'이것들이!'

의령이 호통을 치려는 찰나 미령의 부드러운 음성이 앞을 막았다.

"할아버지가 그러셨잖아, 모든 학문의 출발은 호기심이라고."

분위기에 어울리지는 않지만 미령의 말에 의령은 고개를 끄덕였다. 분명 그렇게 말씀하셨다.

"그렇지. 하지만 이 일과는……."

"큰 상관이 있어, 오빠."

의령의 말을 재빨리 가로챈 미령은 쉴 새 없이 말을 쏘아대기 시작했다. 학문과 관계된 말이 나오자마자 미령은 이제까지의 다소 어눌하던 어투에서 벗어나 날카로운 예기가 풀풀 풍기는 말투를 구사했다. 주먹을 불끈 쥐고 결의에 가득 차 하늘을 보며.

"오빠도 알다시피 음양학(陰陽學)에서 출발하는 양택(陽宅) 풍수(風

水)는 건축에 있어 기본이 되는 원리를 제공해. 하지만 나는 그것에 의문이 들었어. 건물에 가장 중요한 것은 역시 효율과 기능이 아닐까? 그것을 증명하기 위해선 철저한 실측(實測)이 선결 요건일 거야. 그래서 난 효령이와 함께 천추서림의 모든 지물을 실측해서 그것을 그림으로 옮기기로 했어. 한번 마음먹으면 언제라도 실행에 옮겨야 하는 것이 우리 심가(沈家)의 전통이잖아. 비록 새벽이지만 난 효령이와 함께 천추서림의 외곽부터 실측하기로 하고 문지기 아저씨를 깨우기 싫어서 담을 넘었어. 불타는 학문에 대한 열정! 오빠도 말했잖아, 한번 시작하면 끝을 봐야 한다고! 그래서 우리는 이 새벽에 담을 넘어야 했던 거야!"

의령의 눈이 가늘어졌다.

"하지만 그것을 증명하는 데 필요한 것은 실측이……."

"아이참! 그런 게 뭐가 중요해! 오빠 때문에 기껏 생긴 호기심이 저리로 날아갔잖아! 아, 김새. 우리는 할아버지께 문안 인사나 드려야겠어. 오빠가 우리의 건축에 대한 열정을 강제로 꺾어버렸다는 걸 할아버지께 상세히 말씀드릴 거야!"

"그건 그거고 말이야……."

"아, 됐어! 효령아, 가자!"

"응, 언니!"

순식간에 멀어져 가는 미령이와 효령이. 재빠른 치고 빠지기였다.

도망치듯 빠른 걸음으로 사라지는 여동생들.

의령은 그 자리에 서서 눈을 껌벅였다.

"어…… 참……! 녀석, 이상하게 화낼 기회를 안 준단 말야."

의령은 고개를 갸웃거리다 피식 미소를 지었다. 귀여운 여동생들에게 진짜 화가 난 것은 아니었기에.

활짝 열어젖혀진 북명원(北溟院).

의령과 미령, 효령 두 자매가 학창의를 걸친 노인 앞에 단정히 앉아 있었다.

의령의 얼굴이 잔뜩 구겨져 있다.

조부인 심명조의 질문에 미간을 찌푸리는 폼이 영 대답할 거리가 시원치 않은 듯.

"모르겠습니다."

"어허, 솔직함이 전부가 아니라 몇 번을 말했느냐? 어디까지 모르고 어디서부터 애매하더냐?"

부채를 접으며 손바닥을 치는 심명조의 꼬장꼬장한 일갈이 실내를 갈랐다.

백설이 내려앉은 듯 하얗게 빗어넘긴 머리를 단정히 묶은 심명조의 얼굴에선 평생을 학문과 함께한 사람 특유의 현기가 은은히 내비쳤다.

조부의 일갈에 의령의 머리는 더욱 복잡해졌다.

수많은 해설서의 그럴듯한 이야기가 떠올랐으나 모두 지워 버렸다.

자신의 의문을 솔직히 이야기하는 것, 평소 심명조가 가장 중시하는 것은 이것이었다.

"마지막 구절이 이해가 가지 않습니다. 학문을 좋아함[好學]이 지(知)에 가깝고 힘써 행함[力行]이 인(仁)에 가까운 것은 알겠어요. 그런데 이게 뭡니까? 수치를 아는 것[知恥]이 용(勇)에 가깝다니요?"

"너희들은 알겠느냐?"

심명조는 고개를 푹 수그리고 있는 두 소녀에게 물었다.

그렇지 않아도 질문의 화살이 날아올까 고개를 모로 꼬고 있던 미령과 효령은 화들짝 놀란 듯 눈을 동그랗게 떴다.

"명석한 오라버니도 모르는데 저희가 어찌 알아요?"

효령의 말에 미령이 재빨리 맞장구친다.

"맞아요, 할아버지. 아직 우리에겐 중용(中庸)은 무리라구요. 오라버니나 가르치시라니깐……."

"떼끼! 이 자리에선 할아비라 하지 말라구 몇 번을 일렀더냐? 아니, 명색이 천추서림 원주의 손녀라는 것들이 뭐가 무리라는 게야?"

손녀 이기는 할아버지가 어디 있을까.

이미 노학자의 꼬장한 음성이 아니라 손녀를 대하는 할아비의 정이 느껴지는 걸 간파한 두 소녀는 심명조의 곁으로 쪼르르 달려가 품 안으로 파고들었다.

"할아버지, 할아버지를 할아버지라 부르지 못하는 고통을 아세요?"

"맞아요. 게다가 오늘은 개봉부에 가야 하는 날이에요. 아이들에게 옷을 갖다 주기로 한 날이라구요."

품 안으로 파고든 두 손녀의 애교에 심명조의 얼굴엔 흐뭇한 웃음이 떠올랐다. 이미 엄정한 기상이 사라진 심명조는 가슴까지 내려온 하얀 수염을 손으로 내리 쓸었다.

"벌써 그렇게 되었나? 그래도 공부는 해야지."

심명조의 마음이 흔들린다는 것을 재빨리 간파한 효령은 한껏 간절한 눈빛으로 심명조를 바라보았다. 열다섯 소녀의 영롱한 눈망울이 심명조를 꽉 붙들었다.

"할아버지, 저희를 기다리고 있을 초롱초롱한 아이들의 눈망울을 생각해 보세요. 그 생각 때문에 지금 공부를 해봤자 머리 속에 들어오지도 않는다구요."

미령도 옆에서 거들었다.

"맞아요. 할아버지도 평소 측은지심(惻隱之心)을 강조하셨잖아요. 저희와 아이들을 어여삐 여겨주세요. 군자의 도리잖아요."

마침내 심명조의 입에서 너털웃음이 터져 나왔다.

"허허, 알았다. 조심해서 다녀오너라. 날이 더우니 너무 무리하지 말고 해지기 전엔 돌아와야 하느니라."

심명조의 허락을 얻어낸 두 소녀는 날듯이 일어나 북명원을 벗어나 달려갔다. 할아버지 몰래 의령을 향해 혀를 빼죽 내미는 것도 잊지 않았다.

"할아버지, 저희는 개봉부에 다녀올 테니 멍청한 오라버니 잘 좀 가르쳐 놓으셔요! 저흰 오라버니께 저녁에 배울게요!"

두 소녀의 웃음소리가 멀어져 갔다.

의령은 고개를 숙이고 웃음을 참고 있었다. 할아버지도 당했으니, 천추서림 제일의 실력자는 사실 두 여동생일 것이다.

심명조는 강론에서 손녀들만 빼준 어색함을 떨치려는 듯 헛기침을 했다.

"험, 역시 여자는 어려도 요물인 게야. 에이, 정신 사납다. 나중에 네가 애들에게 말해 주거라."

이만 강론을 마치자는 심명조의 뜻밖의 말에 의령이 무심결에 대답했다.

"저도 아직 모르는데요."

"……."

조용한 침묵.

어색한 빛을 흘리던 심명조의 눈이 엄숙해졌다.

심명조의 아차 하는 표정을 읽어낸 의령은 내심 땅을 쳤다.

오늘 강론을 이 정도로 마무리할 수도 있었던 것을.

의령은 간절한 눈빛으로 심명조를 바라보았으나……

"의령아, 너는 용기가 무엇이라고 생각하느냐?"

'에휴!'

심명조의 엄숙한 물음에 의령은 속으로 애석한 한숨을 쉬었다. 그러나 이미 시위를 떠난 화살, 지금은 강론에 집중해야 한다.

"자기가 옳다고 믿는 것을 행하는 것이 아닙니까? 두려움없이요."

"그렇다면 비겁은 무엇이라 생각하느냐?"

"두려움 때문에 해야 할 일을 하지 않는 것을 비겁이라 생각합니다."

거침없이 대답하는 손자와 자애롭게 묻는 노학자 간의 문답이 이어졌다.

"너는 이제까지 비겁한 적이 한 번도 없었느냐?"

심명조의 질문에 의령은 고개를 숙이고 한참을 생각했다. 고심하고 대답해야 할 때는 언제나 깊이 생각하는 것이 그의 버릇이었다.

손자의 생각이 이어질 동안 심명조는 마당의 잣나무에 앉아 있는 박새를 바라보았다.

이러한 침묵의 시간을 심명조는 사랑했다.

이 시간이야말로 배우는 사람의 마음을 단련시켜 주는 귀중한 시간인 것이다.

정원에 내려앉은 박새가 지저귀는 것을 바라보던 심명조의 시선이 어느덧 손자에게 돌려졌다.

의령이 고개를 든 것이다.

"소손, 이제까지 열아홉 해를 살았으나 단 한 번도 비겁한 적은 없다고 생각합니다."

당당한 눈빛으로 자신을 바라보는 손자.

심명조의 눈빛은 자랑스러움과 따뜻함으로 빛났다.

어릴 적 싸움 한 번 하고 들어온 이후로 한 번도 기대를 저버리지 않은 진중한 녀석.

그러나 그의 말은 냉정했다.

"그렇다면 너는 수치를 아는 마음이 왜 용(勇)에 가까운지 알 수 없다. 아니, 너는 아직 진정한 용기가 무엇인지 모르는 게야."

당황한 의령은 얼굴을 일그러뜨리며 고개를 떨구었다.

입가에 미소를 띤 심명조는 생각에 빠진 손자를 바라보며 부채를 펼쳤다.

쫙!

햇볕이 창살처럼 내리 꽂히는 한낮.

개봉부로 향하는 남쪽 관도를 미령과 효령이 걷고 있다.

풀벌레도 더위에 지쳐 모두 숨어버렸을까? 사람 하나 보이지 않는 적막한 관도.

멀리 개봉부의 외성(外城)이 보였다.

이것저것 준비하다 보니 늦고 말았다. 어느새 햇볕이 쨍쨍 내리쬐는 오시(午時)에 가까운 시간.

양손엔 바구니와 보따리가 힘들게 매달려 있었지만 효령과 미령의 얼굴엔 웃음꽃이 가득했다.

“언니, 궁금한 게 있어.”

“음? 뭔데?”

“오빠를 어떻게 그렇게 잘 다뤄? 전에 언니 흉내 냈다가 쓸데없는 말만 한다고 잔뜩 욕만 얻어먹었단 말야.”

“아하하!”

소년처럼 웃음을 터뜨린 미령은 효령에게 혀를 내밀었다.

“그게 한두 해 수련해서 되는 줄 아니?”

“그러기야? 그러지 말구 나도 좀 가르쳐 줘!”

“그럴까? 근데 이게 말로 잘 전해질까 모르겠네?”

“도대체 비결이 뭐야?”

효령은 침을 꿀꺽 삼켰다. 이것만 알아내도 자신의 앞날은 화창한 봄날의 연속일 것이다.

“음, 효령아, 넌 오빠가 어떤 사람인 것 같니?”

효령은 고개를 갸웃하다 한마디로 대답했다.

“제멋대로지.”

“하하, 그것도 맞는 말이긴 해. 오빠는 자기 방식이 따로 있다고 생각하니까.”

“에이, 묻지 말고 설명을 해줘!”

“그래, 오빠는 자기 논리가 분명한 사람이야. 고집도 세지만 그 고집의 바탕에는 항상 자기 나름의 생각이 깔려 있어.”

“오빠 화나면 물불 안 가리잖아.”

효령은 여전히 갸웃거렸다.

“응, 그것도 맞아. 하지만 거의 화를 안 내잖아. 용납할 수 없는 일이거나 이해할 수 없을 때만 오빠는 화를 내. 평소엔 진짜 상냥한 서생이잖아."

"그게 언니가 오빠를 잘 다루는 거랑 무슨 상관 있는데?"

"오빠가 화를 내려 할 때 오빠가 생각을 하도록 자극하는 거야. 그러면 오빠는 그걸 따지게 돼. 오빠가 생각을 하는 그사이에 도망가는 거야. 별 것 아냐."

미령의 말을 생각해 보던 효령의 얼굴이 일그러졌다.

"우웅, 난 잘 모르겠어."

"그게 그렇게 단번에 깨우칠 수 있는 게 아냐. 이 언닌 십수 년을 수련했다."

"제길."

"하하!"

효령이 다시 중얼거리며 미령의 말을 곱씹기 시작했다.

미령도 가까워지는 개봉을 바라보며 생각에 잠겼다.

지금쯤 개봉부는 지부대인의 생일 연회로 축제 분위기일 것이다.

마침 추월각을 방문하는 날과 겹치는 것이 행운이었다.

좋은 일도 하고 멋진 구경도 하고.

추월각은 개봉부 안의 학사(學舍)였다.

각주인 서문추월(西門秋月)은 할아버지 심명조의 제자 중 한 명.

벼슬에 관심없는 것은 스승을 닮았는지 서문추월은 명성 높은 학문에도 불구하고 관직에는 관심이 없었다. 서문추월은 개봉부 유지들의 자식들을 가르치며 추월각을 운영했다. 그곳에서 갈 곳 없는 고아들을 돌보고 있었다. 불혹(不惑)에 가까운 나이였지만 아직 홀몸.

효령과 미령은 서문추월을 삼촌이라 부르며 따랐고 사문의 엄정함을 따지지 않고 서문추월도 그들을 조카로서 따뜻이 대해주었다. 일찍

부모를 여읜 이들 삼 남매에게 아버지의 정을 느끼게 해준 이가 바로
서문추월이었던 것.

"언니야!"

"왜?"

"뭐 생각해?"

혼자서 방긋이 웃고 있는 미령을 보며 효령이 물었다.

"응? 뭐, 그냥……."

효령은 살짝 웃으며 미령의 옆구리를 찔렀다.

"언니, 삼촌 생각 했지?"

"응? 으응. 추월각에 가니까……."

"언니… 요새 이상해."

효령은 가자미눈을 하고 미령을 흘겨보았다.

"뭐가 이상해? 빨리 가기나 하자."

"아니야, 이상해. 가끔씩 하늘 보고 혼자 웃는 것도 그렇고 어떨 땐
얼굴도 빨개지던데?"

미령의 눈치를 살피며 효령이 슬쩍 말을 퉁겼다.

"언니, 삼촌 좋아하지?"

"……!"

"뭐, 사실 말이 삼촌이지 돌아가신 아빠랑 의형제를 맺은 것도 아니
고 할아버지 제자라서 그냥 삼촌이라고 부르는 거잖아."

"……."

"삼촌이 멋지긴 하지. 다리도 길고… 착하고 다정하고. 손가락도 얼
마나 길고 이쁜데."

"그치?"

효령이 배시시 웃는다.

"삼촌 좋아하지?"

"……!"

미령은 슬며시 화제를 다른 곳으로 돌렸다.

"그나저나 이번에도 삼이가 마중 나와 있을지 모르겠네?"

삼이. 그들이 한 달에 한 번 추월각을 가는 정해진 날에 언제나 관도까지 마중 나오는 아이. 추월각에 있는 아이들 중 유난히 미령과 효령을 따르는 사내 아이였다.

효령은 귀여운 삼이에게 생각이 미치자 다른 생각은 멀리 달아났다. 단순한 소녀.

"어, 정말! 장난을 좋아해서 관도 옆에 숨어 있다가 우리 놀래키곤 했는데… 오늘같이 더운 날도 나와 있을까?"

"삼이라면 나와 있을 거야. 좀 극성맞니?"

"오늘도 마중 나왔으면 큰일이네. 햇볕이 너무 뜨거워. 아직 열 살밖에 안 된 꼬마잖아. 언니, 우리 빨리 가자."

'휴우!'

미령이 속으로 안도의 한숨을 내쉴 때 멀리서 말발굽 소리가 들리기 시작했다.

미령과 효령은 고개를 돌려 뒤를 돌아보았다.

팔두마차가 얕은 오르막길을 험하게 질주해 오고 있었다.

"무슨 마차를 관도에서 저렇게 몰아? 저러다 마차 뒤집히지."

효령이 툭 나서자 미령도 한마디 거들었다.

"그래, 좀 심하게 몰기는 하네. 말이 불쌍하다. 무슨 채찍질을 저리 험하게 해? 효령아, 우린 갓길로 비켜서 천천히 걷자"

효령과 미령은 관도를 벗어나 마차가 지나가기를 기다리며 서서히
걸었다. 마차가 지나가기엔 충분한 길이니 갓길로 피해 있으면 알아서
지나갈 것이다.

2

"하아!"

개봉부의 남문인 선덕문(宣德門)으로 향하는 널찍한 관도를 질주하
는 팔두마차 한 대.

마부석에 앉아 있는 마우간(馬牛干)은 연신 채찍을 휘둘렀다.

오십 대 중반쯤의 권태에 찌든 찌푸린 얼굴 사이로 길게 칼 자국이
그어져 있다.

마부석에 나란히 앉아 있던 패일로(貝一勞)가 전음을 날렸다.

―우간, 진정하게나.

마우간은 고개를 휙 돌려 패일로를 노려보았다.

누군가를 의식한 잔뜩 억눌린 전음이 튀어 나갔다.

진한 술 냄새가 났다.

―진정? 천하를 오시하는 천패궁(天霸宮)의 사대천왕이라는 우리 꼴
이 이게 뭔가? 마부석에 앉아 마차나 몰고 있다니 말이 돼? 이게 다 잘
난 자네 탓이야!

―마부가 식중독에 걸린 게 내 탓인가? 자네가 마차를 능숙하게 몬
다는 건 천패궁의 모든 이들이 다 아는 사실이잖아. 팔두마차는 아무

나 몰 수 있는 게 아니지 않은가? 궁모님이 직접 청하신 걸 낸들 어떻게 해?

마우간은 고삐를 한 손으로 잡고 허리춤에 매달린 호리병을 들어 입 안에 틀어박았다. 진한 술 내음이 퍼졌다.

—빌어먹을, 저 많은 놈들 중에 마차 한번 몰아본 놈이 없다니! 애초에 관부에 붙어먹는 이씨 세가와 정략을 맺은 것부터가 틀려먹은 거야! 이게 뭔가? 궁모 오라비라는 이유로 개봉지부 생일 따위에 우리가 꼭 가야 해? 이십 년 전에 현무교(玄武敎)가 밀고 내려올 때는 납작 엎드려 있던 그 따위 놈들에게 머리를 조아려야 되다니……. 애도 못 낳는 저따위 년을 궁모라고? 이런, 젠장할!

패일로도 착잡하기는 마찬가지였다. 자신의 안전을 보호할 의무 운운하는 궁모 이가려(李佳麗)의 청에 어쩔 수 없이 마우간을 설득해 마부석에 오르기는 했지만 한여름의 땡볕은 그에게도 고역이었다. 게다가 이놈의 먼지…….

—이런, 젠장! 저 자식들, 다 뒤로 붙으라 그래!

—알았네.

패일로는 앞서 가던 호위대와 마차 옆의 호위대에 전음으로 명령해 모두 마차의 뒤를 따르도록 했다. 조금이라도 먼지를 덜 쐬고 싶었고 수하들에게 이런 몰골을 보이고 싶지도 않았다. 그러나 누렇게 먼지에 덮여가는 자신들을 보며 패일로 역시 속이 부글부글 끓고 있었다.

마우간의 손에서 호리병을 빼앗아 독한 화주(火酒)를 목구멍에 붓듯이 쏟아 넣었다.

힐끔 뒤를 돌아본 패일로의 얼굴이 더욱 일그러졌다.

마차 뒤에서 먼지를 가득 마시며 말등에 잔뜩 웅크리고 앉아 있는 수하들의 고개 숙인 모습들이 민망하다. 마치 패잔병 같은 몰골이 아 닌가.

패일로는 쓰디쓴 입맛을 다셨다.

그들의 체면은 땅에 떨어져 뒹굴고 있었다.

천패궁의 사대천왕이 마부가 된 것.

있을 수 없는 형편없는 대우였다.

"하아!"

마우간의 짜증은 마차를 끄는 말들에게 향했다. 채찍이 춤을 추며 가장 오른편 선두에서 마차를 끄는 흑풍의 귀에 떨어졌다.

짝!

푸르르─

흑풍은 콧김을 내뿜으며 속도를 배가시켰다.

여덟 필의 말 중 무리를 이끄는 말이 이놈이었다.

잡털 하나 섞이지 않은 명마건만 천패궁에선 마차나 끄는 신세.

지금은 발정기라 흑풍의 성격은 난폭한 상태였다.

마우간의 짜증 섞인 채찍질은 흑풍의 폭주를 가져왔다.

"하아!"

기성을 지르며 미친 듯이 채찍을 휘두르는 마우간.

보다못한 패일로가 전음을 보냈다.

─좀 자제하게. 참는 수밖에 더 있겠나?

─빌어먹을, 처녀가 아닌 게 들통나 궁주님께 소박맞은 거나 다름없 는 년이 친정 하나 믿고 거들먹거리는 꼴 좀 보라구! 지금 충분히 참는 중이니까 냅둬!

─우리 처지를 잊지 말게. 우린 천패궁의 녹을 먹고 사는 처지야. 좀

더 참게.

마우간의 고개가 패일로를 향해 홱 돌려졌다.

패일로를 향한 마우간의 눈은 분노로 인해 새파랗게 번들거렸다. 패일로의 전음은 주제 파악을 하라는 말로 들렸다.

“지금 참으라 했나? 이보다 얼마나 더? 얼마나?”

당황한 패일로는 마우간의 어깨를 잡았다.

―왜 이러나? 목소릴 낮춰. 궁모가 들을 수도 있네.

“이런, 니기미! 들으라 그래! 내가 이런 짓까지 해서 살 만큼 비루하진 않아! 천패궁 아니면 내가 갈 데가 없을 것 같아?”

순간 뾰족한 교성이 둘의 귓전을 울렸다.

“안 참으면 어쩔 건데?”

마차 안에 있던 이가려가 결국 둘의 대화를 들은 것이다.

아예 하인 다루는 듯한 음성.

마우간과 패일로의 얼굴이 동시에 굳었다.

고개를 뒤로 돌려 마차의 휘장을 당황스레 바라보았다.

아무리 궁주의 사랑을 못 받고 있다 해도 궁모는 궁모.

“궁… 모님, 무슨 말씀이십니까?”

패일로는 조심스레 시치미를 뗐다.

“내가 잘못 들었다는 건가요? 지금 나한테 쌍욕을 퍼부었잖아요!”

표독스런 소리가 마차 벽을 울렸다.

패일로와 마우간은 서로의 얼굴을 마주 보았다.

―일로, 어쩌지?

홧김에 내뱉은 말의 심각성을 깨달은 마우간은 잔뜩 얼굴을 일그러뜨렸다. 아직까지 궁모를 정면으로 무시하는 자는 궁 내에 궁주밖에는 없었다. 하극상으로 몰릴 수도 있는 상황. 중죄였다.

　—젠장! 그러게 좀 참으랬더니! 일단 잡아떼도록 하세.

　마차를 뒤따르던 호위대의 인솔자 격인 청룡단주 손우백(孫愚栢)은 고개를 숙이고 있었다. 사대천왕인 두 봉공이 마차를 몰고 있다는 사실이 민망했던 것.

　더운 여름 햇볕과 먼지가 괴로운 호위대는 고개를 푹 숙인 채 말들에게 몸을 맡기고 있었다.

　손우백은 문득 고개를 들었다. 멀리 앞서 가던 마차가 서서히 궤도를 벗어나는 것이 느껴져서였다.

　마부석에 있는 마우간과 패일로에게 무슨 일이 벌어진 것일까?

＊　　　＊　　　＊

　관도 오른편의 무성한 수풀 속.

　'흐훗, 누나들을 깜짝 놀래켜 줘야지.'

　멀리서 효령과 미령이 바구니를 들고 오는 것이 보였다.

　삼이의 뱃속에서 회충이 요동 쳤다. 따끈한 밀전병을 미리 얻어먹는 재미야말로 삼이가 매번 마중 나오는 중요한 이유였다. 물론 효령과 미령이 좋았기 때문이기도 하지만.

　졸지에 부모 형제를 잃고 개봉부로 흘러 들어온 삼이를 따뜻하게 대해준 유일한 사람이 자신을 포함한 백여 명의 고아들을 돌봐주고 있는 추월각주(秋月閣主) 서문추월이었다.

　추월각에 살면서 때때로 찾아오는 천추서림(千秋書林)의 두 소녀에게서 삼이는 죽은 엄마를 느꼈다.

효령의 괄괄한 성미가 엄마를 꼭 닮았다.

그래서 좋았다.

그때 효령과 미령의 뒤에서 달려오는 마차가 보였다.

먼지를 뒤집어쓰고 투덜거릴 누나들을 생각하고 삼이는 킥킥 웃었다.

'저 마차가 지나가고 관도에 먼지가 자욱해질쯤에 뛰어나가야지. 누나들이 깜짝 놀랄 거야.'

뿌연 먼지 속에서 등장할 자신의 모습은 얼마나 멋질 것인가.

그런데 마차가 돌연 방향을 바꾸기 시작했다.

"어?"

삼이는 몸을 일으켰다.

궤도를 이탈한 마차는 그대로 갓길을 걷고 있던 미령과 효령을 향해 정면으로 돌진했다.

삼이의 온몸이 돌연한 상황에 딱딱히 굳었다.

'아, 안 돼!'

말이 나오지 않았다.

누군가가 위험하다고 소리치는 것이 들린다.

미령과 효령이 그 말을 들었는지 뒤를 돌아본다.

새된 비명이 날카롭게 터져 나왔다.

"까아악!"

짐 보따리를 던지며 마차를 피하려 했다.

마차를 몰던 마부는 효령과 미령을 분명히 보았다.

그런데 말등에 채찍을 휘둘렀다. 여덟 필의 말등에 검은 채찍이 빗살처럼 내리꽂혔다.

마차는 도망가려는 효령과 미령을 따라가 덮쳤다.

"아아아악!"

퍼버버버벅!

성난 말들이 바닥에 쓰러진 미령이, 효령이를 짓밟고 지나갔다.

미령의 머리가 터져 나갔다.

효령이 마차의 바퀴에 그대로 깔려 으깨졌다.

뼈가 부서지는 낯선 소리.

허공으로 튀어오르는 시뻘건 피.

갓길을 지나 들녘에 들어선 마차가 멈추었다.

뒤따라오던 사람들이 말을 멈추고 분분히 말에서 뛰어내렸다.

무어라 소리치는 것이 들린다.

순식간에 일어난 사고에 긴장으로 온몸이 굳어버린 열 살짜리 아이의 얼굴은 백지장처럼 하얗게 질렸다.

그제야 입이 열렸다.

"누……."

삼이가 소리치려 할 때 삼이의 몸을 뒤에서 누군가 잡아 앉히며 억센 손이 입을 틀어막았다.

귓속으로 사람의 말소리가 가느다랗게 들렸다.

"조용히 해라. 이미 늦었다. 가만있어야 해."

삼이는 등 뒤가 뜨끔해지며 온몸이 굳는 걸 느꼈다.

몸을 움직일 수도, 말을 할 수도 없었다. 가슴이 먹먹해지며 하염없이 눈물이 흘러내렸다.

'누나아…….'

　　　　　　*　　　　　　*　　　　　　*

마우간은 위험하다는 손우백의 다급한 외침을 들었다.

고개를 돌려 앞을 보았다.

마차는 궤도를 이탈해 갓길로 돌진하고 있었다.

말들의 코앞에서 미령과 효령이 놀란 눈을 치뜨며 비명을 질렀다.

짜증과 분노! 궁모를 모욕한 것이 들통났다는 사실에 당황해 있던 마우간은 갑자기 눈앞으로 튀어나온 미령과 효령이 화풀이 대상으로밖에 보이지 않았다.

마우간은 손에 들린 고삐를 잡아채기는커녕 채찍을 들어 말들을 마구 후려쳤다. 한 수에 여덟 마리의 말 잔등에 혹독한 채찍질이 떨어졌다.

말들이 도망가고 있는 미령과 효령의 몸을 그대로 짓밟고 지나갔다.

마차가 덜컹 하며 왼쪽 바퀴가 무언가를 깔고 지나가는 것이 느껴졌다.

마우간은 입을 벌려 광소(狂笑)를 지었다.

마차의 뒤로 손우백과 호위 무사들이 휙휙 몸을 날려 모여들었다.

마차는 갓길을 한참 벗어나 검푸른 들녘까지 들어와 비스듬히 세워져 있었다.

흥분한 말들이 땀에 젖어 번들거리는 머리를 흔들며 푸르륵 거친 숨소리를 내뱉었다.

사고가 난 갓길에는 미령과 효령의 비틀어지고 뭉개진 몸이 널브러져 있었다.

패일로는 서서히 마차에서 내려 둘러싼 수하들을 헤치고 들어가 마차에 치인 소녀들을 살펴보았다.

"그르륵!"

온몸이 짓이겨져 기이하게 팔다리가 꼬인 미령의 입에서 피거품이 새어 나왔다.

"살아 있습니다!"

손우백이 다급히 외쳤다.

그러나 허리를 굽혀 발로 둘의 몸을 툭툭 건드리며 살펴보던 패일로는 몸을 일으켜 고개를 젓고 가래침을 타악 뱉었다.

"퉤!"

"패 봉공님!"

"저걸 살아 있다고 하는 거냐?"

"하지만……."

"이미 머리가 터져 뇌수가 흘러나오려 하지 않나? 눈알도 하나 빠져나갔구만. 저걸 누가 살려? 자네가 살릴 건가?"

가르릉거리는 미령의 숨소리가 가냘프게 울렸다.

효령은 말들에게 밟힌 후 마차 바퀴에 허리를 치인 듯했다. 즉사였다. 내장이 터져 나와 시뻘건 피가 흰옷을 뻘겋게 물들이고 있었다.

"무슨 일이죠?"

사고 현장을 둘러선 호위대의 인막이 열리며 이가려가 나타났다.

"보시다시피… 사곱니다. 소녀 둘이 마차에 치었습니다."

미령과 효령의 시신을 보는 이가려의 미간이 깊숙이 찌푸려졌다.

무림에 몸을 담고 많은 시신을 보았지만 이렇게 바위에 패대기쳐 뭉개진 개구리마냥 눌려 터진 시신을 보는 것은 처음이었다.

소매를 들어 코를 막으며 이가려가 휙 몸을 돌렸다.

"죽었으니 할 수 없군요. 빨리 가요. 늦었어요."

손우백의 가슴엔 찬바람이 들이쳤다.

자신의 위치도 잊은 채 이가려에게 대들었다.

"궁모님, 이, 이 소녀는 아직 살아 있습니다. 아직 죽지 않았다는 말입니다! 그런데 이대로 가자니요?"

몸을 돌려 마차를 향해 걷던 중 손우백의 말을 들은 이가려는 천천히 몸을 빙그르르 돌려세웠다.

쭉 찢어져 가늘게 찌푸려진 눈에서 날카로운 안광이 쏟아져 나와 손우백을 향했다.

"손 단주, 지금 내게 훈계하는 것이냐?"

"그런 것이 아니라……."

"듣기 싫다! 네가 언제부터 이리 방자해졌다는 말이냐?"

부르르 떨리는 이가려의 볼을 보며 손우백의 마음은 아득해졌다.

아무리 궁주의 사랑을 받지 못해 패악스럽게 변했다고는 하지만 이 정도일 줄은 몰랐다.

짜악!

손우백은 돌연 강렬한 충격을 받고 땅바닥에 몸을 뒹굴었다.

바닥을 짚고 머리를 일으키는 손우백의 입에서 주르륵 핏줄기가 흘러내렸다.

마우간이 몸을 날려 손우백의 따귀를 날린 것이었다.

"이게 무슨 짓이냐? 네가 감히 궁모님께 항명을 하겠다는 것이냐?"

손우백은 정신이 아득해지는 아픔에도 불구하고 몸을 곧추세웠다.

“아닙니다!”

“아니긴 뭐가 아니야! 내 귀로 똑똑히 항명하는 것을 들었거늘!”

마우간의 서릿발 같은 꾸짖음에 손우백은 그 자리에 털썩 무릎을 꿇었다.

“어떤 죄라도 달게 받겠습니다. 제가 무례를 범했습니다.”

마우간의 날 서린 질문이 손우백의 머리 위로 떨어졌다.

“항명의 대가는 무엇이냐?”

“……”

“무엇이냐?”

“…죽음입니다.”

마우간은 살기 가득한 눈으로 손우백을 노려보다 천천히 입을 열었다.

“그럼 죽어라!”

마우간의 손이 천천히 머리 위로 들렸다. 그 손이 내려지고 붉은 광망이 내리덮친다면 손우백은 죽고 말 것이다.

이때 패일로가 마우간의 손을 잡고 만류한 후 이가려에게 몸을 돌려 깊숙이 허리를 숙였다.

“궁모님, 죄송합니다. 수하의 단속이 허술했던 모양입니다. 손 단주의 죄는 죽어 마땅하나 한 가지 드릴 말씀이 있습니다.”

이가려는 냉랭히 코웃음 치며 마우간과 패일로를 노려보았다. 자신들의 실수를 덮으려고 과하게 손을 쓰는 것이 빤히 눈에 보였으나 어쩌나 두고 볼 심산이었다.

“무엇이죠?”

“궁모님, 이들의 옷차림이나 짐 보따리로 보아 여염집 아이들인 것이 틀림없어 보입니다만 이곳이 개봉부의 관내라는 것이 문제입니다."

"그게 어쨌다는 말이죠?"

"이곳은 궁모님의 오라버님이 지부로 계시는 개봉부의 관내입니다. 내일이 생신이신데 혹여 누라도 끼칠까 두렵습니다."

이가려는 미간을 찌푸리고 고개를 갸웃갸웃하더니 마침내 머리를 끄덕였다.

"좋아요. 손 단주의 무례는 없던 일로 하겠어요. 대충 처리하고 이 자리를 뜹시다."

이가려는 냉정히 몸을 돌렸다.

"그럼 나는 마차 안에서 기다리지요."

"예, 궁모님. 그리하십시오."

패일로의 공손한 응대를 받고 이가려는 발길을 돌려 마차로 향했다.

마우간은 손우백의 머리 위로 들어 올렸던 손을 획 뿌렸다.

시뻘건 불의 강기가 가르릉거리며 피거품을 내뱉고 있는 미령의 머리 위로 떨어졌다.

우직!

미령의 뒷머리가 산산이 부서져 흩어졌다.

멍하니 자신을 바라보는 손우백에게 마우간은 빙긋 웃어 보였다.

"이제 확실히 죽었지? 어차피 죽을 년이야."

망연해 있는 손우백의 어깨를 패일로가 톡톡 두드렸다.

"언제까지 그러고 있을 건가? 뒤처리를 해야지."

창백한 얼굴의 손우백이 휘청이며 일어섰다.

패일로는 마우간에게 고개를 돌렸다.

"대충 마차 바퀴 자국이나 지우고 가자구. 성안에 들어가기 전에 마

차와 말들이나 깨끗이 닦도록 하지. 이봐, 우간! 근처에 사람이 있는
가?"

잠시 사방을 훑어보던 마우간이 입을 열었다.

"아무도 없는 듯하군. 인기척은 우리밖에 없는 듯하네."

패일로도 동의했다.

"내가 보기에도 그렇네. 하지만 혹시 모르니 일대를 수색하도록 하
지. 자, 저 지저분한 옷가지들과 음식들을 시신 주변에 던지고 우리의
모든 자취를 지워라!"

"시체를 없애지 않아도 될까?"

마우간의 말에 패일로가 코웃음쳤다.

"이깟 것들 둘 죽인 걸로 그런 부산을 떨 필요가 뭐가 있나? 누가 우
리에게 시비를 건다는 말인가?"

청룡단의 일단이 흩어져 관도 주변의 들녘을 수색하기 시작했다. 나
머지 인원은 현장의 자취를 지웠다.

마우간의 전음이 패일로의 귀에 울렸다.

―일로, 잘했네. 궁모 건은 대충 넘어가겠어.

패일로는 비릿하게 웃으며 마우간을 향해 전음을 날렸다.

―아주 곤란한 상황이었는데 잘 죽여 버렸어. 좋은 핑곗거리가 되었
네. 푸흐흐!

―그나저나 손 단주 저 녀석 영 맹하네. 불안한데?

―문제가 생길 것 같으면 없애 버리게나. 자네 수하잖나.

―그러지.

마주 보는 마우간과 패일로의 얼굴엔 느릿한 웃음이 떠올랐다.

분주한 수하들의 움직임에 사고 현장에 남아 있던 마차의 자취는 깨끗이 사라졌다.

"자, 모두 출발!"

마차는 날듯이 자리를 떠났다.

이번엔 제대로 대오를 갖추어 선두에 손우백을 비롯한 호위대의 첨병 몇이 앞서고 마차의 뒤에서 나머지 청룡단원이 말을 타고 뒤를 좇았다.

관도엔 다시 먼지가 자욱이 일고 말발굽 소리만 요란하게 울려 퍼졌다.

먼지 안개 속 갓길의 한쪽.

이제는 차가운 시신이 되어 있는 효령과 미령이 있었다.

갓길 한 귀퉁이에 피에 젖은 신발 한 짝이 떨어져 있다.

효령의 신발이었다.

2장 개봉연회(開封宴會)

먼지가 잦아질 무렵 관도의 한 켠에서 세 명의 크고 작은 인영이 일어났다. 삼이와 두 명의 사내였다.

삼이는 눈물을 흘리며 효령과 미령을 향해 달려갔다.

마차가 멀찍이 사라진 것을 안 사내가 마혈을 풀어준 것이다.

"누, 누나……."

삼이는 울먹이느라 정신이 없었다.

안쓰러운 눈으로 삼이를 내려다보던 사내가 외무릎을 꿇으며 머리를 쓰다듬었다.

"미안하구나. 조금만 일찍 발견했어도……."

사내는 전형적인 낭인의 복장이었다.

등 뒤에 찬 귀두도가 그러했고 멋대로 헝클어진 복장과 부스스한 머리가 그러했다. 일부러 눈을 숨기기 위해서였을까? 사내의 눈은 앞머리에 가려 보이지 않았다. 목소리로 보아 그리 나이가 많지 않은 듯한 사내가 삼이의 몸을 돌려세웠다.

"이 소저들은 네 친누이들이냐?"

사내를 보는 삼이의 눈은 초점이 흐렸다.

사내는 삼이의 뺨을 두어 번 툭툭 치고 백회혈에 장심을 얹어 따스한 기를 불어넣어 주었다.

곧 삼이의 눈이 정상으로 돌아왔다. 끊임없이 흘러내리는 눈물과 함께.

"친누나니?"

다정한 저음의 목소리에 삼이는 말문을 열었다.

"아, 아… 니요."

"그럼 넌 왜 저기서 저 소저들을 기다린 거지?"

두서없이 이어지는 삼이의 대답을 들은 사내는 옆에 선 회의중년인을 올려다보았다.

"그냥 여염집 처자가 아니었군요. 이 소저들은 천추서림 원주의 두 손녀인 듯합니다. 이 아인 추월각이란 곳에 있는 애고 이 소저들이 추월각에 있는 아이들에게 줄 물건을 건네주러 가는 길이었나 봅니다. 제가 조금만 빨리 발견했어도 구할 수 있었는데……. 이제 어쩌죠, 형님?"

잔뜩 헝클어진 머리의 회의중년인은 굵게 패인 이마의 주름을 찌푸렸다.

"이럴 수가 있나……."

"왜 그러십니까, 형님?"

"머리가 터진 저 소저의 시신을 보거라. 절대 마차나 말에 밟혀 저리된 게 아니야."

“그럼?”

“살아 있었는지 죽어 있었는지는 알 수 없지만… 분명 장(掌)으로 내려친 자국이다.”

“이, 이런……!”

“아무래도 우리가 몸을 숨긴 동안 다시 손을 쓴 모양이다.”

“살아 있을 수도 있었다는 말씀입니까?”

“어쩌면…….”

회의중년인이 고개를 설레설레 흔들었다.

“허, 일단 이 아이와 함께 천추서림으로 가야겠다. 그냥 지나칠 수가 없구나.”

“하지만 형님, 다시는 무림의 일에 개입하지 않겠다고 하시지 않았습니까? 더구나 그들은 천패궁도입니다. 무리한 상대입니다.”

회의중년인을 올려다보는 귀두도사내의 목소리언 걱정의 빛이 가득했다.

“이미 우리는 말썽을 우려해 몸을 숨겼어. 귀식대법을 펼치고 이목을 속이느라 그들의 정확한 신분은 알 수 없지만… 치욕은 그 한 번으로 족해. 어쩌면 저 소저는 그때 살아 있었을지도 모르지 않나? 몸만 이렇지 않았다면…….”

“형님의 판단은 적절한 것이었습니다. 우리가 발견했을 땐 이미 사고가 난 후였습니다. 그때 이 아이가 뛰어들었다면 그들은 이 아이도 죽였을 겁니다. 천패궁이 어떤 곳인지는 잘 아시지 않습니까? 우리도 위험했겠지요. 과연 그들은 증거를 없애려고 주위를 수색했습니다. 우리가 귀식대법으로 지둔술(地遁術)을 펼친 것은 정확한 판단이었습니다. 자책하지 마십시오.”

들녘 너머 지평선을 바라보는 회의중년인의 눈이 아득해졌다.

"어쨌든 이 자리에 이 아이만 남기고 간다는 것은 인간이 할 짓이 아니다. 너는 여기 남아서 시신을 지켜라."

"초혼(招魂)의 예(禮)를 할까요?"

"객사하긴 했지만 가족들이 가까운 곳에 있으니 그들이 하는 것이 옳겠지. 들짐승들에게 해나 당하지 않도록 지키고 있거라. 곧 돌아오마."

말을 마친 회의인중년인은 삼이에게 말을 건넸다.

"먼저 천추서림으로 가자. 가족들에게 알려야겠구나. 안내해 주겠니?"

눈물을 멈추지 못하고 고개만 끄덕이는 삼이를 품에 안고 회의중년인은 훌쩍 몸을 날렸다.

천추서림에 도착한 사내는 문지기를 통해 원주(院主)인 심명조(沈冥助)와의 자리를 청했다.

떠돌이 낭인이 분명한 듯한 사내의 차림새에 흠칫했지만 문지기 서씨는 그를 곧 문 안으로 들였다.

찾아온 손은 거절하지 않는다.

원주인 심명조의 방침이었다.

유림의 대학자였던 그는 내자불선(來者不善)이라는 무림의 말을 좋아하지 않았다. 손이 많을수록 그 집이 번창한다는 것이 그의 생각이었다.

다소 걱정스러웠지만 오랜 문지기 생활로 단련된 서씨의 눈엔 우는 아이를 달래는 것으로 보아 악의가 없어 보였다.

객청으로 회의중년인을 안내한 서씨는 시녀에게 차를 내올 것을 지시하고 집사인 왕삼(王三)을 찾았다.

보고를 받은 왕삼은 무림인 같다는 서씨의 말에 흠칫했지만 곧 심명 조에게 고하러 일어섰다. 드문 일이긴 했지만 무림인이라고 박대하는 법은 천추서림에 없었던 것이다.

객청의 문이 열리며 노학자 심명조가 들어섰다.

회의중년인은 자리에서 일어나 공손히 포권했다.

그를 맞아 정중히 인사를 하며 자리를 잡은 심명즈가 앉기를 권했다.

"노부가 이곳을 맡고 있는 심명조올시다. 처음 뵙는 분 같소만……."

점잖은 음성이 울릴 즈음 이제껏 멍하니 앉아 있던 삼이가 심명조에 게 달려들었다.

"할아… 버지……."

삼이를 잠시 보던 심명조는 곧 아이를 알아보았다. 제자인 서문추월 이 추월각에서 돌보고 있는 아이 중 하나였다. 두 손녀와 유독 친해 심 명조도 낯을 익힌 아이였다.

"너는 삼이가 아니냐? 네가 여기 웬일이냐?"

"할아… 버지, 누나들이… 누나들이……."

심명조는 말을 잇지 못하고 울음을 터뜨리는 삼이를 보며 손녀들에 게 무슨 일이 생긴 것을 직감했다.

혹시 여기 이자가 관계되었단 말인가?

"무슨 일인지 설명을 부탁드리겠소이다."

침착한 심명조의 어투에 회의중년인은 내심 감탄했다. 손녀들의 일 이라 대단히 마음이 급할 터인데도 심중의 동요를 억누르고 말하는 고 요한 기색이 과연 전 중원에 명성 높은 천추서림의 원주다웠다.

"저는 진영(眞英)이라 하는 낭인입니다. 오늘 개봉부에서 나와 제 의

제와 함께 잠시 관도 옆에서 쉬고 있던 중에……."

이어지는 진영의 말이 객청을 나직이 울리는 동안 심명조는 탁자 밑으로 슬며시 두 손을 내렸다. 허벅지에 얹혀 움켜쥔 손아귀에 점점 힘이 들어가고 와들와들 떨리기 시작했다.

손녀들이 죽었다는 진영의 말이 공허하게 귓전을 휘돌았다.

심명조는 온몸이 조금씩 떨리고 있음을 알지 못했다. 자신의 목소리가 조금씩 흔들리고 있음도 알지 못했다.

"…제 아우가 지금 그곳을 지키고 있습니다."

"그들이 무림인들이란 말씀이시오?"

잘게 떨려 나오는 억눌린 물음에 진영은 탄식하며 대답했다.

"예, 그것도 현(現) 무림의 가장 강대한 세력인 천패궁으로 보였습니다. 천패궁의 궁모와 개봉지부가 친남매 사이이니 아마도 개봉지부의 생신 하례를 드리러 가는 길이었던 것 같습니다."

심명조의 마음은 아득해져 갔다.

아무런 생각도 나지 않았다. 진영을 향해 내뱉어지는 음성은 자신의 것이 아닌 듯했다.

"힘들게 알려주어… 고맙… 소. 그곳으로 안내를 좀 해주시겠소?"

"물론입니다."

진영의 무거운 대답이 실내를 울렸다.

심명조의 지시를 받은 왕삼은 경악에 빠져 천추서림 전체에 이를 알렸다. 가내(家內)의 모든 식솔들이 진영을 따라 개봉부의 관도로 달려갔다.

심명조는 북명원 한 켠의 정자에 앉아 식솔들이 아이들의 시신을 수

습해 오기를 기다리고 있었다.

삼이가 잘못 보았기를, 미령과 효령이가 아니기를 심명조는 빌고 또 빌었다. 아들 내외를 떠나보냈을 때와는 또 다른 감정의 격랑이 심명조를 휘감았다.

"아닐 거야. 아닐 것이야……. 아니어야만 해……."

찻잔을 움켜쥔 심명조의 손에 가느다란 핏발이 곤두서기 시작했다. 손톱 끝이 찻잔을 쥔 악력을 견디지 못하고 시뻘겋게 물들어갔다.

청빈(淸貧)을 자랑으로 삼아오던 천추서림에는 변변한 마차조차 없어 짐들을 실어 나르는 수레에 실려 미령과 효령은 천추서림으로 돌아왔다.

심명조는 망연히 마당에 깔린 거적에 누워 있는 손녀들의 시신을 바라보았다.

미령과 효령이가 틀림없었다.

움켜쥔 두 주먹이 부들부들 떨려왔다. 손톱이 손바닥을 파고들고 있었지만 심명조는 아픔을 느낄 수 없었다. 가슴이 찢어지고 장이 끊어지는 듯했다.

미령이는 머리가 산산이 부서져 형체만 간신히 남아 있었다.

심명조는 무릎을 꿇고 주저앉았다. 전신에 난 말발굽 자국이 심명조의 눈을 아프게 찔러왔다.

효령은 허리가 뭉개져 내장이 튀어나와 허리 아래가 시뻘겋게 물들어 말라붙어 가는 중이었다.

아직 치켜뜨고 있는 눈이 당시의 고통을 말해 주는 듯해 심명조는 부르르 떨리는 손으로 효령의 눈을 감겨주었다.

"무슨 일입니까? 왜 이렇게 몰려 서 있는 거예요?"

활짝 열려진 대문을 지나 침중히 둘러선 사람들을 헤치며 하얀 유삼(儒衫)을 걸친 청년이 들어섰다.

조부와의 긴 강론을 마치고 생각을 정리하기 위해 가벼운 산책을 다녀온 의령이었다.

마당에 놓여진 시신을 본 의령은 의아한 듯 주변을 돌아보았다.

"아니, 웬 시신이 여기에……?"

사람들의 시선이 모두 의령에게 향했으나 주저주저 눈길을 피했다.

의령과 눈이 마주친 사람들은 슬며시 시선을 돌려 하늘을 바라보았다.

의문에 찬 시선으로 주변을 돌아보던 의령은 조부인 심명조를 발견했다.

심명조는 시신들 곁에 무릎을 꿇고 앉아 있었다. 멍한 얼굴로 시신들을 내려다보고 있는 할아버지.

시신들이 걸친 옷자락이, 그 자태가 왠지 눈에 익었다.

의령은 천천히 비틀거리는 발걸음을 옮겨 시신들의 머리맡으로 다가섰다.

심명조의 맞은편에 선 의령은 얼어붙듯 멈추어 섰다.

의령의 얼굴이 서서히 일그러지기 시작했다.

"이… 이……."

와락 달려들어 자리에 주저앉았다.

의령의 두 눈에 뿌연 물막이 고여갔다.

부들부들 떨리는 손을 들어 조심스레 효령의 얼굴에 손을 대보았다.

싸늘하게 식어 섬뜩한 감각이 느껴지는 낯선 감촉.

의령은 피가 굳어 눌어붙은 효령의 얼굴을 쓰다듬었다.

차갑고 딱딱하게 굳은 촉감이 효령의 죽음을 냉랭히 알려왔다.

미령의 형체를 잃은 얼굴은 만질 곳조차 없었다.

손가락에 핏덩어리만 매만져졌다.

"흐흑……."

입가를 비집고 울음이 터져 나왔다.

의령의 손길에 간신히 매달려 있던 미령의 눈알이 툭 떨어졌다.

의령의 얼굴이 일그러졌다.

가슴속에서 터져 나오는 뜨거운 슬픔에 의령은 동생들의 몸을 한데 끌어안으며 짐승 같은 오열을 터뜨렸다.

"어떻게… 어떻게… 아아아아악!"

심명조는 주변의 소리가 차츰 멀어지는 걸 느끼고 있었다.

손자 의령이 손녀들의 시신을 부둥켜안고 오열하고 있었지만 심명조의 귀에는 아무런 소리도 들리지 않았다. 한 덩이로 뭉쳐진 세 손주들이 시야에서 뿌옇게 흐려져 왔다.

"울컥!"

심명조는 피를 토하며 두 눈이 뒤집혀 서서히 뒤로 넘어갔다.

뒤에 서서 눈물을 뚝뚝 떨구던 왕삼이 심명조의 몸을 얼른 받아 안았다.

"원주님!"

천추서림의 두 꽃 효령과 미령은 그렇게 떨어졌다.

2

정신이 든 심명조는 힘없이 두 눈을 떴다.

걱정스레 자신을 내려다보고 있는 손자 의령과 제자 서문추월이 보였다.

기별을 받은 추월각의 각주 서문추월이 단숨에 달려왔던 것. 뜻하지 않은 비보(悲報)를 접해서인지 서문추월의 모습은 많이 흐트러져 있었다.

의령과 서문추월 둘 다 눈시울이 부풀어 붉었다. 효령과 미령을 잃은 슬픔과 심명조의 토혈에 이은 기절로 그들의 마음은 수만 갈래로 엉켜 있었다.

"스승님!"

"할아버지!"

눈을 뜬 심명조를 보며 의령과 서문추월은 기쁨에 찬 탄성을 질렀다. 이렇게 심명조도 잃게 될까 얼마나 노심초사했던가.

"날… 일으켜 다오."

"아직 더 누워 계셔야 합니다."

"일으켜… 다오."

"할아버지……."

"어서!"

심명조의 강건한 어투에 의령은 더 이상 거역하지 못하고 심명조의 상체를 잡아 조심스레 침상에서 일으켰다.

"효령이와 미령이는 어찌… 했느냐?"

침울한 심명조의 물음이 이어졌다. 서문추월이 고개를 숙였다.

"복자(復者)를 불러 초혼(招魂)의 예를 치르고 탕관(湯灌)을 마쳤습니다."

심명조는 고개를 돌려 창밖을 보았다.

벌써 날이 어둑하니 저녁이 된 모양이다.

심중에 소용돌이치는 회한과 분노를 감싸 안고 심명조는 한참을 허공 중에 시선을 박고 노려보았다.

심명조의 갈라진 음성이 새어 나왔다.

"아이들의… 염은 며칠 후로 미루도록 해라. 내일 모레 개봉부로 아이들을 데리고 들어가겠다. 아침 일찍. 내일은 개봉지부의 생일이니 모레 일찍 개봉부로 가자꾸나."

서문추월이 심명조에게 여쭈었다.

"어찌하실 생각이십니까?"

"개봉지부에게 직접 탄원을 넣어 그때 마차를 몰았던 놈들의 처형을 고변하겠다. 효령이와 미령이의 죽음을 방치하고 그대로 도망간 놈들의 수괴도 죄과를 받아야지."

"처형이요? 무슨 말씀이세요? 그 자식들, 지금 개봉에 있다지 않습니까! 당장 달려가서……."

"가서?"

심명조는 의령의 말을 끊고 질문을 던졌다.

"그 살인자들을 죽여 버려야지요! 삼이의 말을 들었어요! 사고가 아니라 일부러 죽인 거라지 않습니까?"

의령의 눈에 눈물이 고였다.

"얼마나… 아팠겠어요? 얼마나 무서웠겠어요? 아직 어린애들이란 말입니다! 그 애들을 죽인 놈들이 지금 시퍼렇게 눈을 뜨고 개봉을 활보할 것 아닙니까? 도대체 왜 모레까지 기다리자는 거예요?"

"우리가 황제 폐하의 신민임을 잊었더냐?"

"지금 그 따위 것을 따질 때가……!"

"이놈!"

이제까지 정신을 잃었던 사람이라고는 믿을 수 없는 고함이 터져 나왔다.

"소위 유생이라는 놈이 어찌 그리 막말을 한단 말이냐? 이 땅은 지엄한 황법의 지배 하에 있다. 우리 모두는 황제 폐하의 신하임을 잊었다는 말이냐?"

"할아버지!"

"닥쳐랏! 네놈 말대로 낫이라도 빼 들고 개봉으로 달려가자는 말이더냐!"

심명조의 서슬 퍼런 호통에 의령은 입술을 깨물었다. 그러나 마주 쏘아보던 의령의 시선은 곧 떨구어졌다. 할아버지의 슬픔이 어찌 그만 못하겠는가? 부모 잃은 세 손주를 이제까지 키워온 분이다. 더 이상 맞서는 것은 할아버지의 건강에도 좋지 않았다. 지금이라도 개봉으로 뛰어가 갈기갈기 찢어 죽이고 싶은 마음을 의령은 가까스로 억눌렀다. 이제 그에게 혈육은 할아버지 한 분뿐이었다.

서문추월이 침묵을 깨고 심명조에게 여쭈었다.

"그게 가능하다고 보십니까?"

"무슨 말이냐?"

서문추월은 마른침을 삼키며 심명조에게 아뢰었다.

자신을 가르친 사부이자 아버지와도 같은 심명조에게 이런 말을 하는 것은 힘겨운 일이었으나 서문추월은 심명조가 더 이상의 충격을 받는 것을 원치 않았다.

"아이들을 죽인 사람들이 천패궁의 사절단이라 들었습니다. 천패궁은 지금 강호를 통치한다고까지 할 수 있는 세력입니다. 더구나 상계와 관계(官界)에까지 손을 뻗치고 있는 제왕 같은 존재지요. 의령이의 말은 가능성이 전혀 없는 말이지만 개봉부에 고변을 한다는 것도 거의 불가능한 일입니다. 개봉지부는 천패궁주와 인척 관계입니다. 지부대인이 비록 청렴하고 법치를 숭상하는 관리라고는 하나 천패궁의 입장을 대변해 줄 가능성이 큽니다. 법은 멀고 주먹은 가깝다지 않습니까?"

심명조는 서문추월의 눈을 정면으로 응시했다.

"그래서?"

심명조의 분노에 찬 눈빛을 보며 서문추월의 고개는 움츠러들었다.

"내 너를 잘못 가르쳤구나! 권력의 위력 앞에도, 폭력의 위험 앞에서도, 재물의 유혹에도 굴하지 않고 자신의 뜻에 당당한 사람이 대장부라고 가르쳤느니!"

"……."

병든 닭처럼 힘없이 꺾여 있던 심명조의 머리가 꼬장꼬장하게 치켜세워졌다. 심명조의 평생을 뒷받침했던 삶의 원칙 앞에 서문추월의 고언(苦言)은 힘을 발휘할 수 없었다.

"의령아!"

"예……."

"미령이, 효령이의 위패를 마련하도록 해라. 내일을 견뎌야 하니 그 애들의… 시원한 창고에……."

물건을 넣듯이 창고에 시신을 넣으란 말을 차마 못하고 심명조는 말을 흐렸다.

의령은 고개를 떨구었다. 손등 위로 눈물이 떨어졌다.

"그렇게… 하겠습니다."

고개를 숙인 서문추월과 한숨을 쉬는 심명조, 눈물을 흘리는 의령을 창밖의 무심한 달은 바라만 보고 있었다.

의령은 하얗게 쏟아지는 달빛을 맞으며 자신의 처소에 있는 마당에서 고개를 숙이고 서 있었다.

식솔들과 함께 동생들을 안치한 관을 창고로 옮겨두고 처소로 돌아왔으나 두 눈을 바늘로 찌르는 것 같아 잠이 오지 않았다.

미령과 효령이 죽었다는 것이 마치 거짓 같았다. 지금이라도 불쑥 까르륵거리는 웃음소리가 들릴 것만 같았다.

고개 숙인 눈앞에 마당의 바닥 대신 미령이, 효령이의 얼굴이 보였다.

동생들을 따라 개봉으로 함께 갔었다면……

간단한 신법이라도 가르쳐 주었으면…….

움켜쥔 주먹이 부르르 떨려온다.

결국 지키지 못했어.

아버지… 어머니…….

두 눈을 감고 고개를 흔들었으나 미령이, 효령이의 피로 물든 얼굴들이 두 눈에 박힌 채 사라지지 않았다.

의령은 비명을 터뜨리며 미친 듯이 주먹을 휘두르기 시작했다.

"크악!"

정원의 석등(石燈)을 권장(拳掌)으로 후려쳤다.

화강암으로 만들어진 단단한 석등이 쿵쿵 흔들렸다.

"이 개새끼들아! 죽엇!"

천패궁이라 했다.

이대로 개봉부로 짓쳐들어 가 도륙 내고 싶었다.

배를 갈라 내장을 땅에 뿌리고 머리를 뭉개 갈기갈기 찢어 죽이고 싶었다.

할아버지의 말씀이 옳다는 것은 알고 있었다. 황법은 지켜야 한다. 유생이라는 작자가 황법을 무시한다는 것은 있을 수 없는 일임도 안다. 하지만… 하지만……!

"으아아아아!!"

미친 듯이 주먹을 날리던 의령은 오른손을 크게 휘둘러 권배(拳背)로 석등을 후려쳤다.

꽝!

계속된 타격으로 무너져 가던 석등이 산산이 부서져 비산했다.

"크흑!"

의령의 얼굴이 돌연 시뻘겋게 달아오르며 멋대로 꿈틀대기 시작했다. 의령은 부르르 몸을 떨다가 결국 바닥에 쓰러졌다.

기혈이 폭주해 팔다리가 멋대로 꼬이고 있었다. 흐름을 거역한 폭주로 인해 전신의 혈맥이 꼬여갔다.

'마음을 하나로 모으지 않으면 안 된다더니……. 끄윽…….'

눈앞에 효령이와 미령이의 피에 전 얼굴이 떠올랐다. 의령은 비틀리는 팔다리를 억지로 펴며 와공(臥功)을 시도했다. 그러나 기도가 뒤틀렸는지 호흡이 제대로 모아지지 않았다.

"컥!"

아득히 정신이 멀어지려 할 때였다.

누군가 그를 일으켜 가부좌를 틀어 앉히며 중요 혈맥을 점혈하기 시작했다.

등 뒤의 명문혈에 따뜻한 손길이 느껴지며 조용한 음성이 귓전에 울렸다.

"마음을 가라앉히고 행공을 계속하시오. 내가 도우리다."

몸 안에 퍼지는 따뜻한 내력의 도움에 의령의 검미가 꿈틀했다. 누군가 도움을 주고 있었다. 하지만 지금은 그런 것을 따질 때가 아니었다.

고통스레 내공을 운기하던 의령은 외부의 도움을 얻어 차츰 기혈을 진정시킬 수 있었다.

의령이 안정을 되찾고 스스로 행공(行功)에 들어서자 진영은 손을 떼고 한 걸음 물러섰다.

'무공을 익히고 있었다니… 뜻밖이군.'

산산조각이 난 석등을 훑어보던 진영은 놀라움을 금치 못했다. 단단한 화강암이 잘게 부스러져 있었다.

거듭되는 장세에 이미 내부로부터 부스러진 석등이 마지막 타격으로 형체를 잃은 것이 분명했다.

이 정도라면 일류 수준의 공력이다.

유생임이 분명한 의령이 무공을 익히고 있음은 진영에게 뜻밖의 일이었다. 정체를 숨긴 무인이었단 말인가?

비록 뒤틀릴 뻔한 혈맥을 바로잡아 주고 약간의 도움을 주었다지만 빠르게 정상을 회복하는 의령의 낯빛에 진영은 고개를 갸웃했다.

'그 정도의 가벼운 운신으로 주마입마를 당할 뻔하더니, 회복은 이렇게도 빠른가…… 참 기이한 내공도 다 있군.'

진영의 의혹 어린 눈길을 받으며 한식경가량의 행공을 마친 의령이 천천히 일어섰다.

"대단한 장공에 파괴적인 권이구려. 안목을 넓혔소이다."

주화입마의 고비를 겨우 넘긴 의령의 안색은 창백했다.

행공을 하며 간신히 마음을 진정시키긴 했지만 외인(外人)에게 자신의 내밀한 분노를 들킨 것 같아 마음이 씁쓸했다.

크게 숨을 들이켜 마음을 진정한 의령은 자신을 위기에서 구해준 진영에게 깊숙이 포권했다.

“구명(救命)의 은혜에 감사드립니다.”

진영도 마주 포권했다.

“무슨 생명까지, 작은 도움에 불과하오.”

“아닙니다. 삼이까지 구해주셨으니 진즉 감사를 드렸어야 했는데 경황이 없어서 인사도 드리지 못했습니다.”

“누구라도 그럴 상황이었소이다.”

진영이 감당할 수 없다는 듯 고개를 흔들었지만 의령은 다시 고개를 숙였다.

“만일 두 분이 아니었으면 삼이도 그들에게 횡액을 당했을지 모르지요. 삼이를 보호하지 않으셨다면 아마 누이들을 누가 죽였는지도 알 수 없을 뻔했으니 은인이라 함이 마땅합니다.”

다소 딱딱하고 잔뜩 격식을 차린 의령의 대꾸를 들으며 진영은 자신이 여기 온 목적도 잊고 잠시 기분이 풀어지는 것을 느꼈다. 오랜만에 느끼는 유쾌함이었지만 표를 내기에는 상황이 좋지 않았다.

“그런데… 공자가 무공을 익히고 있는 줄은 몰랐구려.”

“후, 저희 집에서는 제가 무공을 익힌 걸 아무도 모릅니다. 비밀로 해주시면 감사하겠습니다.”

진영은 약간 의아했다.

설혹 무공을 익힌 이가 없어 알아보지 못했다 할지라도 낭중지추(囊中之錐)인 법, 자신의 무공을 남들 앞에서 한 번도 드러내지 않았단 말인가?

"이해가 잘 가지 않는구려. 그 정도면 무림에서도 일류요 또래들 중에선 가히 발군의 실력이거늘 아무도 알아보는 이가 없었단 말이오?"

"우연히 알게 되었을 뿐 남에게 자랑하기 위해 익힌 것이 아닙니다."

진영은 의령이 마음에 들었다.

갖고 있는 재주를 자랑하고 싶은 것은 사람의 자연스런 욕망이다. 더군다나 그 나이에는 더욱 쉽지 않은 일이었다.

의령은 진영을 바라보다 조용한 음성으로 물었다. 이 시간에 이곳에 왔다는 것은 무언가 이유가 있을 터였다.

"그런데 저를 일부러 찾아오신 것이었습니까?"

진영은 주화입마에서 회복된 지 얼마 지나지 않았음에도 침착하게 상황을 판단하는 의령이 놀라왔다.

'이 친구는 정말 나이답지 않군. 원래 이렇게 노숙하고 침착한 친구일까? 동생들의 죽음에 큰 충격을 받은 듯했는데⋯⋯.'

"그렇소이다."

"그렇다면 여기서 이럴 것이 아니라 안으로 드시지요."

의령의 안내에 진영은 발걸음을 옮겼다.

찻잔을 앞에 둔 의령과 진영은 잠시 말없이 서로를 응시하고 있었다.

의령은 눈앞의 회의를 입은 진영의 나이를 정확히 짐작할 수 없었다. 언뜻 보면 삼십 대처럼 보이지만 노숙한 말투나 몸가짐을 보면 마흔이 넘은 듯도 보였다. 세파에 시달려서인지 굵게 주름진 이마에 앙상히 드러난 볼을 하고 있었지만 약간은 공허한 눈빛과 섬세한 이목구비로 인해 낙방 서생처럼 보이기도 했다.

진영이 헛기침을 하더니 슬쩍 말을 꺼냈다. 아무래도 자리를 옮기니 조금 어색했다.

"그런데 공자는 원래 성격이 그러하오?"

"무슨 말씀이신지……?"

의령의 얼굴이 의아해졌다.

"동생들의 죽음으로 큰 충격을 받은 듯하던데 지금은 너무 침착한 듯해서 실례를 무릅쓰고 물어본 것이오."

의령은 씁쓰레한 미소를 지었다.

"저도 제 동생들과는 장난도 치고 웃고 떠들던 평범한 사람입니다. 하지만 이런 상황에서 어떻게 평소 같겠습니까? 제 나이답지 않아 보이는 건 그런 이유 때문이겠지요."

진영은 고개를 끄덕였다. 그러나 의령은 아직도 특별해 보였다. 보통 사람들은 마음에 충격을 받으면 정상적인 판단을 내리지 못한다. 주화입마에 빠질 정도로 폭주하는 모습은 확실히 보통 사람의 그것이었다. 그러나 그 후에 보여준 침착함은 진영의 뇌리에 깊이 새겨졌다. 의령은 흔히 볼 수 있는 평범한 사람이 절대 아니었다.

"좀 전에 보니 공자의 내력 운용이 무척 특이하던데 사문을 알 수 있겠소?"

의령의 안색이 미미하게 굳자 진영은 얼른 말을 이었다.

"아, 곤란하다면 굳이 밝히지 않아도 좋소이다."

"아니오. 그런 것이 아닙니다. 사실은 저도 제가 익힌 무공의 연원을 정확히 모릅니다."

진영의 얼굴이 의혹으로 물들었다. 사부가 사문을 밝히지 않았다는 말인가?

"사실은 제 무공은 누구에게 배운 것이 아닙니다."

"아니, 그럼?"

"여섯 살 무렵에 천추서림의 서고 한구석에서 우연히 낡은 책자를 하나 발견했지요. '호연심결(浩然心訣)'이라 적혀 있고 첫장에 '호연지기를 얻는 방법[得浩然之氣法]'이라고 쓰여 있기에 저는 그 책자대로만 하면 맹자님이 말씀하신 호연지기를 얻을 수 있는 줄 알았습니다."

진영의 얼굴에 놀라움이 스쳤다.

"아니, 그럼 그 무공을 혼자 익힌 것이란 말이오? 책만 보고서?"

"예. 어린 마음에 호연지기를 얻은 대장부가 되어 할아버지를 놀라게 해드리겠다는 생각에 몰래 혼자서 익혔지요. 열다섯이 넘어서야 이것이 무공임을 알았습니다. 그전까지는 그저 호연지기를 얻는 양생술쯤으로 알고 있었지요."

진영은 놀라움과 함께 어이가 없었다.

혼자서 책을 보며 무공을 익혀 이 정도의 고수가 되었다는 것도 믿기지 않았고 익힌 지 구 년이 될 때까지 무공임을 몰랐다는 말도 이해가 가지 않았다.

진지한 의령의 얼굴을 보면 거짓을 말하는 것 같지도 않았다.

"허참, 기문이구려."

진영은 고개를 갸웃했다.

"그런데 왜 이곳의 서고에 무경이 있었던 것인가요? 혹시 알아보셨소이까?"

"할아버님이나 아실지 모르겠지만 감히 여쭈어볼 수 없었습니다. 남을 상하게 하는 것이 목적이라며 무공을 굉장히 싫어하시는지라… 그 책에도 연원에 대해서는 한 줄의 언급도 없었습니다."

진영의 얼굴이 씁쓰레하게 굳었다.

남을 해치는 기술. 그것이 무(武)의 전부는 아니었으나 부정할 수 없는 사실이기도 했다. 오늘 사고를 당한 두 소녀도 결국 무인들에 의해 죽지 않았던가?

의령의 말이 모두 진실이라 해도 여전히 풀리지 않는 의문이 많았지만 진영은 그만 본론으로 들어가기로 했다. 자신이 묻고 싶은 것은 남의 무공 내력이 아니었다.

"공자, 알고 싶은 것이 있어 야밤에 방문하였소."

일단 운을 뗀 진영은 차를 한 모금 마시고 말을 이었다.

"방금 전 왕 집사님께 연통을 받고 노학사님을 뵙고 오는 길이오. 모레 아침 개봉지부를 방문하실 거라지요?"

"예."

"노학사님은 나와 의제에게 삼이란 아이와 함께 증인이 되어달라고 했소. 모레 고변할 작정이라 들었소."

"그렇습니다."

의령은 마른침을 삼켰다. 과연 이 사내들이 승낙했을까? 무림의 사내들이 증인이란 번거로운 절차를 선선히 승낙했을지…….

"노학사님의 말씀을 그 자리에서 승낙했소."

의령은 낯선 이의 이 뜻밖의 호의에 크게 감격해 몸을 일으켜 정중히 고개를 숙였다.

"협사님의 의기에 감사드립니다."

의령의 치하에 일어나 화답하고 다시 앉으며 진영은 침착히 자신의 뜻을 밝혔다.

"협사란 내게 너무 과분한 호칭이오. 단지… 본 바를 말해 도움이 될 수 있다면 그리할 뿐이오."

의령은 진영의 어투에서 왠지 반대하는 듯한 느낌을 받고는 되물었다.

"진 협사께서는 개봉부 고변을 탐탁지 않게 보시는 겁니까?"

진영은 의령의 눈을 마주 보았다.

"현 무림에서 천패궁은 절대 패자(覇者)라 할 수 있소. 이십 년 전 현무교의 남하를 저지하곤 힘의 공백 상태를 메운 것이 그들이기 때문이오. 이십 년이 지난 지금 그들은 황권마저 무시 못할 정도로 강대한 세력이 되었소. 이미 천패궁은 강호 그 자체라 할 수 있는 곳이오."

의령은 진영의 눈을 마주 보았다. 은은한 자학이 깃든 진영의 눈은 냉소로 차 있었다.

"차라리 그들이 마차를 타고 천패궁으로 돌아갈 때 무력을 동원해 그들의 목숨을 취할 것을 권하고 싶소. 비밀리에 행한다면 동생들의 원혼을 충분히 달랠 수 있을 것이오. 공자가 원한다면 내가 사람들을 모을 수도 있소."

진영의 뜻밖의 제안을 받은 의령은 잠시 멍하니 있었다. 자신이 바라는 바도 그것이었다. 무공을 익힌 이 손으로 저들을 징치하고 싶었다. 그러나, 그러나…….

"이 나라는 법치 국가입니다. 개봉부의 지부대인은 그 법의 수호를 위해 동분서주했던 분이고요. 저는 지부대인의 청렴함을 믿습니다. 천패궁의 마차를 몰았던 마부와 보조자, 그리고 마차 안에 있던 인물은 모두 현행 율법에 의하면 참형감입니다. 그 법을 믿는 것입니다."

"그것이 본심이오이까?"

"……."

잠시 멈칫했던 의령은 단호히 말을 맺었다.

"그렇습니다."

그의 본심은 그게 아니었다. 당장이라도 그 개자식들을 찢어 죽이고 싶었다. 하지만 외인 앞에서 조부의 뜻을 정면으로 거역할 수도 없는 일이었다.

가슴속에서 치밀어 오르는 열화는 그에게 개봉부로 달려갈 것을 명하고 있었다. 진영의 제안을 받아들이라고 말하고 있었다. 그러나 의령은 그렇게 할 수 없었다. 할아버지가 마음에 걸렸다. 의령은 스르르 고개를 떨구었다. 내심을 다시 들키고 싶지 않았다.

진영은 이 순진한 학자 조손(祖孫)이 심히 우려스러웠다.

진영이 보기에 이 고변은 말도 안 되는 짓이었다.

천패궁은 천추서림쯤 하룻밤 사이에 이 세상에서 흔적도 없이 말살해 버릴 정도의 힘과 권력을 지니고 있는 집단이었다.

강호의 치외법권을 마음껏 누리고 있는 곳이 바로 천패궁이었던 것이다.

그러나 이제까지 본 바, 이 학자 조손은 자신들의 신념을 굽힐 사람들로는 보이지 않았다. 목숨이 위태로울 수 있다는 말쯤은 이들의 신념을 꺾는 데 아무런 소용이 없을 듯했다.

진영은 길게 탄식했다.

"알겠소. 모레 아침에 뵙도록 하지요. 저희도 함께 갈 터이니 연락해 주시길……."

진영은 일어나 작별을 고하고 자신의 처소로 발길을 옮겼다.

협사라…… 자신이 협을 행하는지는 알 수 없었다.

그러나 저 무림에 무지한 두 조손을 도와주고 싶다는 마음이 일어남을 느꼈다.

정말 오랜만에 무언가를 하고픈 의욕이 솟구쳤다.

천추서림에 오래 머물러야 할지도 몰랐다.

3

이틀째를 맞은 개봉지부의 생일 연회는 절정의 분위기에 도달해 있었다. 어제 하루만 해도 삼백여 명의 축하객들이 몰려 방명록을 가득 메웠고 두 차례의 연회로 개봉 전체가 가히 축제 분위기였다.

천패궁의 사절단도 그제의 참사를 잊고 마음껏 연회의 들뜬 분위기를 만끽하고 있었다.

오늘은 어떤 진귀한 요리와 구경거리가 선보일지 모두 기대에 찬 눈빛으로 연회석으로 몰려들었다.

연회석 안으로 들어와 자리를 잡은 군중들은 모두 탁자 앞에 마련된 물로 간단히 손을 씻었다.

곧 이어 향기 그윽한 용정차가 연회석의 모든 탁자에 놓였다. 군중들은 너나 할 것 없이 차를 마시며 곧 이어질 흥겨운 축제와 음식의 행렬을 기다렸다.

연회석의 가운데로 곧 사자탈을 뒤집어쓴 두 패의 무희단이 등장했다. 오랜 연회의 단골 사자춤이었다.

사자춤은 원래 전쟁에서 기원한 호쾌한 유희였다.

송의 황제 유의륭(劉義隆)이 범양(犯陽)을 칠 때 범양의 군대는 코끼리 군단을 앞세워 첫 전투에서 대승을 거두었다.

이에 송나라의 장수였던 종각(宗慤)은 고심 끝에 꾀를 내었다.

코끼리가 무서워할 만한 짐승은 사자라고 생각해 병사들로 하여금 사자탈을 크게 만들고 그 안에 들어가 코끼리를 놀라게 하는 전술을 생각해 낸 것이다.

종각은 전투가 벌어질 곳곳에 미리 함정을 파 은폐시켜 두고 다음 날 전투가 벌어져 코끼리 군단이 몰려오자 사자탈을 쓴 병사들을 앞세웠다.

자신들의 앞에 나타난 느닷없는 사자 떼에 크게 놀란 코끼리들은 우왕좌왕하다 병사들에 의해 함정으로 떨어져 죽음을 당했고 이로 인해 사기가 꺾인 범양의 군대는 대패하고 말았다고 전해진다.

전쟁터에서 전해진 춤이니만큼 사자의 모양을 흉내 내는 사자춤은 역동적이면서도 힘차기로 유명했다.

고조되어 가는 악단의 음악 소리에 발맞추어 힘차게 포효하는 사자춤에 연회석에 모인 군중들의 열기는 점점 뜨거워졌다.

탁자 곳곳에 놓인 과일과 볶은 은행 알, 연꽃 씨들을 계속 지범거리다 보니 연회장의 본 음식들이 연이어 들어오기 시작했다.

이번 연회는 한차례의 주연에 네 개의 요리상이 연이어 들어오고 있었다. 한 상에는 주 요리 하나와 보조 요리 네 개씩, 다섯 가지의 음식들이 놓여져 들어왔다.

모두 스무 가지의 요리가 한차례의 주연에 베풀어지는 것이다.

연이어 나오는 요리를 맞으며 연회석에 모인 군중들은 연신 품평하기에 여념이 없었다.

"아이구, 이건 곰 발바닥 아니야? 맹자님도 좋아했다는 그 곰 발바닥일세그려."

"어디? 오! 과연 지부대인이 신경을 많이 쓴 연회답구먼."

"무슨 말인가?"

“이걸 보게. 크기가 작은 것이 오른쪽 발이지 않은가? 자고로 곰 발바닥은 곰이 꿀을 찍어 먹는 이 오른쪽 앞발을 최고로 치지. 하하!”

한쪽에서는 처음 보는 희한한 탕을 보며 사람들이 모여 저것이 무엇이냐며 설왕설래하고 있었다.

그중 한 미식가가 나서며 아는 척을 했다.

“이게 그 유명한 청탕호단(淸湯虎丹)이라네.”

“그게 무엇이죠?”

그윽한 방향과 함께 성장(盛裝)한 여인이 슬쩍 묻자 사내는 침을 튀기며 자신의 지식을 자랑했다.

“이건 흥안령(興安嶺)산맥에 사는 호랑이 수컷의 고환으로 만든 것이오. 남정네의 그것에 아주 그만이지요.”

여인이 곱게 눈을 흘기며 사내에게서 등을 돌렸다.

“잘도 그런 흉악한 말을 입에 담으시는군요. 혼자 많이 드세요.”

사내의 얼굴이 벌게지고 좌중은 웃음바다가 되었다.

흥에 겨운 사람들은 음식을 먹으며 소흥주(紹興酒)를 마시는 내기를 하기 시작했다. 한 명이 손가락을 내밀고 그에 해당하는 숫자를 맞추는 간단한 벌주 내기였다.

바야흐로 주흥이 도도하니 무르익어 가고 있었다.

연회석의 상석에 놓인 태사의에 자리 잡고 있는 개봉지부 이무력(李武力)은 연신 축하 인사를 받으며 연회를 주도하고 있었다.

당당한 풍채에 짙은 눈썹이 인상적인 이무력의 마흔일곱이 되는 생일이었다.

심상히 넘어갈 수도 있었으나 내년에 중앙 관계에 진출할 예정에 있는 개봉지부는 이참에 유력 인사들과의 교분을 확실히 할 요량으로 대대적인 연회를 연 것이었다.

그 한 옆에는 동생인 이가려와 패일로, 마우간이 앉아 있었다.

관계와 상계의 거목들이 자리한 이곳에서 당당히 상석에 앉아 있음은 당금 천하의 천패궁의 위세를 대변한다 할 수 있었다.

세 명의 얼굴도 주흥에 싸여 붉게 달아올라 있었다.

며칠 전의 일은 이미 기억에서 사라지고 그들에겐 즐거운 연회만이 있을 뿐이었다.

그때였다.

관저의 솟을대문이 벌컥 열리며 일단의 사람들이 경계병을 밀치고 연회장으로 들어왔다.

맨 앞에는 살짝 부축을 받고 있는 백발이 성성한 노학자 한 명과 그를 부축하는 청년, 양 옆에는 청의와 흑의를 입은 두 사내가 호위하듯 그들을 감싸고 있었고 그 뒤를 따라 아이 하나와 삼십 대 장한 한 명이 발걸음을 옮겼다.

그들의 뒤를 따라 들어오는 유생건을 쓴 서생의 무리 속에는 관 두 개가 실린 나귀가 끄는 수레가 있었다.

천추서림의 사람들이었다.

갑자기 들어온 비장한 분위기의 사람들로 인해 연회장은 축제 분위기 대신 곧 수군대는 물결이 일기 시작했다.

어느새 풍악이 멈추었다.

몇몇은 심명조를 알아보고 호기심에 찬 눈길을 던졌으나 수레에 실린 나무로 짠 초라한 관 두 개를 보더니 곧 눈살을 찌푸렸다.

생일 연회에 관이라니?

심명조를 알아본 이무력은 자리에서 일어나 심명조에게 다가갔다.

"아니, 천추서림의 원주이신 천추고학(千秋孤鶴) 심 학사님이 아니십니까? 안 오시는 줄 알고 섭섭했건만 이제야 오셨군요?"

이무력의 눈길은 뒤따라 들어온 수레 위의 관을 날카롭게 쏘아보고 있었으나 만면에 웃음을 띠고 심명조를 맞이하고 있었다.

연회의 분위기를 망치고 싶지 않았지만 이미 연회장을 밀고 들어온 이들로 인해 즐거운 분위기 대신 호기심과 수군거림이 자리를 메우고 있었다.

이 연회를 통해 정(政), 관계(官界)의 인사들과 교류를 더욱 튼튼히 하려 했던 이무력은 일대 위기를 맞았음을 직감하고 있었다.

"지부대인의 생신을 축원드리오. 연회가 끝난 후에 오려 했으나 더 이상 기다릴 수 없는 사정이 생겨 부득불 오늘 찾아뵈었소이다. 죄송하오이다."

의령에게 부축받던 손을 가만히 뿌리치고 정중히 고개를 숙여 포권하는 심명조의 기태는 과연 일대의 유학자다운 장중함이 있었다.

힘든 몸임을 뻔히 드러내면서도 기품을 잃지 않는 심명조의 의연함에 좌중은 곧 고요해졌다. 심명조에게서 벼랑 끝에 선 자의 긴장이 느껴졌던 것이다.

심명조는 느릿하게 말을 이어갔다.

"제게 두 손녀 아이가 있음은 지부대인도 아실 것입니다. 또한 불민한 아이들이 대인의 영애(令愛)와 교분이 있었음도 잘 아시리라 믿습니다."

이무력은 점점 불길한 예감에 사로잡히고 있었으나 침착하게 대답했다. 그는 개봉지부이고 이 연회의 주인공이었던 것이다.

"잘 알고 있습니다. 한데……."

개봉지부의 말이 채 끝나기도 전에 낭랑한 사내 아이의 목소리가 연회석의 침묵을 깨뜨렸다.

"바로 저 사람들이에요, 각주님! 저 사람들이 누나들을 마차로 치어 죽인 그 사람들이라구요!"

삼이는 서문추월의 손을 잡고 이가려와 패일로, 마우간이 있는 탁자를 가리키며 큰 소리로 외쳤다.

심명조는 고개를 돌려 진영을 바라보았다.

삼 인(三人)을 바라보던 진영은 크게 고개를 끄덕였다.

그들이 분명했다.

연회의 최상석에 앉아 있는 걸로 보아 천패궁의 최고위급 인사들임에 분명했다. 저런 자들이 어찌 마차를 몰았단 말인가?

진영은 자신의 작은 희망이 무너지는 소리를 듣고 있었다.

그들의 기파(氣波)가 대단함은 알고 있었지만 이렇게 직접 마주 대하고 보니 천패궁 내에서도 최절정 고수임이 분명했다.

지부의 옆 자리에 앉아 있는 걸로 보아 중년의 부인은 개봉지부의 친동생인 천패궁의 궁모임이 분명했다.

이 고발은 제대로 집행될 가능성이 희박했다.

한 가닥 희망이라면 심명조가 고발 장소를 연회의 절정기인 오늘 유력 인사들이 즐비한 연회장으로 잡은 것이었다.

절차를 무시한 것이긴 하지만 유력 인사들이 밀집한 이곳에서 이무력이 심명조의 고발을 무시하기는 힘들 것이다.

심명조의 카랑카랑한 음성이 이어졌다.

심명조의 시선은 상석의 삼 인에게 박혀져 있었다.

"그제 오후 제 손녀 아이들 둘이 추월각의 외로운 아이들을 위문하고자 방문 중이었습니다. 여기 있는 이 아이가 관도까지 마중을 나왔었지요. 저 두 사람이 모는 마차가 갓길을 걷고 있던 두 아이를 덮쳤…
습니다. 마차를 몰던 마부는 마차를 세우는 것이 아니라 오히려 말들
에게 채찍을 휘둘러 폭주를 부추겼다더군… 요.”

심명조는 다시 감정이 북받치는 듯 잠시 이야기를 멈추고 숨을 골랐다.

연회에 참석한 군중들은 이 흥미진진한 고발 장면을 유심히 보고 있
었다. 남의 불행이 흥미의 대상이 되기란 여반장이니……

“여기 양 옆에 계시는 협객들께서 마침 지나가시다 그 장면을 함께
목격하셨습니다.”

진영과 그의 의제 유성혼(劉星魂)은 각기 한 걸음씩 나아가 좌중을
향해 포권했다. 오늘을 위해 특별히 단장했는지 부스스한 머리는 그대
로였지만 깔끔한 청의와 흑의를 걸친 것이 무인 특유의 날렵한 몸을
그대로 드러내고 있었다.

삼 인을 노려보는 심명조의 말투는 가늘게 떨려 나오기 시작했다.
당장에라도 달려들어 멱살을 틀어쥐고 싶었지만 지금은 더욱 냉정을
지켜야 할 때였다. 함께 온 천추서림의 식구들에게도 단단히 당부한
바였다.

심명조는 개봉지부에게 시선을 옮기며 단호히 말을 이어갔다.

“개봉지부께 고하옵니다. 지부대인이 선황 폐하께서 강조하신 법치
사상의 강력한 수호자이자 성실한 집행관임을 만백성이 모두 알고 있사
옵니다. 저들은 개정된 대명률(大明律)을 어겼나이다. 목숨을 앗은 자는
고의든 과실이든 목숨으로 그것을 갚게 되어 있습니다. 그것이 선황 폐
하께서 힘없고 억울한 백성들의 목숨 값을 보장하기 위해 단안을 내리
신 율법입니다. 개봉지부께 정식으로 저들 삼 인을 고발하는 바입니다.”

좌중의 하객들이 웅성이기 시작했다.

"저 사내 둘은 마차를 몰았던 이들로서 저의 두 손녀를 뻔히 보면서도 마차를 몰아 갓길을 걷던 아이들을 일부러 처참히 뭉개 죽였… 습니다. 저들은 그것을 은폐하기 위해 사고 현장을 깨끗이 치우고 목격자를 수색하는 철저함까지 보였습니다. 그 마차에 타고 있던 저 부인은 그들의 수괴로서 이를 방조하였습니다. 청컨대 개봉지부께서는 저들을 엄중히 처벌하여 이 땅에 황법이 존재함을 증명하여 주시옵소서."

도도한 심명조의 고발이 끝나자 하객들이 웅성이기 시작했다. 서문추월이 앞으로 나아가 심명조에게 두루마리를 건네주었다.

어젯밤 미리 작성한 고발장이었다.

오늘 이 연회석상에서 좌중의 사람들이 지켜보는 가운데 범인의 얼굴을 확인하고 고발하기 위해 치밀하게 준비한 것이었다.

심명조는 이무력에게 다가가 공손하게 고발장을 두 손으로 바치며 이무력의 시선을 정면으로 응시했다.

"지부대인의 생신 연회가 삼 일간 계속되는 걸로 알고 있어 연회가 끝난 후 오려 했으나… 손녀들의 시신을 염도 안 하고 계속 방치할 수 없었습니다. 하루가 지나면 부패… 가 시작될 듯해서입니다. 시신을 확인해 주십시오. 다행히 대인의 생신은 어제였는지라 무례를 무릅쓰고 오늘 연회장 안까지 들어오게 되었습니다. 늘그막에 손녀 둘을 먼저 황천으로 떠나보낸 필부의 마음을 헤아려 주시길 바랍니다."

마음의 격동을 미처 억누르지 못해 간간이 말을 끊은 심명조가 절절히 고발을 마치자 관을 보호하고 있던 젊은 유생들이 관 뚜껑을 열어젖혔다.

두 소녀의 시신이 연회장을 가득 메운 인사들의 눈앞에 공개되었다.

깨끗이 닦고 탕관(湯灌)을 마쳤다지만 마차에 짓이겨졌다는 말 그대로 말과 마차에 눌려 터진 소녀들의 시신은 처참한 상처가 그대로 드러나 있었다.

부녀자들은 고개를 돌려 코를 막기 바빴고 좌중의 인사들은 개봉지부에게 소리를 치기도 했다. 소흥주로 취기도 돈 이상 천패궁에 대한 공포도 둔감해져 순간적으로 솟구치는 결기로 소리를 질렀다.

"저런 짐승 같은 놈들, 그런 짓을 하고도 여태 웃으며 연회를 즐겼단 말인가? 퉤에!"

"지부대인, 저들을 참형에 처하여 황법이 존재함을 보여주십쇼!"

웅성거리며 동요하는 군중들의 소리를 들으며 이가려와 패일로, 마우간은 지그시 이를 물었다.

마우간의 몸이 꿈틀하니 자리에서 일어나려 하자 급히 패일로가 만류했다.

―무슨 짓인가? 가만있게! 우리가 한 짓이란 걸 만천하에 알릴 셈인가?

패일로의 전음을 들은 마우간이 다시 자리에 앉자 패일로의 전음이 빠르게 이어졌다.

―궁모님, 우간, 절대 동요해서는 안 되는 상황입니다. 목격자는 저 세 명밖에 없습니다. 모든 증거는 깨끗이 지웠습니다. 절대 동요하지 마세요!

이무력은 심명조를 지그시 바라보고 있었다.

심명조도 그의 시선을 피하지 않고 마주 보았다.

늙은 생강은 맵다고 하더니 이무력은 뒤통수를 얻어맞은 기분이었다. 저 멍청한 것들이 하필이면 유림의 대거두인 천추고학(千秋孤鶴) 심명조의 두 손녀를 죽였다니…….

심명조는 자신의 연회장 안에 들어와 손녀들의 피살을 고발함으로써 개봉뿐 아니라 경사의 중앙 관계에까지 이 사건이 알려지게 만들었다.

개정된 황법을 엄수하는 것으로 자신의 정당성을 선전했던 이무력이었기에 심명조의 고발 연설은 너무나도 치명적이었다.

이제 이 사건은 그냥 묻어둘 수 없게 되었다.

정식으로 공개된 판결을 내려야 하는 상황이 된 것이다.

이무력은 좌중을 둘러보고 진정하라는 듯 두 손을 크게 들어 손짓했다. 그의 손짓에 따라 좌중의 혼란스런 소리는 차츰 수그러들었다.

조용해진 연회석상을 이무력의 침착한 목소리가 갈랐다.

노학사를 맞는 정중한 목소리가 아니라 개봉지부로서의 위엄이 넘치는 음성이었다.

"정식으로 절차를 밟은 고발은 아니지만 시신의 부패를 염려한 어쩔 수 없는 상황임을 인정하겠소이다. 피해자의 시신이 있고 목격자도 세 명이 있으며 목격자가 지명한 가해자들도 이 자리에 있으니 내일 사시(巳時)를 기해 재판을 열도록 하겠소. 본래는 내일까지 연회를 열 예정이었지만 황법의 존귀함을 위해 본인의 생일 연회는 이 자리를 끝으로 접도록 하겠소이다."

좌중의 하객을 둘러보는 이무력의 눈은 황법의 수호자라는 자부심을 드러내듯 형형하게 빛나고 있었다.

"고발자들은 내일 사시에 이곳으로 출두할 것이며 가해자로 고발당한 이들 또한 내일 사시에 여기에서 뵙도록 하겠소이다. 이 사건의 재판은 본인의 관저에서 행하도록 하겠소. 본래는 개봉부에서 해야 옳겠지만 여기 계신 내빈 여러분들에게 재판의 명료함을 공증받고 싶소이다. 심 학사께서는 손녀들의 시신을 검수받으신 후에 돌아가십시오. 오늘 연회는 이것으로 끝내겠소이다. 자리를 빛내주신 귀빈 여러분께 다시 한 번 감사의 인사를 드립니다.”

사방으로 이어지는 이무력의 포권 속에서 좌중의 누군가가 박수를 치기 시작했다. 황법의 존엄함을 수호하기 위해 연회의 중단을 선언한 개봉지부의 결단을 칭송하는 소리가 높아졌다.

심명조와 천추서림의 식구들은 상석에 있는 삼 인(三人)을 노려보다 지부에게 예를 표시하고 몸을 돌려 두 소녀의 시신을 끌고 관원과 함께 자리를 떠났다.

이어지는 환호를 등 뒤로 일행은 조용히 개봉지부의 관저를 빠져나왔다.

연회를 대충 마무리한 후 이무력과 이가려, 패일로와 마우간은 이무력의 내실 지하에서 자리를 함께하고 있었다.

방음이 완벽히 된 밀실에서 이무력은 분노의 호통을 치고 있었다.

“이게 무슨 날벼락 같은 일이오? 당신들이 내게 주는 생일 선물이 고작 이거요?”

이가려 등은 입이 열 개라도 할 말이 없었다.

대수롭지 않은 일이라 생각하고 이무력에게는 한마디 언질조차 하지 않았던 것이다.

패일로가 어정쩡한 목소리로 상황을 설명했다. 일부러 죽였다는 말은 쏙 빼고 마차 사고가 났지만 여염집 애들인 듯해 대충 자취만 없애고 자리를 떴다고만 했다.

상황 파악을 제대로 못한 이가려가 나직이 불퉁거렸다.

“아니, 오라버니! 그깟 계집 둘 죽은 걸 갖고 뭐 그리 신경 쓰세요? 그저 운이 없는 애들이었다구요!”

꽝!

이무력이 주먹을 들어 탁자를 내려쳤다.

자단목으로 만들어진 단단한 탁자에 이무력의 주먹 자국이 선명히 찍혔다.

“닥쳐!”

느닷없는 이무력의 분노에 놀란 이가려는 입을 다물었다.

정략에 희생된 동생이라고 얼마나 아껴주었던 오빠던가?

“너는 이 오라비가 개봉지부임을 잊었단 말이냐?”

이무력의 목소리에 시퍼런 날이 섰다.

“네가 천패궁에 있으면서 무림의 관행에 몸이 젖었구나! 이 나라는 황제가 내린 율법이 존재하는 나라이다! 오라비는 그 율법을 집행하는 개봉지부의 직책에 있고!”

이무력은 시선을 돌려 패일로와 마우간을 응시했다. 고의가 아닌 우발적인 사고라 속인 둘의 시선이 움찔했다.

“두 분이 마차를 몰다가 실수로 사람을 치어 죽였다고 해도 현재의 율령은 목숨 값은 무조건 목숨으로 갚게 되어 있소이다. 두 분의 죄목은 참형에 해당하는 것이오.”

패일로와 마우간의 얼굴은 동시에 흠칫하며 굳어졌다.

“가려, 너는 일행의 최고위자로서 사건을 은폐하그 현장을 떠났으니 이는 살인수괴죄에 해당하는 것이다. 역시 참형에 해당하는 죄목이다.”

이가려 등의 얼굴은 당혹감으로 인해 제각기 불만에 차 있었다.

이무력은 패일로와 마우간을 잡아먹을 듯 노려보았다.

“도대체, 도대체 왜 일을 이 지경으로 만든 것이오? 목격자가 없어요? 아이까지 포함된 그 세 명의 목격자는 하늘에서 떨어진 거란 말이

오이까?"

"……."

고개를 숙이고 있던 패일로가 조심스레 입을 열었다. 평소의 관계라면 아무리 궁주와 인척 간이라도 이렇게 몰릴 이유가 없었지만 상황이 상황인지라 패일로의 음색은 정중하고 조심스러웠다.

"지부대인, 고정하시지요. 제가 보기엔……."

패일로의 말을 끊으며 이무력은 자신의 분노를 삼 인에게 퍼부었다.

"오늘 연회가 내게 어떤 의미가 있는지 아시오? 내년의 중앙 진출을 다지기 위한 초석의 의미가 있단 말이오! 그런데 그 자리에서 똥물을 뒤집어쓴 꼴이 되었소! 가까스로 상황을 마무리하기는 했지만 이 재판의 결과를 좌중의 모두가 주목할 거요! 정, 관계의 주요 인사들이 모두이 이 모의 결정을 주목할 거란 말이오!"

이무력은 말을 할수록 화가 나는지 점점 언성이 높아지고 있었다.

"왜 하필 천추서림의 두 아이란 말이오? 유림의 세력은 관계에서는 절대 무시할 수가 없단 말이오! 천추고학 심명조는 전국에 이름 높은 명실상부한 유림의 대거두란 말이오!"

흥분한 이무력의 추궁은 계속 이어지고 있었다. 그런 이무력을 보며 패일로의 조심스런 음성이 뒤따랐다.

"어쩌면 이번 기회는 지부대인의 영명함을 사해에 떨칠 수 있는 계기가 될 수도 있습니다. 제 말을 끝까지 들어보시지요."

이무력은 뜻밖의 말에 분기를 억누르며 패일로를 쳐다보았다. 어디할 말이 있으면 해보라는 기색이었다.

"그 사건의 목격자는 그들 세 명밖엔 없습니다. 더구나 우리는 개봉부에 들어오기 전 마차에 묻은 핏자국을 깨끗이 지웠고 개봉부에 들어

와서는 다시 한 번 증거를 완전 인멸했습니다. 다시 말해 사건의 진실을 증명할 것은 목격자인 세 명의 증언밖에는 없다는 것이지요.”

패일로는 잠시 말을 멈추고 이무력을 보았다.

자신의 말이 상당히 먹혔는지 이무력의 얼굴은 계속해 보라는 투였다.

“더구나 제가 보기에 그 두 사람은 떠돌이 낭인 무사입니다. 신원이 극히 불확실할 것이 자명하지요. 호패조차 없는 이가 대다수인 것이 낭인들입니다.”

옆에서 듣고 있던 마우간이 툭 끼어들었다.

“하지만 그자들은 우리의 이목을 속일 정도의 고수들이야. 따로 은잠술을 익혔는지는 모르겠으나 아까 연회장에서의 기파도 보통은 넘어 보이더군. 여간내기가 아니라는 거지.”

패일로는 마우간을 향해 슬쩍 눈치를 주었다.

도대체 이 친구는 생각이 있는 것일까? 물정 모르고 끼어드니…….

다시 이무력의 미간이 찌푸려지는 것이 보였다.

패일로는 얼른 말을 이었다.

“그렇기에 더욱 우리에게 유리할 수도 있는 것입니다. 현무교는 황궁에서도 예의 주시하고 있지요. 이십 년 전의 남하는 무림뿐 아니라 황권에 대한 위협도 되었습니다. 그걸 막아낸 곳이 바로 우리 천패궁 아니겠습니까? 신분이 불확실하며 무공이 높은 그들을 현무교의 간세로 몰 수도 있다는 말입니다.”

패일로의 말을 듣던 이무력의 미간이 조금 펴졌다. 그러나 그의 생각은 아직 바뀌지 않았음이 분명했다.

“패 봉공의 말씀은 일리가 있소이다. 그러나 어디까지나 그대들이 간신히 무죄로 방면될 정도이지 나의 영명함이 사해에 떨칠 만한 기회로는 보이지 않는구려. 어쨌든 그대들이 정황상 사건의 가해자임은 오늘 연회에 참석했던 이들이 모두 보았소이다. 목격자들의 증언에 의하면 실수로 인한 사고가 아니라 일부러 아이들을 깔아뭉갰다는 것이니 죄질이 더욱 무겁소. 거기다 재판에서 그대들을 어찌해서 무죄로 방면한다 해도 명분이 정당하지 않은 이상 나에게 과중한 부담을 지우는 것이오.”

다분히 비꼬는 듯한 이무력의 말이었다.

이번 기회에 천패궁에게 확실한 빚을 지우려는 속셈이 분명했다. 이후의 관계에서 이무력이 주도권을 잡을 수도 있는 계기였으니…….

패일로는 말문이 막혔다. 그로서는 최선을 다해 짜낸 수습책이었으나 천패궁의 입지를 좁히는 결과가 되는 것은 어쩔 수 없는 일이었다.

이제까지 가만히 듣고만 있던 이가려가 돌연 악을 썼다.

“그럼 오빠는 나를 참형에라도 처하겠다는 건가요? 여기 두 봉공과 함께 목이라도 치겠다는 거예요? 천패궁과 등을 돌리겠다는 말인가요?”

뾰족한 이가려의 음성이 울려 퍼지자 패일로의 미간은 다소 펴졌다.

때론 이가려도 도움이 될 때가 있구나 하는 우스운 생각이 머리를 스쳤다. 이가려는 화를 있는 대로 터뜨리며 오라비인 이무력의 처지를 정확히 꼬집은 것이었다.

그렇다. 이무력으로서는 결코 천패궁의 요인 세 명을 참형에 처할 수 있는 입장이 아니었다. 이씨 세가와 천패궁의 관계는 이와 잇몸의 관계였던 것이다.

좌중은 잠시 무거운 침묵 속으로 빠져들었다.

이때 똑똑 문을 두드리는 소리가 밀실의 침묵을 깼다.

이무력이 친히 일어나 문을 열었다.

오 척이나 될까? 까무잡잡한 얼굴에 뻐드렁니가 튀어나온 기이한 인물이 머리를 숙여 인사했다.

이무력은 반갑게 그를 안내해 자리에 앉혔다.

"인사들 하시오. 내 장자방이랄 수 있는 주소추(周素秋)라 하오."

너무나 초라한 겉모습에 이가려 등은 건성으로 인사 하였다.

그런 사람들의 반응에 익숙한 듯 주소추는 조용히 자리에 앉았다.

"주 형(周兄), 내 처지는 이미 들으셨으리라 믿소. 이분들은 내 동생과 내 동생을 보위하여 온 천패궁의 봉공들이시오. 이 일을 어떻게 수습하면 좋겠소?"

이가려 등은 이무력의 호칭에 은근히 놀랐다. 이 보잘것없어 보이는 인물에게 이무력은 거의 평배의 호칭을 쓰고 있었다. 못나고 왜소한 주소추의 얼굴이 다시 보였다.

주소추는 공손히 이무력에게 고개를 숙였다.

"지부대인, 지금 무척 어려운 상황이 되었습니다. 심명조가 지부대인을 몰아붙이는 데 성공했지요. 시기를 기가 막히게 선택했습니다. 과연 생으로 유림의 거두 소리를 듣는 게 아니었더군요. 미묘한 상황의 한가운데에 정확히 맥을 끊는 고발이었습니다. 연회석에 운집했던 수많은 인사들로 인해 이번 사건은 중앙 관계에서도 주목하는 사건이 될 것입니다. 선황 폐하의 율령에 대한 공개적 심판에 다름 아니니까요."

이가려 등을 둘러보는 주소추의 눈빛은 날카롭기 그지없었다.

"여러분의 일 처리는 언뜻 보면 완벽한 듯했지만 너무 많은 빈틈을 남기고 말았습니다. 첫째, 죽은 자의 신분을 너무 평범하게 예단했고 둘째, 기왕 사건을 은폐하려 했으면 목격자의 존재를 철저히 말살했어야 함에도 세 명이나 남겨놓았습니다. 셋째, 아예 시신 자체를 없앨 수도 있었는데 이를 방치한 것입니다. 상황을 너무 안이하게 판단한 것이지요. 이 세 가지 실수는 모두 치명적입니다. 여러분에게도 지부대인께도 말이지요."

패일로는 무언가 변명하려 했지만 승복할 수밖에 없었다. 주소추의 지적은 구구절절이 옳은 것이었다.

"무림인들께서 그 흔한 화골산 하나 없었단 말입니까? 시체를 아예 녹여 버리고 남은 물건들을 태워 버렸으면 그만인 것을… 쯧쯧."

마우간은 얼굴이 시뻘게져 항변했다.

"우리는 그런 하류배나 쓰는 독물을 갖고 다니는 사람들이……."

주소추는 마우간의 말을 끊고 단호하게 반문했다.

"그런 분들이 마차로 어린 소녀 둘을 고의로 깔아뭉갰습니까? 일단 죽였고 사건을 숨기려 했다면 땅에 묻든지 태우든지 토막을 내어 강물에 버리든지 할 일이지 왜 그냥 오신 겁니까? 너무 안이했다고 생각지 않으신단 말입니까?"

패일로와 마우간의 고개는 폭 수그러졌다. 말로 상대할 수 있는 인물이 아니었다. 그들의 체면은 땅에 떨어졌다.

"그건 궁모님께서……."

패일로의 변명이 이어지려 하자 주소추는 칼 같은 일갈을 내질렀다.

"아니, 이제 여인에게 책임을 지우려는 겁니까? 지부대인의 누이께서는 신분상 가장 위에 있는 분이지만 그 상황을 주도한 사람이 두 분이란 것은 누구나 알 수 있는 일입니다. 무림에서 명성이 자자하신 분들이 어찌 이리 책임을 회피하시려 든단 말씀입니까?"

패일로와 마우간의 고개는 완전히 탁자에 코를 박은 듯이 되었고 든든한 우군을 만난 이가려의 턱 끝은 천장을 바라보듯 의기양양해졌다.

다시 조용한 주소추의 말이 흘러나왔다.

"하지만 지금 상황은 누구의 잘잘못을 따질 상황이 아닙니다. 지부대인과 여러분은 한 배를 탄 상황과 같습니다. 누군가를 희생시켜 배를 나아가게 할 수 있다면 그도 좋은 방법이지만 그럴 수도 없습니다. 천패궁과 이씨 세가의 관계를 생각하면요."

주소추의 변설에 완전히 압도당한 이무력이 그에게 은근히 해결책을 물었다.

"그럼… 주 형이 보시기엔 타개책이 전혀 없다는 말씀이시오?"

주소추는 어울리지 않게도 학우선을 천천히 부치며 이무력을 쳐다보았다. 좌중을 제압한 자의 여유가 엿보였다.

"그럴 리가 있겠습니까? 저는 다만 현재의 상태를 짚어보고자 말을 꺼냈던 것뿐입니다."

이가려가 다급히 물었다.

"해결책이 있나요?"

이가려를 무심히 바라보던 주소추는 천천히 말을 이었다.

"우선 판결의 결과가 어떻게 나야 하는가라는 점을 말씀드리지요. 여기 계신 천패궁 분들의 입장에선 유죄 선고가 나서는 절대 안 됩니다. 형벌이 참형이니까요. 설혹 무공을 이용해 몸을 피하신다 해도 천패궁의 체면은 땅에 떨어지게 됩니다. 이는 장차 천패궁과 이씨 세가의 단절을 의미함이니 절대 안 될 말이지요."

패일로와 마우간이 고마운 듯한 눈길을 보냈다. 마음으로 주소추에게 완벽히 굴복한 것은 아닐지라도 상황의 주도권이 온전히 주소추에게 넘어갔음은 자명했다.

"지부대인의 입장에선 율법을 수호하는 단호한 자세를 견지하셔야 합니다. 지금 이 사건의 판결을 중앙 관계가 지켜보고 있다는 것을 감안한다면 졸속한 재판으로는 안 된다는 거지요. 최대한 정확하면서도 공명정대하게 율법을 지키는 지부대인의 모습을 보여야 합니다."

주소추의 말을 듣던 이무력은 의아한 듯 되물었다.

"주 형의 말은 원칙이 아니오? 그렇듯 서로의 입장을 완벽히 만족시킬 수 있는 방법이 있다는 말이오?"

주소추의 여유있는 웃음이 피어올랐다.

학우선을 부치는 그의 얼굴에는 슬쩍 자부심이 엿보였다.

"물론 있지요."

좌중엔 돌연 은밀한 미소가 흐르고 주소추의 나직한 목소리가 울려 나오기 시작했다.

이무력 등의 탄성과 함께 박수 소리마저 간간이 새어 나왔다.

개봉지부의 관저 지하에 있는 밀실에선 내일의 재판을 위한 은밀한 모의가 시작되고 있었다.

3장 개봉판결(開封判決)

　사시(巳時)에 있을 재판에 도착하기 위해 걸음을 재촉하고 있던 의
령은 수레 위에 꼿꼿이 정좌하고 있는 심명조를 바라보았다.

　살며시 눈을 내리 감아 반개(半開)하고 있는 그의 얼굴에선 비장한
결의의 빛이 감돌고 있었다. 수레 위에는 심명조와 함께 어린 삼이가
앉아 있었다.

　서문추월은 어제 추월각의 아이들을 돌봐야 한다며 개봉부에 남았
고 오늘 관저에서 만나기로 했다.

　우마차의 주위엔 천추서림의 학사들과 왕 집사를 비롯한 가솔 전부,
그리고 진영과 유성혼이 걷고 있었다.

　천추서림의 모든 이가 개봉부를 향해 가고 있는 중이었다.

　의령의 귓전에 진영의 전음이 들려왔다.

　─공자, 전음을 할 수 있으시오?

의령은 고개를 저었다.

호연심결에는 호연지기를 기르는 심법과 운용결인 팔괘산초, 신법인 호접무(胡蝶舞)가 전부였다. 남들과 무공을 견주며 익히지 않은 의령은 점혈이라든지 전음과 같은 기술들을 익힐 기회가 없었다. 바탕은 되어 있지만 제대로 사용할 수 없다고나 할까?

―공자의 내력이라면 가능할 것이오. 상단전에 의념을 모아 기(氣)로 대화한다고 생각하며 말을 해보시오.

진영의 말대로 입을 벙긋거리며 처음 전음을 보내본 의령은 미심쩍었다. 이게 가능하단 말인가?

―이… 렇게 하는 건가요?

진영의 미간이 잔뜩 찌푸려졌다.

―좀 더 작게. 귀에 천둥이 울린 것 같소. 일 푼 정도의 힘만 사용하여 속삭인다고 생각하면 되오.

의령의 얼굴이 다소 붉어지더니 정상적인 전음이 들려왔다.

―죄송합니다. 이 정도요?

―맞소. 지금의 감각을 잊지 마시길.

―알겠습니다. 가르침에 감사드립니다.

깍듯한 의령의 치하를 들으며 진영은 미소를 지을 뻔했다. 예전의 고지식하던 자신을 보는 듯하여 자꾸 웃음이 나왔다. 하지만 웃기에는 너무 비장한 분위기가 아닌가?

―편하게 말씀하십시오. 제가 불편합니다.

진영은 이번에는 기분 좋은 미소를 지었다. 무인다운 흔쾌함으로 의령의 호의를 받아들였다.

―알겠네. 편하게 말하도록 하지. 이제부터는 일거수일투족에 신경

을 곤두세우게. 혹시 천패궁에서 자객을 보낼 수도 있네.

의령은 진영의 말을 이해할 수 없었다.

어제 연회장에서의 고발을 보고도 저런 말을 할 수 있을까? 진영이 관의 생리를 모른다고 생각한 의령은 전음으로 물어보았다.

—어제의 고발로 인해 개봉부의 모든 눈이 저희에게 쏠려 있다 해도 과언이 아닐 겁니다. 그런데 저희를 암습하려 할까요?

과연 진영의 생각이 맞았다. 이들은 무림의 생리에 대해서는 전혀 모르는 것이 틀림없었다.

—그건 개봉지부가 완전히 주도권을 잡았을 때의 얘기네. 어떻게든 수습할 자신이 있다면 우리를 건드리려 하지는 않겠지. 하지만 천패궁에서 사태의 주도권을 잡았다면 얘기는 달라지네. 우리가 이렇게 관도를 가고 있을 때 암습을 하여 쥐도 새도 모르게 우리의 자취를 없애 버릴 수도 있네. 그게 무림의 방식이야. 증거도, 증인도 없는데 무슨 법이 미치겠는가?

진영의 설명을 들은 의령은 온몸의 솜털이 곤두서는 것을 느꼈다.

진영의 말이 맞았다. 무림의 방식은 그런 것이었다. 귀찮은 빌미를 아예 없애 버리는 비정함. 미령과 효령의 시신을 아무렇게나 내버리고 흔적만 없애 버린 것이 무림의 방식 아닌가!

돌연 주위에 경각심을 갖는 의령을 보며 진영의 전음이 이어졌다.

—아우와 내가 살펴본 바에 따르면 지금 당장은 위협이 없는 듯하네. 아마 개봉지부가 사건의 주도권을 잡은 듯하군. 하지만 절대 경계심을 늦춰선 안 되네.

—알겠습니다.

—그나저나 걱정일세.

―앞으로 암습이 반드시 있을 거라는 말씀이십니까?

―아니네. 암습이 없어도 걱정스러운 상황일세. 개봉부에서 어지간한 자신감이 없고서는 이렇게 할 리가 없거든.

어떤 상황이 되었든 어려운 상황이라는 말.

의령은 고개를 숙이고 묵묵히 걸어가고 있었다.

할아버지의 뜻은 대의(大義)에 충실히 따르자는 것이었다. 그것이 과연 옳은 결정이었는지 스멀스멀 의문이 들기 시작했다. 가슴이 답답해져 왔다.

개봉부에 도착한 일행은 재판이 이루어지기로 한 관저의 정문 앞에서 미리 기다리고 있던 서문추월을 만났다.

서문추월의 안색은 다소 어두워 보였으나 조카처럼 아끼던 효령이와 미령이를 잃은 충격이라 생각하고 중인들은 심상하게 지나쳤다.

일행은 관저 안으로 들어가 재판이 벌어지기로 한 집무관으로 안내되었다.

본래는 개봉부에서 재판이 주관되고 집행되어야 하겠지만 지부의 명령으로 이곳 관저에서 진행하도록 예정되어 있었다.

상례를 깨고 직접 관저에서 재판을 진행하는 것은 연회에 참가한 인사들을 의식한 이무력의 예외적인 명령 때문이었다.

보기 드물게 많은 구경꾼을 뒤로한 채 개봉부에서의 재판이 시작되었다.

개봉지부는 태사의에 앉은 채 추관이 주도하는 공판의 시작을 지켜보고 있었다.

"고발자 심명조는 고발 내용을 상세히 아뢰어라."

위엄있는 관원의 진행 속에 노구를 이끌고 청석 바닥에 무릎을 꿇은 심명조의 고발이 시작되었다.

어제의 고발과 대동소이한 사건의 진행이 나열되었고 한구석에 무릎을 꿇고 있는 이가려 등이 살인자로 고발되었다.

심명조는 절절히 애끓는 목소리로 고발을 마쳤다.

"존경하는 추관님과 재판을 지켜보고 계신 많은 분들께 고하나이다. 저는 일찍이 아들 내외를 먼저 저 세상으로 보내고 세 명의 손주들을 키우며 하루하루 죄를 짓는 기분으로 살아왔습니다. 이 노구도 언제 세상을 버릴지 모르기 때문에 그저 하늘에 기원하는 마음으로 그 애들을 키워왔습니다. 이제 갑자기 손녀 둘을 앞세워 비명횡사로 보낸 저의 가슴은 천 갈래 만 갈래로 찢어지는 듯합니다. 곧 만나게 될 저승의 아들 내외의 얼굴을 볼 면목이 서지 않습니다."

감정의 격동을 억누르고 고발 내용을 차분히 아뢰던 심명조의 노안에 눈물이 맺혔다. 떨리는 목소리를 가다듬으며 심명조는 말을 맺었다.

"부디 명철한 판단으로 사건의 진상을 밝혀내시고 저 살인자들에게 황법의 존귀함을 보여주소서."

심명조의 고발이 끝나자 집무관의 분위기는 숙연해졌다. 자식을 먼저 보내고 손녀들마저 잃은 노학자의 절절한 슬픔에 모두의 마음이 움직였던 것이다.

추관 위도천(尉渡天)은 심명조의 고발장을 보며 고발 내용을 다시 한 번 음미하고는 고개를 돌려 이가려 등을 보았다.

"너희 셋은 이 고발장의 내용에 의하면 개봉부 관도에서 두 소녀를 마차로 치어 죽이고 사건 현장을 은폐하고 달아난 것으로 되어 있다.

이 사실을 인정하느냐?"

무릎을 꿇고 있던 삼 인 중 패일로가 일어나 좌중을 돌아보며 천천히 말을 꺼냈다.

"어제 연회석상에 계시던 대부분의 분들이 저기 계신 심 학사님의 고발 내용을 듣고 모두 저희를 범인으로 지목하고 계신 듯합니다. 저희로서는 참으로 참담하기 그지없습니다. 여러분들이 아시다시피 저와 제 옆의 마 봉공은 천패궁의 사대봉공 중 두 명입니다. 여기 계신 이 분은 저희들의 궁모님이시며 지부대인의 한 분밖에 없는 동생이시기도 합니다. 그런 저희들이 이렇게 소녀의 살해자와 그 수괴 혐의로 재판을 받고 있다는 이 현실이 참으로 암담할 따름입니다."

언뜻 하늘을 올려다보는 패일로의 기색은 침울하기 그지없었다. 상심에 가득 찬 그의 얼굴과 중년이 넘은 무인의 희끗한 머릿결이 어울려 패일로는 쓸쓸해 보이기까지 했다.

"저희 마부가 개봉부로 오던 중 식중독에 걸려 근처 객잔에 쉬도록 하고 급히 오는 길이었습니다. 수행원들 중 마차를 몰아본 경험이 있는 자들이 없어 마음이 놓이지 않아 저희가 직접 마부석에 올랐습니다. 궁모님이 불안해하시는 것 같아 안심시켜 드리기 위해서였습니다."

추관의 말이 날카롭게 이어졌다.

"그렇다면 마우간과 패일로, 너희 두 사람은 마차를 직접 몰았다는 것을 시인하는 것인가?"

"그렇습니다."

추호의 동요도 없이 패일로가 대답하자 주위를 둘러싼 중인들은 웅성이기 시작했다. 살인죄를 인정하는 것이나 다름없는 진술이었기 때문이다.

"저희같이 호위대가 있는 마차를 본 적이 있는 분들은 잘 아실 겁니다. 더구나 지금 저희를 지켜보시고 있는 인사 분들은 대개 그런 마차를 타고 다니실 분들이지요. 그렇지 않습니까?"

좌중을 둘러보며 패일로는 사람들의 동의를 구하였다. 몇몇이 고개를 끄덕였다.

"모든 분들이 아실 겁니다. 그런 엄중한 호위대가 필요한 중요 인사의 이동 시는 마차의 전후에 기마병을 배치하게 되어 있습니다. 이는 호위의 기본이라 할 수 있습니다. 저희도 물론 그런 대오를 갖추고 개봉부까지 도착했습니다. 선덕문을 지키던 수문장은 그런 저희의 모습을 틀림없이 기억하리라 봅니다."

추관을 응시하며 패일로는 자신감 넘치는 목소리로 확언했다. 패일로는 심명조 등을 향해 고개를 돌렸다.

"저희를 보았다는 목격자들의 증언에 의하면 마차가 맨 앞에서 달려오고 기마병들이 뒤에서 달려왔다고 하더군요. 저희는 그런 엉망의 호위 대오를 짜지 않습니다. 도대체가 호위의 기본도 모르는 대오라 할 수 있지요. 보호할 인사가 최전방에 홀로 가고 호위 무사들이 그 뒤를 따르는 대오가 세상에 어디 있겠습니까? 우리는 대천패궁의 정예 무사들입니다. 그 정도 기본은 말단 무사들도 알고 있지요."

패일로의 말은 점점 열기를 띠어갔다. 좌중은 패일로의 논리에 끌려들어가기 시작했고 고개를 끄덕이는 사람들도 있었다. 그들이 듣기에도 호위 대오의 기본을 설명하는 패일로의 말이 맞았기 때문이다.

"존경하는 추관님께 아룁니다. 저와 여기 있는 마 봉공이 상례에 어긋나게 직접 마차를 몬 것은 사실입니다. 하지만 그렇기 때문에라도 저희가 눈에 잘 띄는 흰색 옷을 입은 소녀를 보지 못했다는 것은 말이 되지 않는다고 생각합니다. 저희는 백 장 밖에서 나뭇잎 떨어지는 소리도 집중하면 들을 수 있는 무공이 있습니다. 그런 무공을 갖고 있는 저희가 여염집의 두 소녀, 더구나 흰옷을 입고 갓길을 걷던 소녀들을 못 볼 리 있습니까? 그게 아니라면 저희가 살인마라도 되어서 일부러 소녀들을 말발굽에 짓밟히게 했다는 말일까요? 저희는 정의를 수호하는 천패궁의 봉공들입니다. 결코 죄없는 민간인들을 도륙하는 사파의 인물들이 아니라는 말씀입니다."

패일로는 옆 자리의 마우간과 이가려를 돌아보며 두 손을 들어 호소하듯 좌중을 향해 빙 둘러쳤다.

"저희는 억울합니다. 지부대인의 입장을 생각해서 이 자리에 서기는 했습니다만 저희는 결단코 마차로 소녀들을 해친 적이 없습니다. 설혹 그런 일이 벌어졌더라도 책임을 회피할 저희가 아닙니다. 하루하루를 칼끝에서 살고 있는 무인들이 저휩니다. 목숨 값을 목숨으로 갚는다는 말이 저희처럼 절절하게 다가오는 사람들도 없을 것입니다. 그런 일을 저질렀다면 마땅히 자수하고 달게 벌을 받았을 겁니다. 아무쪼록 추관님의 현명하신 판결을 원하옵니다."

패일로의 긴 설명이 끝나자 좌중은 동요하기 시작했다. 모두가 그들이 범인인 줄로만 알고 있었는데 패일로의 논리정연한 부정의 말을 듣자 그의 말이 언뜻 맞는 듯했기 때문이다.

이때 심명조의 뒤에 무릎을 꿇고 앉아 있던 삼이가 일어나 소리쳤다.

"다 거짓말이에요! 저 사람들이 분명히 우리 누나들을 죽였어요! 일부러 채찍을 휘둘러 말들을 달리게 했다구요! 제가 똑똑히 보았단 말이에요!"

"어허, 자리에 앉아라. 증인이 증언할 시간은 본관이 정하는 것이다.

다시 한 번 재판의 흐름을 끊는다면 엄히 다스릴 것이다. 앉아라!"

추관의 일갈이 떨어지자 흥분해 일어섰던 삼이는 얼굴을 붉히며 다시 무릎을 꿇고 앉았다.

추관 위도천은 패일로를 보며 질문했다.

"그렇다면 범행 사실 자체를 부인하시는 것인가?"

패일로가 짧게 대답했다.

"그렇습니다."

천추서림의 인물들은 일제히 분노 가득한 표정을 지었다. 증인들이 분명히 있거늘 가증스레 발뺌을 하는 패일로의 모습은 뻔뻔스럽기 그지없었다.

위도천은 코 밑에 기른 가느다란 염소수염을 손가락으로 쓰다듬으며 좌중의 인사들에게 자신의 생각을 말하기 시작했다. 취조를 하는 싸늘한 어투가 아니라 다소 격식을 차려서였다. 재판에서는 추관이 최고의 위치에 있었으나 이들 중에는 자신보다 상급 인사들도 부지기수였기에…….

"고발장의 내용을 이 셋은 전면 부인하였소이다. 소녀들을 마차로 친 적이 없다는 진술이외다. 우선 이들이 탔던 마차를 검수하도록 하겠소. 고발장이 접수되고 곧바로 개봉부의 관원들이 마차를 점거했소이다. 어제 이후로 마차에 접근한 사람은 없었음을 알려 드리는 바이오. 여봐라! 이들이 타고 온 마차를 끌고 오너라!"

곧 이어 여덟 필이 끌던 문제의 마차가 장내에 옮겨져 왔다. 마차를 장내에 옮긴 관원들은 말들을 마차에서 떼어내 마구간으로 몰고 갔다.

위도천은 천천히 좌중을 둘러보았다.

"본관이 이 사건을 접하고 의문을 품었던 것은 세 가지였소. 첫째,

말들은 사람을 정면에서 밟지 않소이다. 이는 특별히 인명을 살상하기 위해 훈련된 전투마나 가능한 일이외다. 말이 상대를 공격할 때는 보통 뒷발로 내질러 버리오. 곧바로 달려들어 사람을 깔아뭉개는 것은 말의 본능에 적합하지 않소이다. 말답지 않다는 거요.”

잠시 말을 고른 위도천은 중지를 펼치며 두 개의 손가락을 들었다.

“둘째, 패일로의 말처럼 호위대는 보통 마차의 전면과 후면을 둘러싸고 달리게 되오. 혹시 모를 암살이나 공격에 대비하기 위해서는 필수적인 대형이 이것이외다. 그런데 고발장에 따르면 마차가 맨 앞에 오고 뒤따르는 기마병들이 있었다고 하니 상례에서 한참 벗어난다 할 수 있소. 물론 특별한 사정이 있을 수도 있소이다. 셋째, 개봉부의 관도는 팔두마차라 해도 넉넉히 달릴 수 있을 만큼 넓은 길이오. 더구나 사람을 위한 갓길이 따로 있기 때문에 달리는 마차에 사람이 치인다는 것은 정말 희귀한 경우에 속하는 것이오. 일부러 사람을 살상하려는 목적이 아닌 이상 말이외다. 본관은 우선 이 사건의 고발장의 내용에 근거해서 용의선상에 있는 세 명을 격리하고 마차를 검수하였소이다.”

지휘봉을 쥔 위도천이 마차를 향해 발걸음을 옮겼다.

“보시다시피 이 마차는 팔두마차요. 요인 경호 마차답게 튼튼하게 짜여 있소. 그러나 외관이 특별히 두드러지지는 않소이다. 보통 보는 마차와 다른 점이 별로 없소. 아마 천패궁의 요인 보호 방식이 중인의 눈길을 모으지 않는 것인 듯하외다.”

위도천은 마차의 왼쪽 바퀴 쪽으로 가서 바퀴를 툭 쳤다.

“이 바퀴가 한 소녀를 치었다는 문제의 바퀴요. 하지만 보시는 바와 같이 마차의 바퀴와 바닥에서는 한 점의 혈흔이나 살점도 발견되지 않았소이다. 여러분이 보시다시피 이 마차는 아직 여정의 고단함이 그대로 묻어 있소이다. 마부가 있었다면 도착하자마자 청소를 했겠지만 마부가 없어서인지 마차가 도착할 당시 그대로 보존되어 있었소. 이 먼지들을 보시오.”

위도천은 마차의 외벽을 손가락으로 찍어 먼지를 묻혀 증인들에게 보여주었다.

“그런데도 마차에는 아무런 피의 흔적도 없소이다. 물론 사고가 일어나자마자 그 자리에서 증거를 인멸하고 다시 개봉부로 달려왔을 수도 있소. 어쨌든 현재의 말과 마차에서는 아무런 사고의 흔적도 발견할 수가 없었소이다.”

이때 잠자코 무릎을 꿇고 있던 진영이 손을 들고 추관에게 고하였다.

“추관님, 무례하지만 제가 바퀴와 마차 바닥을 볼 수 있도록 해주시겠습니까?”

위도천은 잠시 개봉지부를 바라보았다. 추관의 권위에 도전한다는 것은 있을 수 없는 일이지만 이 사건은 이미 정치적 의미를 짙게 띠고 있었기 때문에 지부의 의향을 묻는 것이었다.

지부 이무력의 머리가 미미하게 끄덕여지자 위도천이 허락했다.

“그리하라.”

진영은 감사의 포권을 하고 마차 곁으로 다가갔다. 마차의 옆에 조그맣게 찍힌 표식이 천패궁의 마차임을 상징하고 있었다. 외관상으로 보았을 때는 자신이 본 그 마차가 틀림없어 보였다.

진영은 바닥에 한 무릎을 꿇고 꼼꼼히 바퀴를 살펴보기 시작했다. 자신의 기억으로도 소녀를 뭉개고 지나간 바퀴는 왼편 바퀴가 분명했다. 나무로 짜인 바퀴였으니 비록 땅에 닿는 바퀴의 바깥쪽은 철판이

대어져 있었지만 나무로 만들어진 바큇살은 혈흔을 지웠더라도 나무
결 속에 피의 흔적이 남아 있으리라 생각했던 것이다.

관원들은 발견치 못하더라도 무공의 고수인 그의 안력은 피할 수 없
으리라.

그러나 없었다. 마차의 바퀴를 새로 끼운 흔적도 보이지 않았다.

곧 이어 마차의 바닥을 살펴본 진영은 묵묵히 신형을 일으켰다.

"혈흔을 발견하였나?"

진영은 위도천의 두 눈을 마주 보았다. 염소수염을 하고 있는 이 전
형적인 관리의 냄새가 풍기는 사내의 두 눈엔 희미한 조소의 빛이 떠
올라 있었다. 마주 선 진영이 아니면 알아볼 수 없을 만큼 미미하게.

진영은 내심 탄식했다. 결국 개봉부는 천패궁을 택한 것이 틀림없었
다. 예상치 못한 바는 아니었으나…….

"없… 습니다."

천추서림 식구들의 입에서 나직한 한탄이 터져 나왔다.

그러나 아직 중인들이 남아 있다. 희망을 버리기엔 일렀다.

"보시다시피 이 고발장에 근거한 사건의 증거물이라 할 수 있는 것
은 없소이다. 사고 현장에 가보았으나 사고가 일어난 갓길 주변의 모
든 흔적은 깨끗이 지워져 있더이다. 효령이란 소녀의 몸에 난 마차 바
퀴 자국만으로는 이 마차가 사고를 낸 마차인지 알 수가 없었소. 보다
시피 아주 흔한 바퀴요."

위도천은 심명조와 천추서림의 인물들을 보며 냉정히 단언했다.

"그래서 본 사건의 증거물은 하나도 없다고 할 수 있소이다. 오직
사고 현장을 목격했다는 열 살 된 아이 하나와 낭인 무사 둘만이 목격
자로서 있을 뿐이오. 이제 목격자들의 증언을 들어보도록 하겠소."

위도천이 삼이를 지목하자 삼이가 먼저 일어나 증언하기 시작했다. 삼이는 자신이 본 대로 이야기를 끝내었다. 마차가 들연 왼편으로 기울어 미령과 효령을 치어 죽인 대목에서 삼이는 눈물을 방울방울 떨어뜨렸으나 울음을 터뜨리지는 않았다. 증언을 위해 꾹꾹 참는 기색이 역력했다.

위도천은 삼이의 증언이 끝나자 진영과 유성혼의 증언을 마저 듣고자 했다. 세 명의 증언을 비교하기 위해서였을까?

진영과 유성혼도 자신이 본 바를 가감없이 이야기했다.

위도천은 세 명의 증인을 차례로 보다 먼저 삼이에게 물었다.

"그래, 올해 나이가 어떻게 된다고?"

"열 살입니다."

"너는 마차와 어느 정도 거리에 떨어져 있었느냐?"

삼이는 십 장 정도 앞에 서 있는 기둥을 가리키며 말했다.

"저기까지 거리의 두 배쯤… 이요."

위도천은 빙긋 웃으며 삼이의 머리를 가볍게 쓰다듬었다.

"네가 사고 현장을 보고 달려가려 할 때 저 두 사람이 네 입을 막고 땅속으로 몸을 숨겼다고?"

"예."

위도천은 빙글 몸을 돌려 뚜벅뚜벅 몇 걸음을 떼더니 고개를 휙 돌려 얼굴을 굳히며 날카로운 관료 특유의 어조로 물었다.

"그렇다면 너는 마차에 타고 있던 사람들의 얼굴을 어느 정도나 보았느냐?"

위도천의 가느다란 눈을 올려다보며 삼이는 말을 더듬기 시작했다.

"저… 저… 아주 잠깐… 이요."

위도천의 날카로운 목소리가 빠르게 터져 나오며 삼이에게 쏘아붙였다.

"아주 잠깐이라니, 얼마 동안을 말하는 것이냐? 이곳은 엄숙한 재판의 자리이다! 정확히 말을 해야 할 것이야!"

삼이는 재판 운운하는 위도천의 삼엄한 어조에 당황하며 심명조를 쳐다보았다.

어린 삼이의 당황한 모습은 좌중의 군웅들에게 의아함을 심어주기 시작했다. '저 애, 혹시 못 본 것 아니냐?' 는 수군거림이 퍼지기 시작했다.

심명조는 지그시 어금니를 물며 위도천을 응시하고는 삼이에게 고개를 돌려 말했다.

"무언가 먹는 시간으로 생각해 보거라."

심명조의 말을 들은 삼이는 잠시 망설이다 대답했다.

"저… 밀전병 한입을 다 씹어 삼킬 정도의 시간이요……."

위도천은 다시 빙긋이 웃더니 삼이에게 물었다.

"너는 밀전병을 좋아하느냐?"

자신있게 대답할 수 있는 질문이 나오자 삼이는 다소 기운을 차려 힘있게 대답했다.

"예!"

"그럼 아주 빨리 먹겠구나?"

위도천의 얼굴은 미소를 짓고 있었지만 그의 눈은 뱀의 눈처럼 고정되어 삼이를 쏘아보고 있었다.

삼이는 엉겁결에 대답했다.

"예… 그런 편이에요."

위도천은 질문을 멈추고 좌중을 둘러보았다.

"이 아이는 이십 장 밖에서 아주 잠깐 이렇게 밀전병을 한입 베어 물고 그것을 다 씹어 먹을 짧은 시간 동안 마차에 탄 인물들을 보았다고 합니다. 참 관찰력이 뛰어난 아이인가 보구려. 그 짧은 시간에 이십 장 밖의 인물들의 얼굴을 기억하고. 음, 일단 다음 질문을 하도록 합시다."

좌중이 충분히 의아해하고 있다는 것을 느낀 후 위도천은 질문의 화살을 유성혼에게 던졌다.

"너의 직업은 무엇이냐?"

유성혼이 짧게 대답했다.

"무인입니다."

빠른 질문과 짧은 대답이 이어졌다.

"무얼로 먹고 사느냐?"

"일을 합니다."

"무슨 일이냐?"

"사냥을 해서 교환합니다."

"그렇다면 너는 사냥꾼이냐?"

"아닙니다."

유성혼을 잠시 내려다보던 위도천은 뜻밖의 말을 꺼냈다.

"나는 너의 얼굴을 제대로 보고 싶다."

유성혼의 몸이 움찔했다.

위도천은 얼굴을 덮고 있는 자신의 머리칼을 치우라고 말하고 있었다. 그러나 눈을 가린 것은 유성혼만의 비밀이 담겨 있었다. 무인에게 마지막 한 수란 얼마나 소중한 것인가?

유성혼은 망설였다.

그때였다.

―이 재판은 저들의 의도대로 될 것이다. 보여줄 필요 없어.

짧은 전음이 들리자 유성혼은 마음의 결심을 굳혔다.

"워낙 흉한 얼굴이라 사람들에게 보이지 않습니다."

위도천은 묘한 미소를 지으며 다시 콧수염을 쓰다듬었다.

"그래? 그렇다 치지."

위도천은 몸을 돌려 진영을 마주 보았다.

"네가 아이의 입을 막고 몸을 숨겼나?"

"그렇습니다."

"왜 그랬지?"

"저와 제 아우는 무인이긴 하지만 강호의 번잡함이 싫어 사냥이나 하며 유람 중이었습니다. 그때는 관도의 수풀에서 쉬고 있을 때였습니다. 눈길이 마차로 갔을 때는 이미 사고가 난 후였죠. 여러 무인들이 보이길래 번잡스러운 것을 피하려고 몸을 숨긴 것뿐입니다."

"번잡함이 싫어 몸을 숨겼다고?"

위도천의 입꼬리가 슬쩍 말려 올라갔다.

"예."

"그런 사람이 왜 번잡하게 천추서림에까지 사고를 알려주러 가고 이 재판의 증인으로까지 출두한 건가? 매우 번잡스러운 일일 텐데."

진영은 잠시 움찔했다.

그 자신도 뚜렷한 이유를 말할 수 없는 것을 위도천은 묻고 있었다. 강호가 싫어 유랑을 한 지 벌써 이십여 년. 이마에 굵은 주름살이 패이도록 그저 무림을 관조만 하여온 그가 이 사건에 나섰던 이유가 무엇이었을까?

소녀들의 억울한 죽음 때문이었을까?

천패궁의 행사가 마음에 들지 않아서였을까?

자신의 마음속에 아직 협기(俠氣)가 남아 있었던가?

진영은 자신도 명확한 이유를 알 수 없었다.

그러나 이 질문에는 반드시 대답해야 했다.

"그때 이 아이가 거의 정신을 잃을 지경이었지요. 저 자신의 번잡함을 피하기 위해 친인들의 죽음을 방치하게 했으니 미안했습니다. 그래서 천추서림에 데리고 갔고 어쩌다 보니 증언도 하게 되었습니다."

진영은 삼이의 실수를 의식해 몇 마디 덧붙였다.

"저희도 이 삼이란 아이와 같은 시간만큼밖에 보지 못했지만 저희는 무공을 익힌지라 마차를 몰던 분들과 뒤따라오던 호위대의 얼굴을 똑똑히 기억하고 있습니다. 더구나 호위대 중 몇몇의 가슴에는 천패궁의 소속임을 상징하는 붉은 창살 위의 별들이 그려져 있더군요."

진영의 진술을 모두 들은 위도천은 좌중을 돌아보며 목소리를 가다듬었다.

"이제까지 이 사건의 유일한 목격자들인 세 명의 증언을 들어보았소이다. 사건의 진행 과정에 대한 목격자들의 증언은 일치하오. 그러나, 이 증인들의 증언에는 몇 가지 모순이 있소이다."

위도천의 눈빛이 날카롭게 빛나며 좌중 앞으로 서 개의 손가락이 펴졌다.

"첫째, 열 살짜리 아이가 순간에 가까운 시간 동안 사람들의 얼굴을 그 먼 거리에서 힐끔 보고 다시 정확히 기억한다는 건 정말 어려운 일이오. 거의 불가능하다고 할 수 있소. 둘째, 여기 있는 이 두 무사들의 신분이 매우 불분명하다는 것이오. 떠돌이 낭인이라고 밝혔지만 순간적으로 땅속으로 파고드는 지둔술을 펼칠 정도라면 굉장한 고수임이 분명하오. 그런데 이들은 거의 이름이 알려지지 않은 분들인 듯하오. 강호에는 은자(隱者)들이 허다하지만 일정 수준의 고수들은 알려지기 마련이외다. 본관이 나름대로 조사해 보았지만 이들과 같은 인상착의를 한 인물들은 발견할 수 없었소. 그래서 얼굴을 확인코자 했으나 보다시피 거절했소이다.”

위도천은 고개를 돌려 유성혼을 잠시 바라보다 다시 좌중을 향해 침착하게 의혹을 제시했다.

“정말 본인의 얼굴이 마음에 들지 않아 그럴 수도 있겠지만 왠지 신분을 숨기는 듯한 느낌이오. 더구나 번잡함이 싫어 무림의 일에 관여하지 않았다는 이들이 왜 굳이 천추서림에 이를 알리고 증인까지 자청했겠소? 이는 혹시 다른 목적이 있음이 아닐까 의심스럽소이다. 떠돌아다니는 낭인들이 이런 번잡스런 일에 나설 만한 협기가 있다는 말은 들어본 적이 없는 듯하외다.”

잠시 말을 끊은 위도천은 잠시 진영을 보더니 다시 말을 이었다.

“또한 저 낭인 무사는 사건 현장의 인물들이 천패궁의 인물들임을 미리 알고 있었다는 듯 이야기하였소. 본관이 묻지도 않은 진술이었소이다.”

좌중은 위도천의 말에 서서히 끌려 들어가며 하나의 각본을 떠올려 갔다. 천패궁을 모해하려는 세력의 음모…….

강호의 평화를 수호하는 세력으로 이름 높은 천패궁의 요인 중 요인들이 소녀들을 마차로 치어 죽이고 사건 현장을 은폐하려 했다는 것도 믿기가 힘들었고 증거도 없었다.

또한 유일한 증거였던 목격자들의 증언도 어쩐지 의구심이 드는 점
이 많아 보였다.

위도천은 개봉지부를 바라보며 포권을 하고 청을 올렸다.

"이 사건의 재판에 새로운 계기를 마련해야 될 때라고 봅니다. 지금
으로선 양측의 주장이 모두 일리가 있어 판결을 내리기엔 증거가 부족
하다고 보여집니다."

꿇어앉아 있던 의령이 마침내 분통을 터뜨렸다.

"여기 사건을 목격한 증인들이 세 명이나 있는데 왜 믿지 않는 겁니
까?"

위도천은 몸을 돌려 의령을 바라보며 준열히 꾸짖었다.

"이곳은 신성한 재판장이다! 어찌 경거망동하느냐? 판결에는 반드
시 수반되는 증거가 있어야 한다! 지금 너희들에겐 사건을 목격했다는
증인이 있다지만 한 명은 아직 어린아이이고 나머지 둘은 신분이나 의
도가 모호한 낭인들이다! 저들의 증언은 천패궁을 모함하려는 계략일
수도 있어! 현무교가 아직도 중원을 노리고 있다는 것은 누구나 아는
사실이다! 상황이 그렇게 쉽게 누구의 말을 믿을 수 있지 않다는 말이
다!"

의령은 위도천을 노려보았지만 한마디도 반박할 수 없었다.

위도천의 말에는 하자가 전혀 없어 보였다. 더구나 낭인들의 신분을
묻는 지적엔 뜨끔하기까지 했다.

유성혼은 주먹을 불끈 쥐었으나 진영의 눈짓에 주먹에서 힘을 뺐다.
이름없는 떠돌이 무사의 소속감없는 비애란 이런 것이었다. 어떤 오해
라도 감수할 수밖에 없는 처지.

위도천의 음성이 장내에 울려 퍼졌다.

"저는 그래서 이 사건을 목격한 새로운 증인을 신청하는 바입니다."

좌중은 웅성이기 시작했다. 이제까지 이 사건의 목격자는 지금 증언을 한 세 명밖에 없는 것으로 알고 있었는데 이제 새로운 목격자가 출현한 것이다. 보다 객관적인 시야가 확보될 수 있는 계기였다. 목격자의 신분이 확실하다면 이 증언이야말로 사건의 진실을 대변할 결정적인 증거가 될 터였다.

"개봉부 내에서 고아들을 돌보고 있는 추월각의 각주 서문추월을 새로운 증인으로 신청합니다."

위도천의 뜻밖의 선언에 집무전 안의 모든 시선이 천추서림의 인물들과 함께 서 있는 서문추월에게 집중되었다.

서문추월의 유생건 아래로 관자놀이를 타고 한줄기 땀방울이 흘러내렸다. 질끈 다문 볼에 턱 관절이 선명히 툭툭 두드러졌다. 위도천을 암울히 응시하던 서문추월은 천천히 발걸음을 옮겨 무릎을 꿇고 있는 심명조 일행을 지나 위도천 앞에 섰다.

심명조는 고개를 돌려 멍하니 걸어나오는 제자를 바라보았다.

서문추월은 앞만 볼 뿐 심명조의 눈길을 외면했다. 꼭 다문 입술과 물결치듯 드러나 있는 턱 관절만이 아프게 눈으로 들어왔다.

위도천은 자신 앞에 무릎을 꿇는 서문추월을 내려다보며 칼로 자르듯 냉정한 어투로 물었다.

"너는 그날 두 소녀가 마차에 치이는 것을 목격했느냐?"

"……."

서문추월은 고개를 숙인 채로 어깨를 웅크리고 앉아 있었다. 허벅지에 얹은 손가락이 파르르 떨리기 시작하자 허벅지에 손가락을 박아 넣기라도 할 듯 힘을 주었다. 간신히 떨림이 멈추었다.

“목격했느냐?”

위도천의 냉정한 질문이 귓전으로 파고들자 서문추월은 서서히 고개를 들어 위도천을 바라보았다. 찢어진 독사의 눈동자와도 같은 아무 감정도 내비치지 않는 눈. 서문추월은 위도천의 눈을 보며 서서히 입을 열었다.

“…예.”

서문추월의 긍정의 대답이 떨어지자 장내의 군중은 동요하기 시작했다. 서문추월의 대답은 이 사건의 새로운 목격자의 출현을 알리는 것이었다. 더구나 서문추월은 천추고학 심명조의 제자였고 개봉부에서도 인망이 높은 인사였다.

벼슬길을 마다하고 고아들을 돌보는 그의 덕행은 개봉부 주민들의 칭송의 대상이었다. 그렇기 때문에 그의 증언은 이제까지 들은 세 명의 증언보다 훨씬 무게감이 있었다.

진영은 비통히 눈을 내리감았다. 무공을 익히지 않은 것이 확실한 서문추월이 그날 자신의 감각에 걸리지 않았음은 틀림없었으니 그가 사건 현장을 목격했다는 것은 거짓임이 분명했다.

그러나 지금 이 자리에서 누가 진영의 말을 믿어줄 것인가?

서문추월의 느릿한 진술이 이어졌다. 목소리에 한 점의 힘도 실리지 않은 채 그저 책을 읽듯 나직하고 일정한 어조가 되풀이되었다.

“저는 그 당시 추월각을 나간 삼이가 걱정되어 개봉부를 찾아헤매다 혹시 관도로 나갔을까 봐 삼이를 찾아나섰습니다.”

위도천의 질문 공세가 다시 시작되었다.

“소녀들이 마차에 깔려 죽는 것을 보았나?”

“예.”

“그 자리로 달려갔느냐?”

“아닙니다.”

위도천은 자신의 수염을 꼬아 만지며 서문추월에게 의문을 표시했다.

“본관이 알기론 너는 그 소녀들과 삼촌, 조카라 부르는 사이로 알고 있다. 조카 아이들이 사고를 당했는데 왜 그 장소로 달려가지 않았지?”

서문추월은 다시 고개를 숙였다. 얼굴이 붉게 상기되어 가고 눈자위가 충혈되기 시작했다. 고개를 숙인 그의 목소리가 갈라지기 시작했다.

“그때 저는 허리춤이 뜨끔하더니 앞으로 쓰러졌습니다. 곧 누군가에 의해 관도 안쪽의 수풀로 끌려 들어갔습니다. 말도 할 수 없었고 몸이 움직이지도 않았습니다. 아마 무공으로 제 몸을 어떻게 금제했나 봅니다.”

“그들을 보았느냐?”

“그들은 검은 옷에 복면을 하고 있었습니다. 알아볼 수가 없었습니다. 기억할 만한 뚜렷한 특징도 없었습니다. 저를 수풀에 눕히고 그들은 곧 사라졌습니다.”

“그렇다면 마차로 조카들을 치어 죽인 인물들이 시체 주변의 흔적을 지우는 것을 보았느냐?”

서문추월은 어깨가 눈으로 식별하기에 어려울 정도로 작게 경련하기 시작했다. 갈라진 그의 목소리는 가늘게 떨리고 있었다.

“모두… 보았습니다.”

“그들과의 거리는 얼마나 되었느냐?”

“사십 장… 정도 되었습니다.”

"그렇다면 그들의 얼굴을 제대로 보지 못했겠군."

"아닙… 니다."

"사십 장 밖의 인물들을 정확히 기억할 수 있다는 말인가?"

위도천의 날카로운 추궁에도 서문추월의 어투는 전혀 변함이 없었다. 여전히 책을 읽는 듯한 낮은 목소리. 집무전의 군중들은 그의 목소리를 듣기 위해 숨소리조차 내뱉지 않았다. 바늘 떨어지는 소리도 들릴 만큼 조용한 집무전에는 위도천과 서문추월의 음성만이 울려 나왔다.

"그들이 저를 지나칠 때 마차를 모는 사람의 얼굴을… 확인할 수 있었습니다."

"확실히 보았느냐?"

"예, 그때 제 얼굴이 관도 쪽으로 돌려져 몸이 굳어져 있었기 때문에… 그들의 얼굴을 확실히 보았습니다."

위도천은 서문추월에게 향해 있던 시선을 거두고 집무전에 자리한 군중들에게로 시선을 돌렸다. 위도천은 좌중의 군웅들을 응시하면서 서문추월에게 천천히 마지막 질문을 했다.

"그 사람들이 저기에 꿇어앉아 있는 마우간과 패일로인가?"

서문추월은 침묵했다.

집무전을 둘러싸고 있는 인물들도 일제히 침묵한 채 서문추월만 바라보았다. 서문추월의 한마디 대답에 따라 판결의 향배가 바뀔 수도 있는 상황이었다.

서문추월의 고개 숙인 등만을 바라보는 천추서림의 인물들도 가슴이 조마조마했다. 왜 사건을 목격했다는 사실을 숨겨왔는지는 알 수 없지만 서문추월의 증언으로 살인자들을 처단할 수 있다는 한 가닥 기대를 갖고 마른침을 꿀꺽 삼켰다.

마침내 서문추월의 입이 서서히 떼어졌다. 낮게 갈라진 목소리는 잘 들리지 않았다.

"뭐라고? 정확히 큰 소리로 답변하라! 마차를 몰던 마부들이 여기 마우간과 패일로였느냐?"

희미한 서문추월의 음성이 불만이었던지 위도천은 다시 한 번 대답을 유도했다.

서문추월은 고개를 들었다.

자신을 내려다보는 위도천의 차가운 눈초리를 마주 대하며 서문추월은 핏줄이 터져 시뻘게진 눈으로 위도천을 노려보았다.

위도천은 추호의 동요도 없이 침묵으로 대답을 재촉하고 있었다.

서문추월은 두 눈을 힘겹게 내리감으며 큰 소리로 대답했다.

"아닙니다!"

집무전은 고요한 정적에 휩싸여 서문추월의 대답이 메아리쳤다.

서문추월의 증언에 따르면 이 재판은 시작부터가 잘못된 것이었다.

천추서림에 의해 고발된 인물들은 전혀 엉뚱한 누명을 뒤집어쓴 것이다.

무릎을 꿇고 있던 이가려 등의 입가에는 회심의 미소가 스치고 지나갔다.

"울컥!"

온몸을 부르르 떨며 서문추월의 등을 노려보던 심명조의 입에서 한 줄기 피가 솟구쳤다. 부릅뜬 두 눈은 아들처럼 믿었던 제자의 배신에 대한 불신으로 희끗했다.

집무전의 천장이 빙빙 도는 것을 느끼며 심명조는 뒤로 쓰러졌다.

뒤로 넘어가는 심명조의 신형을 받아 안으며 의령의 비통한 기함이
터져 나왔다.

"할아버지!"

무릎걸음으로 재빨리 심명조에게 다가간 진영의 손이 빛살처럼 움
직였다. 눈에 보이지 않을 정도로 쾌속한 손이 순식간에 심명조의 가
슴패기 오 개 대혈을 단숨에 점했다.

심명조의 백회혈에 손을 얹은 진영은 진기를 주입해 머리 속으로 들
끓어 오르는 혈기를 달래고 기혈의 역류를 보듬었다. 한숨을 내쉬며
심명조의 머리에서 손을 뗀 진영의 빠른 말이 의령을 향했다.

"위험한 순간은 넘겼으나 절대 안정을 취해야 하네. 빨리 편안한 곳
으로 모시고 의원에게 보여야 해!"

의령에게 말을 마친 진영은 여전히 냉정을 지키고 서 있는 위도천에
게 고개를 돌렸다.

이 자리를 주관하고 있는 사람은 추관 위도천이었던 것이다.

위도천의 느릿하고도 여유있는 음성이 의령을 향해 울렸다.

"일단 조부님을 집으로 모시도록 하게. 판결은 자네가 마저 듣겠
나?"

위도천의 눈가엔 미미한 비웃음의 기색이 실려 있었다. 마주 대한
의령이 아니면 알아볼 수 없을 만큼 미미한……

의령은 주먹을 불끈 쥐었다.

진영의 말이 옳았다. 개봉지부는 결국 정치적 야심을 위해 양심을
팔아넘긴 것이다. 그러나 서문추월마저 등을 돌릴 줄은 정말 몰랐다.
의령의 가슴은 분노와 배신감으로 불타올랐으나 품에 안긴 기식이 엄
엄한 할아버지 때문에 어찌할 도리도 없었다.

이 재판의 결과는 이제 뻔해 보였다. 더구나 심명조가 쓰러진 것이 의령의 마음을 급하게 했다. 아무 생각도 나지 않았다.

"그러겠습니다."

"그럼 식솔들에게 먼저 조부님을 모시도록 하게."

위도천의 허락이 떨어지자 왕 집사를 비롯한 가솔들이 심명조를 조심스럽게 안아 들고 집무전을 빠져나갔다. 그들의 어깨는 실의로 축 처져 있었다.

마침내 위도천의 판결이 장내에 떨어졌다.

"서문 대인의 증언으로 이 사건은 새로운 전기를 맞게 되었소이다. 비록 점혈된 상태였다고는 하지만 서문 대인은 사건의 발생부터 끝까지 온전히 지켜본 유일한 증인이오. 잠깐 동안 지켜보고 몸을 숨긴 앞선 삼 인의 증언보다 훨씬 설득력이 있소이다. 더구나 옆을 지나치는 마차를 가까이서 지켜보셨다고 하니 마부들의 얼굴을 가장 확실히 목격한 이도 서문 대인임이 틀림없소이다. 서문 대인이 개봉부에서 선행을 베풀고 있는 믿을 수 있는 분이라는 것은 장내의 모든 분들이 아실 것이외다."

중인들 모두가 고개를 끄덕였다. 개봉부 내에서 서문추월의 명망은 실로 대단했던 것이다.

"그런 서문 대인이 그 마차가 천패궁의 마차가 아니었음을 증언하셨소! 마차를 몬 마부들이 마 봉공과 패 봉공이 아니라고 확실히 증언하셨소이다. 더구나 천패궁의 마차는 여러분들이 보았다시피 전 중원 어디서든 쉽게 볼 수 있는 마차요. 표지(標識) 하나만 위조한다면 간단히 마련할 수 있소. 본관은 이 사건이 천패궁을 음해하려는 음모일지도 모른다는 생각이 드오. 고발자 측 중인들이 멀리서 보고 한결같이 천패궁의 행차라고 단정한 것이 더욱 그런 심증을 굳히게 하외다.”

의령의 안색은 점차 창백해져 갔다.

고개 숙인 서문추월의 등이 아프게 의령의 눈을 찔렀다. 삼촌이라 따르며 누구보다도 믿고 있었던 서문추월의 반증으로 이런 상황이 될 줄이야.

“이에 본 추관은 이 사건을 개봉부로 이첩하여 벅인 색출을 위한 수사를 개시하려 하외다. 서문 대인께서 그들이 개봉부를 향해 마차를 달렸다고 했으니 그날 개봉부를 출입한 마차들을 추적하겠소이다. 또한 서문 대인의 도움을 받아 그들의 인상착의를 파악해 소재를 찾는 데 최선을 다하겠소. 아울러 가해자로 고발된 천패궁의 세 분의 무죄를 선고하는 바이오.”

위도천의 판결이 끝나자 집무전을 둘러싼 인사들은 명료한 판결에 곧 박수 갈채를 보내기 시작했다. 그들이 보기에도 이 사건은 애초에 잘못된 고발로 시작되었음이 분명했다.

그럼에도 가해자로서 무릎을 꿇는 치욕을 감내하고 법의 집행을 도운 천패궁의 인사들이 새롭게 보였고 이들을 친인임에도 불구하고 재판정에 세운 개봉지부의 공정함이 새롭게 각인되었다.

개봉지부의 이 재판은 자신에게 유리한 정치적 입지를 낳게 하는 데 성공적인 자리가 되었던 것이다. 아울러 증거가 전혀 없는 상황에서 증인들의 대질 심문만을 통해 진실을 밝혀낸 위도천에 대해 새로운 인식이 싹텄다.

개봉지부의 생일 연회에 참석했던 인사들의 머릿 속엔 이런 세 가지 생각들이 자리 잡고 있었다.

의령은 무릎을 펴고 자리에서 일어났다.

좌중에서 쏟아지는 박수는 죽은 미령이, 효령이에 대한 더러운 모욕이었다. 아직도 바닥에 무릎을 꿇고 있는 서문추월의 등 뒤를 의령은 하염없이 노려보고 있었다.

의령의 등을 진영이 툭 쳤다.

―조부님을 생각하게.

진영의 전음에 다소 마음을 가다듬은 의령은 위도천에게 포권했다.

개봉지부에게도 포권을 했다.

그리고 낭랑한 의령의 말이 장내에 퍼졌다.

"저는 이 순간 무엇이 진실이고 무엇이 거짓인지 알 수 없습니다! 그러나 진실은 밝혀질 것이라 믿습니다! 저 또한 진실을 밝히기 위해 노력할 것입니다! 이미 판결이 내려졌으니 이 자리는 이만 물러가도록 하겠습니다!"

재판의 결과에 승복도 부인도 않는 의령의 말이 끝나자 위도천의 살짝 비웃음 섞인 말이 이어졌다.

아이를 타이르는 듯한 어조였다.

"심 공자는 천패궁의 세 분이 심 공자의 조부님을 무고죄로 고발할 수도 있다는 것을 아시오? 아울러 오늘 증언했던 세 분도 위증죄로 고발할 수 있소이다."

의령은 위도천의 말에 섬뜩하니 온몸이 굳어졌다. 그렇다. 고발이 무죄로 선고된 이상 저들은 무고죄로 이 편을 고발할 권리가 생긴 것이다.

의령은 이가려 등을 바라보고 차마 움직이지 않는 머리를 숙여 부탁했다. 자제했다고는 하지만 억눌린 심중의 동요가 언뜻언뜻 내비쳐 보는 이들을 안타깝게 했다.

"지금 조부님의 생사가 걱정되어 마음이 어지럽습니다. 세 분이 무죄로… 밝혀지셨으니 모쪼록 아량을 베풀어주시기 바랍니다."

의령은 이를 악물고 굴욕을 참기로 했다. 할아버지가 쓰러진 지금 최대한 빨리 이 자리를 무마시켜야 했다.

무죄 판결을 받은 이가려는 우쭐하니 기분이 좋아져 패악스런 성정이 솟구쳤다. 주위에서 말릴 틈도 없이 이가려의 말이 쏟아졌다.

"좋아요. 우리에게 진심으로 무릎을 꿇어 사죄하고 절을 한다면 당신들을 고발하지는 않겠어요."

개봉지부의 명판결을 칭송하던 군중들은 이가려의 한마디에 입을 다물었다. 유생에게 무릎을 꿇고 절을 하라는 것은 최고의 모욕에 다름 아니었다. 이가려는 목숨보다도 중요한 유생의 절개를 요구한 것이다.

의령의 얼굴은 창백하게 질려 있었다. 개봉지부의 앞에야 재판의 규칙상 무릎을 꿇었다지만 어찌 이들에게 무릎을 꿇을 수 있단 말인가?

이들은 동생들을 죽인 놈들이다. 동생들을 죽이고 할아버지를 피 토하게 만들어 생사지경에 처하게 한 놈들이다. 이놈들에게 무릎을 꿇고 절을 하는 치욕을 감내해야 한단 말인가?

이때 진영의 음성이 전음으로 들려왔다.

─무릎을 꿇고 사죄하게. 잠시 감정을 죽이고 저들이 원하는 사죄를 하게 되면 우리의 입장은 보다 당당해질 수 있네. 이건 저 여자가 실수하는 거네. 타인을 위해 자신의 굴욕을 감내함도 장부의 자세일세.

간절한 진영의 전음을 들으며 의령의 마음은 갈등했다. 진영의 말은 타당했으나 오랫동안 유생으로 교육받은 의령의 꼿꼿함이 이를 망설이게 하고 있었다.

그러나 의령은 곧 마음을 다지고 천천히 무릎을 꿇었다. 펄럭이는 옷자락의 끌림이 아프게 귓속을 후벼팠다. 이 많은 사람들 앞에서 누이들을 죽인 원수의 앞에 무릎을 꿇는 것은 더없는 수치였으나 잠시의 굴욕을 참고 내일을 준비하는 것이 진정한 장부의 도리라는 생각이 들었다.

바닥에 무릎을 꿇고 아가려 등에게 머리를 숙여 절을 하며 의령은 큰 소리로 외쳤다.

"저 의령은 조부님을 대신하여 세 분께 사죄를 드립니다! 무고하신 세 분이 저희의 조급한 판단으로 큰 낭패를 겪으셨습니다. 진심으로 사죄드립니다."

의령의 머리가 바닥에 부딪쳐 쿵쿵 소리를 냈다. 세 번을 절한 의령이 고개를 들어 이가려를 응시했다.

의령의 사죄를 받은 이가려가 득의한 미소를 띠고 외쳤다.

"좋아요. 공자의 사과를 받아들이겠어요. 이후에 무고죄나 위증죄 등으로 고발하는 일은 없을 거예요."

우쭐한 이가려의 말을 들으며 의령은 천천히 몸을 일으켜 세웠다.

진영이 옆에서 그를 부축하려 했으나 가볍게 뿌려친 의령은 단정히 이가려에게 포권하며 고개를 숙였다. 개봉지부와 위도천, 장내를 가득 메운 군중들에게 차례로 포권하고 조용히 몸을 돌렸다.

의령의 얼굴은 원수에게 무릎을 꿇고 고개를 조아렸다는 치욕과 조부에 대한 걱정으로 눈자위가 미미하게 경련하고 있었다.

이마의 아픔 따위는 느껴지지도 않았다. 오랜 조부의 가르침으로 감정이 선연히 드러나지는 않았지만 평생에 처음 겪는 굴욕감과 수치감이 온 가슴을 난도질하고 있었다.

의령의 얼굴이 점점 희끗하니 창백해져 갔다.

장내를 벗어나는 의령과 진영 등 천추서림 측의 고발자들을 보며 장내의 사람들은 숙연해졌다.

이가려의 처사는 지나친 것이었다. 학사는 목을 뺄지언정 모욕을 주지는 않는 법이다. 천추서림이 현재 유림에서 갖고 있는 위상을 생각해 볼 때 이가려의 행사는 확실히 지나친 감이 없지 않았다.

좌중의 인사들은 암암리에 눈살을 찌푸렸다.

이때 개봉지부가 일어나 재판의 끝을 알렸다. 모두의 시선은 다시 영명한 판결을 주도한 개봉지부에게로 향해졌다.

"이것으로 본 재판은 끝내도록 하겠소이다. 서문 대인은 관원들을 따라가 그들의 인상착의와 인원수를 정확히 말씀해 주시길 바라겠소. 곧 그들을 찾아내 죄없는 목숨의 대가를 받아내겠소이다. 자, 여러분! 이제 이것으로 재판은 끝내도록 하겠습니다. 모두 처소로 돌아가 쉬도록 하시지요."

이무력은 말을 마치고 서서히 장내에서 사라졌다. 그를 따라 장내의 인물들도 재판에 대한 각자의 평을 나누며 흩어져 갔다. 그들의 중평은 개봉지부와 위도천의 명료한 판결과 쓰러진 심명조에 대한 호기심 섞인 뒷이야기들이었다.

거짓된 증언으로 거짓 판결을 이끌어낸 집무전은 곧 텅 빈 침묵만이 남았다.

거짓이 만들어낸 음산한 침묵만이……

4장 거성추락(巨星墜落)

개봉지부의 밀실에는 이무력, 이가려, 패일로, 마우간, 위도천 등 다섯 명이 앉아 흐뭇한 웃음을 짓고 있었다.

재판의 승리로 한결 마음이 가벼워진 듯 만면에 웃음을 띤 이가려가 위도천에게 몸을 기울이며 은근한 어조로 물었다.

"그런데… 주 대인, 어느 것이 본모습이시죠?"

위도천은 여유있게 웃으며 학우선을 살랑살랑 흔들었다.

"저도 모릅니다."

"예? 그게 무슨 말씀이에요?"

다소 교태 섞인 이가려의 물음에 위도천은 콧수염을 손가락으로 쓸어 내리며 짐짓 얼굴을 굳히고 대답했다.

"하도 여러 몸과 얼굴로 지내다 보니 본래의 용도를 잊었다고 해두지요."

좌중에 웃음이 터져 나왔다.

추관 위도천은 이무력의 장자방 주소추이기도 했던 것이다. 오 척의 못생긴 단구에서 전형적인 관원의 모습으로 변신해 있으니 가히 놀라운 변신술이라 할 수 있었다.

내공을 이용한 변환이었던 듯 주소추의 얼굴은 전혀 면구의 흔적을 찾아볼 수 없었다. 오 척의 단구에서 일반인의 키로 훌쩍 자랐으니 몸의 골격까지 변환할 수 있음이 분명했다.

마우간이 웃음을 거두며 가장 궁금해하던 사실을 주소추에게 물어보았다.

"한데… 주 대인, 내 물을 것이 있소이다."

"무엇입니까?"

"도대체 어떻게 서문추월에게 그런 증언을 하도록 한 것이오? 듣자 하니 그 사람은 인망도 높고 심명조의 제자라 하던데……. 절대 우리 편을 들 인물이 아니지 않소? 애초에 다른 증인을 세운다는 것은 알고 있었지만 그런 사람이 증언하러 나오게 하다니 정말 놀랍소."

주소추는 빙긋이 웃으며 좌중을 한차례 돌아보았다.

"저는 평소 개봉부의 주요 인사들에 관한 정보를 빠짐없이 수집, 정리하고 있지요. 처음 위중을 할 증인을 생각하고 있을 때 서문추월이 머리 속에 떠오르더군요. 서문추월은 아주 재미있는 사람이지요."

이가려가 궁금한지 입술에 침을 묻히며 재촉했다.

"아이참, 뜸 들이시지 말고 단숨에 말씀해 주세요. 그래서요?"

궁금해하는 세 사람을 보며 주소추는 느긋하게 학우선을 두어 번 부쳤다. 이런 상황을 즐기는 듯했다.

"개봉부 내에서 서문추월의 인망은 무척 높은 편입니다. 심명조의

고제자에다 갈 곳 없는 고아들을 추월각에서 돌보고 있으니 그의 고아
한 인품에 대한 칭송이 자자하죠."
　차 한 모금을 마신 후 주소추는 말을 이었다.
　"그런데 이 인물에 대해 조사하다가 저는 재미있는 사실을 발견했습
니다."
　"그게 무어죠?"
　이가려는 주소추의 화술에 완전히 말려든 듯 다음 말을 재촉했다.
　궁금해하는 사람이 있을수록 이런 얘기는 신나는 법. 주소추는 희미
하게 미소를 지었다.
　"어젯밤에 그를 찾아갔지요……."

＊　　　　＊　　　　＊

　쨍강!
　탁자의 술병이 바닥에 떨어져 산산이 부서졌다.
　서문추월은 머리카락을 쥐어뜯으며 탁자에 머리를 꽝꽝 내리박고
있었다.
　쿵! 쿵!
　서문추월은 살아 있는 자신의 모습이 너무나 혐오스러웠다.
　보지도 않은 사실을 보았다고 거짓 증언을 하여 그를 믿었던 천추서
림의 동도들에게 칼을 들이대었다. 자신을 키워준 사부 심명조는 피를
토하고 혼수상태에 빠졌다.
　미령이, 효령이를 깔아뭉개 죽여 버린 그들을 위해 거짓말을 함으로
써 미령이, 효령이를 두 번 죽이고 말았다.

그들에게 사죄의 절을 올리는 치욕을 의령이 겪게 만들어 다시없는 치욕을 주고야 말았다.

서문추월은 술을 마시며 계속 자신의 머리를 탁자에 박고 있었다.

쿵! 쿵! 쿵!

어젯밤 자신을 찾아왔던 개봉부의 추관 위도천의 음성이 다시 들려왔다.

*　　　*　　　*

"야심한 밤에 죄송합니다."

"개봉부의 관원이 이 밤에 무슨 일이시오? 더구나 월장이라니요? 내일 날이 밝으면 대문으로 당당히 들어오시오."

자신의 서재로 침입한 개봉부의 관원 복장을 한 염소수염을 기른 사내에게 서문추월은 점잖게 꾸짖었다.

그러나 사내는 서문추월의 말에 아랑곳하지 않고 탁자로 다가와 자기 집처럼 다리를 꼬고 앉았다.

"남들이 들으면 안 될 이야기가 있어 이렇게 왔습니다. 무례를 용서하시고 잠시 이것을 보시지요."

느릿한 미소와 함께 염소수염의 사내는 품속에서 두루마리를 꺼내 서문추월에게 건네주었다.

서문추월은 이마를 잔뜩 찌푸리며 두루마리를 받아 들었다. 이자가 무슨 수작이란 말인가? 일단 서문추월은 두루마리를 펴 들었다.

공문서 한 장을 읽어 내려가는 서문추월의 손이 점점 떨려왔다.

성명:서문추월.

나이:서른여덟.

거주지:추월각.

신분:추월각주. 고아 출신으로 천추고학의 제자.

특이 사항:고아들을 추월각에서 돌보고 있음.

유의 사항:고아 중 열 살 이하의 어린 여자애들을 색정의 도구로 이용하고 있음. 추월각의 여자 아이 중 세 명을 추행 및 성폭행 중임. 이상 변태자로 추정. 이는 세간에 알려진 추월각주의 면모와 완전 배치되는 위선의 행태인 바 유심히 지켜볼 필요가 있음.

추행과 성폭행의 시기와 횟수, 특징, 그 양태는…….

서문추월은 자신의 손에 들린 두루마리를 와락 구겼다.

손이 덜덜 떨려왔다.

염소수염의 사내 위도천은 여유있게 웃으며 말했다.

"아, 아주 찢어버려도 상관없소. 사본을 많이 갖고 있는 서류인지라……."

"이, 이게 무슨 짓이오?"

서문추월은 온몸을 바들바들 떨고 있었다. 절대 남에게 알려져서는 안 될 치명적인 비밀이 공개된 것이다. 치욕스러웠다.

"아, 미안하외다. 개인의 성생활을 침해하는 것은 나의 취미가 아니었던지라 이 흥미있는 보고서를 받고도 여태까지 아무런 제지도 하지 않았었소. 어디까지나 그대의 취미 생활일 테니까."

위도천의 조롱은 계속되었다.

"보고서를 보니 아주 재미있는 장난을 많이 즐기고 계시더구려. 그

아이들을 괴롭히는 특별한 방에서 이미 많은 장난감을 확보해 두고 있소이다. 별 희한한 게 많더이다그려. 이건 아마 각좆이라 부르지요?"

위도천은 소매 속에서 사내의 성기 모양을 한 흉측한 나무조각에 가죽을 씌워놓은 것을 꺼내며 손에서 던지고 받는 놀이를 하며 말했다.

서문추월은 위도천에게 완전히 굴복하고 말았다.

증거까지 손에 넣고 밀실까지 찾아낸 모양이니 이미 발뺌을 하기엔 늦은 상태였다.

서문추월은 눈에 핏발이 서 잔뜩 쉰 목소리로 위도천에게 물었다.

"원하는 게… 뭐요?"

"오! 과연 천추고학의 제자답게 머리 회전이 빠르시구려. 이렇게 되면 얘기하기가 훨씬 수월하지."

위도천은 빙글빙글 웃으며 이야기를 꺼내기 시작했다.

이가려 등을 위한 거짓 증언을 하는 각본이 은밀히 전달되었다.

서문추월의 얼굴은 위도천의 전음을 들으며 점점 창백해졌다.

"그, 그런 짓을……! 난 할 수 없소! 그건 스승님의 등에 비수를 꽂는 것이나 마찬가지요!"

위도천의 날카로운 눈은 서문추월을 노려보고 있었다. 가장 중요한 순간이었다.

"지금 귀하의 상황을 모르는 듯하구려. 이 문서가 공개되면 귀하의 사회적 명성은 끝장이오. 아시겠소?"

머리를 부여잡으며 털썩 자리에 주저앉은 서문추월에게 다가간 위도천은 서문추월의 어깨를 다정히 짚었다.

"잘 생각하시오. 이 제의를 따르지 않는다면 당신의 비밀을 폭로함은 물론이고 당신이 키우고 있는 고아들을 모조리 없애 버릴 것이오."

"그, 그런……."

위도천은 서문추월의 멱살을 잡고 얼굴을 맞대듯 가까이 자신의 얼굴을 들이댄 후 한마디씩 씹어뱉듯이 토해냈다.

"잘 생각하시오. 당신이 비록 이상한 취미를 갖고 있지만 추월각의 아이들을 마음속 깊이 사랑하고 있다는 것은 잘 알고 있소. 이미 죽은 두 목숨과 살아 있는, 앞으로 어떻게 클지 모르는 백여 명의 아이들을 생각해 보시오."

서문추월의 눈은 끊임없이 동요하다가 마침내 위도천의 뱀 같은 눈초리에 굴복하고 말았다.

이들은 이 자리에서 자신을 죽일 수도 있을 것이다. 죽음은 가벼울 수도 있었다. 그러나 자신이 쌓아온 이름마저 더럽힐 수는 없었다. 더구나 추월각의 고아들은 자신의 삶의 이유이기도 했다. 자신의 명성에 대한 집착과 돌보고 있는 고아들을 생각해서라고 자위하며 서문추월은 마침내 고개를 끄덕이고 말았다.

"하하, 잘 생각했소. 산 자는 살아가야 하는 법이라오. 내일 개봉부 관저에서 봅시다."

위도천은 서문추월의 어깨를 두드려 주곤 창문을 향해 걸어갔다.

몸을 날리기 전 위도천은 뒤를 돌아보고 말했다.

"아, 혹시 노파심에서 말하겠는데 지금 이곳의 곳곳에는 내 수하들이 은신해 있다오. 그들은 내일 당신이 증언을 할 시간에도 이곳에 있을 거요. 허튼짓을 했다간 백여 명의 아이들이 이 생을 버릴 것이오. 당신의 어린 애인들도 함께 말이오. 하하하!"

말을 마친 위도천은 창밖으로 비조처럼 몸을 날렸다. 암천을 향해 쏘아져 가는 그의 신형을 보며 서문추월은 고개를 떨어뜨렸다.

완벽한 덫이었다.

수치스런 비밀을 공개하겠다고 협박하고 혹시 모를 뒷수를 생각해 아이들의 목숨을 볼모로 협박하며 수하들까지 남겨둔.

*   *   *

"허허, 열 길 물속은 알아도 한 길 사람 속은 모른다더니 서문 각주가 그런 사람인 줄은 미처 몰랐구려."

이무력의 탄식 어린 말이 새어 나오자 주소추는 히죽 웃음을 머금었다.

"털어서 먼지 안 나는 사람은 없는 법이지요. 미리 개봉부 인사들의 정보를 캐어냈던 것이 주요했습니다."

패일로는 연신 감탄성을 흘렸다.

"정말 절묘한 계책이었소이다. 주 대인의 도움을 잊지 않겠소. 정말 훌륭한 대책이었소."

주소추는 패일로의 치하에 고개를 숙여 답례했다.

"그런데… 아까 장내에서 심명조의 토혈을 응급 처치하던 진영이란 자의 손놀림을 보셨지요? 뭔가 짚이는 것이 없던가요? 보통 요상 솜씨가 아니었습니다. 특히 한 수에 오 개 대혈을 점혈하는 신속 정확함은 현기까지 보이더이다."

패일로가 미간을 찌푸렸다.

"나도 아까부터 계속 그자의 솜씨를 생각하고 있었습니다. 분명 명가의 지도를 받은 자의 솜씨였소. 기억이 날 듯도 한데 선뜻 기억이 나지 않는구려."

마우간도 옆에서 거들었다.

"맞네, 일로. 분명 어디선가 본 솜씨야. 그런데 당최 기억이 나지 않는구만."

두 사람의 말을 들으며 주소추는 수염을 꼬았다.

"주시해야 할 자가 틀림없습니다. 이번 재판의 승리로 일단 명분은 우리에게 생겼고 저들은 날개가 꺾였습니다. 하나 이대로 물러나지는 않을 듯합니다."

이무력이 주소추에게 물었다.

"주 형, 무슨 조짐이라도 있소이까?"

"그런 건 아닙니다만 천추서림의 잠재력은 그리 만만한 것이 아닙니다. 유림의 힘은 우리 관부로선 절대 무시할 수 없는 것이지요. 보아하니 그 의령이란 애송이도 웬만큼 무공을 익힌 듯하더군요. 그 주위에 있는 두 사람의 무사도 보통 실력이 아닌 듯하고요."

마우간이 자신의 가슴을 탕탕 치며 호기있게 외쳤다.

"무림의 방식으로 우리에게 대항한다면 그야말로 달걀로 바위를 치는 격이올시다! 걱정하지 마시오!"

마우간의 말이 끝나자 이번엔 주소추가 나섰다.

"유림의 방식은 제가 맡도록 하지요. 그들이 아무리 머리를 써서 일을 추진하려 해도 결국 부처님 손바닥 안일 겁니다. 하하!"

이가려가 소리 높여 웃으며 좌중을 향해 잔을 들었다.

"자, 힘든 하루였어요. 특히 주 대인께 감사드리며 우리 오늘은 술잔을 나누도록 하지요. 축배 들 만한 날 아닌가요?"

마우간의 호기와 이가려의 제의를 흔쾌히 받아들인 오 인(五人)은 술잔을 높이 들며 호기있게 건배했다.

그윽한 향기와 함께 연회석을 빛냈던 소흥주가 목구멍으로 술술 넘어갔다.

참으로 달디단 술맛이었다.

호쾌한 웃음과 간드러지는 교성이 어우러지며 좌중의 주흥(酒興)은 점점 무르익어 갔다.

*   *   *

서문추월의 이마는 피로 낭자했다. 탁자에 머리를 박는 것도 멈춘 지금 서문추월의 눈빛은 멍하니 초점을 잃고 있었다.

아이들을 보호하기 위함이었지만 그 속내엔 자신의 숨겨진 비리를 감추기 위함이 더 컸음을 서문추월은 알고 있었다.

자신을 키워주고 학문을 가르쳐 준 심명조가 피를 토하고 쓰러졌으나 서문추월은 감히 천추서림에 갈 수 없었다.

자신을 바라보던 동문 후배들의 의아한 눈초리가, 등 뒤에 쏟아지던 그들의 증오 어린 시선이 떠올랐다.

부끄러웠다.

죽고 싶도록 수치스러웠다.

서문추월은 덜덜 떨리는 손으로 술병을 잡고 목에다 거꾸로 쏟아 부었다. 반이 넘게 밖으로 흘러내리는 술과 함께 서문추월의 눈에서 주르륵 회한에 찬 눈물이 흘렀다.

스물이 넘어 성인이 되어서도 서문추월은 성욕이라는 것이 없었다. 성장(盛裝)한 여인을 보아도 아무런 느낌이 들지 않았다.

심명조를 만나기 이전, 개봉부에 들어오기 전에 서문추월은 남색(男色)을 즐기는 거지 패거리들에게 붙들려 엉덩이가 부르트도록 괴롭힘을 당했었다.

그때의 기억 때문에 어린 서문추월에겐 사람을 피하는 기색이 있었다. 끈기있게 서문추월을 돌봐주고 사랑으로 보살펴 준 심명조가 없었다면 오늘의 서문추월은 없었을 것이다.

유년 시절의 굴절된 경험 때문이었을까? 여성을 기피하게 되었던 서문추월은 어느 날 자신의 성적(性的) 취향이 기이하게 비뚤어진 것을 알게 되었다.

미령이, 효령이가 아직 어렸을 무렵 그 애들을 보며 안고 싶다라는 성욕이 일자 얼마나 자신을 자책했던가?

군자답지 못하다, 나는 그 애들의 삼촌이다라고 수도 없이 되뇌었지만 소용없었다.

서문추월이 아버지처럼 심명조를 따랐으나 따로 독립한 것은 그런 자신의 추한 욕망으로부터 도망치기 위해서였다.

개봉부에서 유력 인사의 자제들을 가르치며 추월각을 운영할 때 성 내에서 문득 떠돌이 고아를 만나게 되었다. 자신의 어린 시절이 생각났고 자신을 키워준 심명조가 생각났다. 그가 고아들을 돌보게 된 것은 운명과도 같이 자연스러운 일이었다.

고아들의 수가 어느새 백여 명에 가까워지자 서문추월은 자신의 능력으로는 감당이 되지 않아 여기저기에서 기부를 얻어 운영에 충당했다.

기르는 고아들 중엔 여자 아이들도 몇 있었으나 의식적으로 거리를 두려고 노력했다.

그러나 애심이가 문제였다.

일곱 살인 애심이는 유난히 겁이 없고 당찬 소녀였다.

아버지를 닮았다며 서문추월을 유독 따르던 애심이.

천둥이 치던 어느 날 밤 애심이는 무섭다며 서문추월의 침실로 찾아와 서문추월의 품속으로 파고들었다.

애심이는 무얼 알았던 것일까?

온몸엔 한 올의 옷도 걸치지 않고 있었다.

술기운이었을까? 기부를 해주는 인사들과 술자리를 가졌던 서문추월은 넘어서는 안 될 선을 그날 밤 넘어버렸다.

한 번 어겨 버린 금기의 끈은 서문추월의 머리 속에서 완전히 끊어져 버렸다.

서문추월은 때때로 극심한 죄책감에 시달리면서도 애심이를 찾았고 서문추월을 따르던 애심이는 서문추월이 시키는 대로 행동했다.

애심이는 서문추월에게 길들고 서문추월은 애심이에게 길들여졌다. 서로가 서로를 탐하고 서로의 비밀을 지켜주기로 굳게 약속했다.

그러나 비밀이 있을 것인가?

애심이와 같은 방을 쓰던 두 아이들이 이 사실을 알게 되자 나이답지 않게 영악했던 애심이는 두 친구들을 자신과 똑같이 만들어 버렸다.

서문추월은 이때 이미 돌아올 수 없는 강을 건너 버린 자신을 발견했지만 이성으로 통제가 안 되는 욕망의 선을 넘어 매일 밤 세 명의 소녀들과 육체의 향연을 벌였다.

추월각 보수 공사를 핑계로 소녀들의 방과 자신의 내실을 연결하는 통로를 만들고 중간에 밀실을 만들어 그들만의 공간으로 꾸몄다.

온갖 사이한 욕망의 금기를 넘어 끈적한 육체의 덫에 자신을 가두어 버렸던 것이다.

이제 그 늪이 자신과 자신의 사부, 그리고 죽은 두 조카들까지 삼켜 버리려 하고 있었다.

서문추월은 비틀대며 일어나 서재 한 편의 탁자어 앉아 붓을 들었다. 술에 취하고 비탄에 취해 버린 서문추월의 비틀대는 글씨들이 종이를 가득 메웠다.

붓을 내려둔 서문추월은 멍하니 자신이 쓴 글을 내려다보더니 키득키득 웃기 시작했다.

웃음이 멈추지 않았다. 자신이 혐오스러워 견딜 수가 없었다.

서문추월은 계속 키득대며 종이를 작게 접어 서재 한쪽에 있는 벽장으로 다가섰다. 벽장 안에는 은밀히 숨겨진 조롱이 있었다. 일부러 햇빛을 막기 위해 세심히 주의를 기울인 듯 언뜻 눈에 띄지 않았다.

조롱 안에는 그가 키우고 있는 어른의 팔뚝만한 올빼미가 앉아 서문추월을 이상하다는 듯 쳐다보고 있었다.

황금빛 올빼미의 눈이 그의 내면을 꿰뚫어 보듯 쳐다보았다.

서문추월은 올빼미의 다리에 매달린 작은 죽통에 접은 종잇조각을 넣고 올빼미를 조롱에서 꺼냈다.

서문추월의 독백이 나직이 이어졌다.

"흐흐, 금아, 이 쪽지를 천추서림에 전하거라. 그리고 다신 돌아오지 말아라. 그곳에서 사는 거다. 알겠니?"

서문추월을 올려다보던 올빼미 금이는 서문추월이 허공에 던져 주자 곧 소리없는 날갯짓을 하며 창공을 향해 날아올랐다. 추월각을 빙글 한 바퀴 돈 금이는 천추서림을 향해 나래를 펼쳤다. 소리없는 비상이었다.

금이가 사라질 때까지 멍하니 창공을 우러르던 서문추월은 비틀대며 일어나 탁자 위에 의자를 올려 쌓기 시작했다.

이어 서재의 문갑 안에서 단단한 밧줄을 꺼내 대들보에 거는 서문추월의 얼굴은 담담해 보였다.

이제 키득대는 웃음도 사라지고 그의 얼굴엔 무표정만이 있었다.

당연히 해야 하는 일을 하는 사람처럼 서문추월은 아무 표정 없이 밧줄을 걸어 묶고 동그랗게 고리를 만들었다.

의자 위에 올라가 고리에 목을 건 서문추월의 얼굴은 다시 무너져 내렸다. 눈물이 흘러내렸다. 다시없는 회한의 눈물이 한 방울씩 떨어져 내렸다.

목 뒤로 단단히 매듭을 묶어 확인한 서문추월은 올라서 있던 의자를 발로 찼다.

우르르 쌓아놓은 의자가 무너지며 대들보에 매달린 서문추월의 몸이 마구 꿈틀대었다.

두 손은 목을 죄고 있는 밧줄을 붙잡고 다리는 허공을 버둥대었다. 얼굴이 시뻘겋게 상기되기 시작했다.

몸의 무게로 인해 조금씩 목의 매듭이 옥죄어들며 호흡을 끊고 있었다. 자신도 모르게 밧줄을 풀려 붙잡아 쥐었던 서문추월의 손에서 점점 힘이 빠져 갔다.

눈이 뒤집히고 혀가 길게 내밀어졌다.

두 팔이 힘없이 내려지고 천천히 몸이 흔들렸다.

열려진 창으론 공허한 바람이 불어와 조금씩 창문을 흔들고 있었다.

2

"좀 어떠신가?"

방 안으로 들어선 진영은 침상 곁에 앉아 수심에 잠긴 의령에게 목소리를 낮추어 물었다.

천추서림에 돌아와 의원을 불러 한바탕 진료가 끝난 뒤였다.

치료를 마친 의원은 오늘 밤이 고비라며 모든 것은 하늘에 달려 있다고 탄식하고는 가버렸다. 인력으로 붙잡을 수 있는 명줄이 아니라 하면서…….

눈을 감고 창백한 얼굴로 누워 있는 심명조를 보는 의령의 얼굴은 걱정으로 가득했다. 다른 것은 신경 쓸 수가 없었다. 이제 자신에게 남은 혈육은 온 천하에 이 한 명, 할아버지뿐이었다.

침울한 목소리가 방 안을 울렸다.

"아직… 모르겠습니다."

진영은 눈을 감고 있는 심명조의 얼굴을 물끄러미 바라보았다.

참으로 강인한 노인이었다.

두 손녀의 죽음 앞에서도, 그 살인자들을 고발하는 연회석에서도, 그들을 심판하는 집무전에서도…….

그러나 권력과 힘, 더러운 협잡 앞에서 노학자의 몸은 마침내 무너지고 말았다. 자식 같던 서문추월의 배신이 준 충격이 무엇보다도 컸으리라.

진영은 하고 싶은 말도 많고 의논할 일도 많았지만 의령에게 아무 말도 할 수가 없었다. 지금 무슨 말이 그에게 들리겠는가? 무슨 생각이 그에게 떠오르겠는가? 이럴 때는 그저 옆에서 지켜주는 것이 최선의 도리였다.

그때였다.

천장의 구석에 난 작은 구멍에서 돌연 새 한 마리가 소리도 없이 날아들었다.

잿빛의 깃털로 온몸을 감싼 올빼미였다.

침상의 한 켠에 내려앉은 올빼미를 바라보는 의령의 눈은 적의로 번쩍였다.

진영이 물었다.

"아는 놈인가?"

한동안 올빼미를 쏘아보던 의령이 한숨을 쉬며 손을 내밀어 머리를 쓰다듬어 주었다. 올빼미는 기분이 좋은지 눈을 감고 의령의 손에 몸을 맡기고 있었다.

"서문… 추월이 기르는 놈입니다."

차마 삼촌이라 말을 잇지 못한 의령이 이름을 불렀다.

망설이다 이름을 부른 것은 아직도 그의 마음속에 서문추월에 대한 한 가닥 마음이 남아 있기 때문이었을까? 어릴 때부터 얼마나 따랐던 사람이던가? 아버지 대신의 훈훈한 정을 느끼게 해주었던 사람. 그런 사람의 배신이었기에 더욱 아팠다.

"다리에 죽통이 있군. 열어보세."

진영의 말에 의령은 내키지 않는다는 듯 미적거리는 손길로 죽통을 열어 작게 접힌 종이를 펼쳐 읽기 시작했다.

편지를 읽어 내려가는 의령의 손이 푸들푸들 잘게 떨리었다.

"이… 이럴… 수가……!"

의령에게서 편지를 받아 든 진영도 빠르게 읽어 내려갔다.

편지 안에는 서문추월이 어떤 약점을 잡혔으며 어떤 협박을 받아 그런 진술을 하게 되었는지 소상히 적혀 있었다.

심명조와 의령, 천추서림 식구들에 대한 절절한 사죄와 함께 이제 더러운 목숨을 끊을 테니 남겨진 아이들을 부탁한다는 유언이었다.

어린 여아들과 성관계를 갖게 된 전말을 읽으며 진영은 짙게 눈살을 찌푸렸다. 한 길 사람 속을 알 수 없다고 했던가?

"이런 일이… 서문 각주에게 이런 비밀이 있었다니……."

의령은 큰 충격을 받아 꼼짝 않고 서 있었다.

자신들을 배신한 이유가 어린 여아들과의 이상한 관계였다는 것이 평소 아이들을 사랑했던 서문추월을 생각하면 납득이 가지 않았다. 더러운 불쾌감이 솟구쳤지만 한편으로는 안도감이 들었다. 서문추월의 배신은 자신의 뜻이 아니라 강요와 협박에 의한 것이었기에…….

의령의 내심은 복잡하게 얽혀들었다.

돌연 의령이 몸을 돌려 방 밖으로 나가려 했다.

진영이 붙잡았다.

"어딜 가나?"

"추월각에 가야겠습니다."

"이미 늦었을 걸세."

"그래도 가야 합니다."

의령을 보는 진영의 눈은 안쓰러움으로 흔들렸다.

이번 사건으로 심중의 타격을 가장 많이 받았을 사람은 어쩌면 의령일지도 몰랐다. 동생들은 비명횡사하고 할아버지는 생사의 경각에 달렸으며 믿었던 친인의 배반을 접한, 이제 겨우 약관인 유생의 마음이 어떠할 것인가?

사리 분별의 판단력이 희미해지고 감정이 앞서는 것은 그런 이유 때문일 것이다.

그러나 진영은 냉정히 말을 이었다. 지금은 중심을 잡아줄 필요가 있었다.

"자네는 지금 추월각에 가면 안 되네."

의령은 언뜻 짜증이 섞인 듯한 얼굴로 말했다.

"무슨 말씀이십니까? 더 늦기 전에 빨리 가서 삼촌을 구해야 합니다!"

의령이 진영의 손을 뿌리치고 나가려 하자 진영의 낮은 꾸짖음이 터져 나왔다.

"정신 차려! 자네 삼촌은 이미 죽었을 걸세! 지금 추월각에 가는 것은 상황을 더 악화시키는 것이야!"

의령이 고개를 돌려 진영을 바라보자 진영의 빠른 말이 이어졌다.

"올빼미가 날아오는 시간을 생각하면 자네 삼촌은 이미 죽었을 거네. 하지만 아무도 모르고 있겠지. 지금 천추서림의 사람들이나 자네가 추월각에 가서는 안 되네. 이 편지가 우리 수중에 들어왔다는 것을 개봉부나 천패궁에서 알면 안 된다는 말일세. 우리가 이 사실을 모두 알고 있다는 것을 그들이 알면 이번엔 정말 살인멸구를 하려 들 걸세. 지금 추월각으로 가는 것은 그들에게 우리가 서문 각주에게 무언가 언질을 받았다는 걸 알려주는 것이나 진배없는 거네. 자네의 일거수일투족이 이제 천추서림의 모든 이들의 안위와 직결될 수 있네. 부디 냉정하게."

의령의 왼쪽 눈꺼풀이 파르르 경련했다.

마음은 추월각으로 달려가고 있었으나 머리는 진영의 말이 옳다는 것을 인정할 수밖에 없었다. 그렇다. 이제 자신의 거취에 따라 많은 이들의 목숨이 위험할 수도 있는 것이다.

그러나 의령은 억울했다.

누이들의 죽음을 정당한 법으로 보상받으려는 시도도 물거품으로 끝나고 말았다. 그가 살아오며 배워왔고 믿었던 정의는 그저 허황된 문구에 불과했단 말인가?

"이렇게… 힘없이 당해야 한다는 겁니까? 이렇게 서문… 삼촌의 죽음마저 모른 척해야 한단 말입니까?"

의령은 고개를 떨구었다. 좌절과 분노가 뒤섞여 그의 얼굴은 핏기를 잃어갔다. 침중한 얼굴의 진영이 의령의 어깨에 손을 얹었다.

"지금으로선 어쩔 수 없네. 더구나 노사께서 생사의 기로에 처해 계시네. 세상은… 그런 것이네."

마지막 말을 망설이다 덧붙인 진영은 심한 자괴감에 빠졌다. 결국 이들에게 아무 도움도 못 주고 있었다. 권력의 힘 앞에 그 또한 떠돌이 낭인일 뿐이었다.

"으… 음."

그 때 고개를 떨군 두 사람의 귓전으로 나직한 신음 소리가 들려왔다.

의령과 진영은 침상으로 급히 다가갔다.

심명조가 정신을 차린 것이다.

"여, 여기가 어디냐?"

"집입니다, 할아버지."

의령의 다급한 대답이 뱉어졌다.

천장을 바라보는 퀭한 심명조의 눈에선 생기가 보이지 않았다. 힘없이 풀어진 눈동자가 눈자위를 온통 검은빛으로 채우고 있었다.

죽기 전에 정신이 든다던 회광반조(廻光返照)란 말인가?

진영은 미미하게 눈살을 찌푸렸다.

눈을 굴리던 심명조의 눈동자에 차츰 초점이 잡혀왔다.

"의령아……."

"예, 할아버지."

"추월이는 어디에 있느냐?"

의령은 잠시 대답할 말을 찾지 못했다.

이미 죽었을 것이라 어찌 말하겠는가?

유언장이 도착했다고 어찌 말하겠는가?

"뭔가… 이유가 있을 게다. 그럴 놈이 아니야……."

심명조의 끊어질 듯 이어지는 낮은 목소리는 확신에 차 있었다. 제자를 믿는 스승의 마음은 아들 같은 제자의 변심을 믿을 수 없었던 것일까?

의령은 울음이 터져 나올 듯했지만 참고 대답했다. 음성이 잘게 떨려 나왔다.

"그럴… 테지요. 저도 그렇게 믿고 있습니다."

심명조는 다소 기운을 차렸는지 의령에게 고개를 돌리며 나지막한 목소리로 말했다.

"의령아, 할아비와 오랜만에 칠현금을 타자꾸나."

웬 난데없는 칠현금란 말인가?

의령이 무어라 대답하려 할 때 진영의 전음이 들려왔다.

─노사의 생기(生氣)가 얼마 남지 않았네. 생의 마지막을 장식하시려는 거야. 의연히 대처하게. 할아버님을 잘 보내 드려야지. 칠현금을 가져오게나.

진영의 전음에 벼락을 맞은 듯 얼어붙은 의령은 심명조의 눈을 마주 보았다.

초점이 제대로 잡히지 않은 심명조의 눈은 아득한 먼 곳을 보는 듯 아련했다. 분명 의령의 얼굴을 보고 있었으나 그가 보고 있는 것은 의령이 아니었다. 자신이 돌아갈 그곳, 이제는 버릴 세상을 바라보는 심명조의 눈빛에 의령의 두 눈에서 눈물이 쏟아져 내렸다.

이제 할아버지도 자신을 떠나려 한단 말인가?

정말 이대로 이 세상에 홀로 남는 것인가?

두 눈이 젖어 심명조를 멍하니 응시하고 있는 의령의 귀에 진영의 다급한 재촉이 내리 꽂혔다.

―어서! 시간이 얼마 없네!

진영의 전음에 겨우 혼란스런 정신을 수습한 의령은 흐르는 눈물을 닦지도 못하고 곧 침실 한쪽의 장식대에서 칠현금을 꺼내왔다.

두 대였다.

진영은 심명조를 조심스레 부축해 앉히곤 곧 심명조의 뒤로 돌아가 등에 장심을 붙이고 미약한 기운을 조심스레 흘려 보내주기 시작했다. 심명조의 마지막 길을 돕기 위해서였다.

심명조의 희미한 음성이 새어 나왔다.

"고맙네."

심명조는 침상에 앉아, 의령은 바닥에 앉아 두 조손의 마지막 합주가 시작되었다.

줄을 고른 심명조는 양손을 검은 칠현금 위에 올려놓고 소매를 천천히 휘저어 팔목에 감았다.

그리곤 조용히 눈을 내리감고 생의 마지막 연주를 시작했다.

퉁!

심명조의 첫 음률은 비탄에 가득 차 시작되었다.

낮게 울리는 칠현금의 선율은 며느리를 떠나보내고 아들을 보낸 후 애지중지 키워온 손녀들의 비명횡사를 애도하는 듯했다.

눈물에 젖어 심명조를 응시하던 의령은 주먹을 들어 눈을 씻었다. 할아버지의 마지막 길이다. 울고만 있을 때가 아니었다.

의령의 눈은 계속 할아버지를 응시한 채 간간이 음을 퉁겨 할아버지의 음을 돕기 시작했다.

할아비의 나직한 독백 속에 손자의 추임새가 어우러지며 칠현금의 선율은 방 안을 가득 채워갔다.

진영은 애끓는 곡조를 들으며 이십여 년 전의 그날을 생각했다. 자신들이 아끼던 사람들이 모두 죽었던 그날, 그들을 위해 살인을 결심한 그날, 더러운 세상을 부숴 버리겠다고 울부짖던 그날이 생각났다.

심명조의 손가락이 칠현금을 휩싸고 돌아가며 차츰 선율이 격렬해지기 시작했다. 노학자의 주름진 손가락이 춤을 추듯 현 위를 미끄러지며 둔중한 소리가 칠현금을 통해 토해졌다.

분노한 노룡(老龍)이 풍우(風雨) 속에서 날뛰며 세찬 벼락의 함성을 떨어 울렸다. 심명조의 미간이 깊숙이 찌푸려지며 날 선 서릿발 같은 손길이 현 위에 칼날처럼 틀어박혔다.

쏟아져 나오는 불길처럼 거세게 울려 퍼지던 탄음이 한순간 뚝 그쳤다.

돌연 한숨 같은 깊은 울림을 뒤로 심명조의 미간이 점차 펴지며 평온한 낯빛으로 돌아왔다. 세상을 뒤엎을 듯한 거센 분노가 점차 잦아들기 시작했다.

가다 넘어지고 가다 넘어지는 절망과 비탄의 세월 속에서 그래도 생을 비추었던 한줄기 고집과 꿋꿋함이 그의 탄음에 녹아들어 있었다.

심명조의 음을 따라가는 의령의 탄금도 차츰 격정을 넘어서 분명한 중심을 잡아가고 있었다.

심명조의 뒤에서 진기를 돋아주는 진영의 마음속에는 한 가닥 찬탄의 빛이 피어났다.

심명조는 음을 통해 말로 전하지 못할 유언을 전하고 있었다.

세상의 핍박이 거칠고 어지러워도 끝내 한 가닥 마음의 중심을 잃지 말라는 무언의 가르침이었다.

음(音)이란 때로는 어떤 언어도 초월한 감정을 전달해 줄 수 있는 법이다. 가슴이 꽉 차 오르는 벅찬 감정을 느끼며 진영은 일순 새로운 감상에 빠져들었다.

세상을 뒤집어 버리려 했지만 자신은 혼자였고 그들은 세상의 좋은 편, 옳은 편이었다. 진영은 그들 중 주모자들만을 골라 처단함으로써 자신의 복수와 울분을 털어버렸었다.

그때 입은 내상으로 아직도 공력이 정상이 아니지만 몇몇의 아우들을 의제(義弟)로 새로 얻고 그저 세상을 떠돌기만 했다.

어린 시절 믿고 있었던 정의와 협의도(俠義道)는 이제 믿음의 대상이 아니었다. 그에겐 신념이 없었다. 다만 세상의 더러움을 멀리서 응시할 뿐 그 세상에 간섭할 마음이 없었던 것이다.

그렇게 세상을 부유한 지 이십여 년. 우연히 효령과 미령의 죽음을 접하고 이들 조손을 돕게 되었다. 그의 마음속에 협의도라는 생각은 없었다. 다만 살아가는 인연이 이어졌다고 여기고 있을 뿐이었다.

그러나 심명조의 벅찬 탄금을 들으며 진영은 잊었던 호탕함과 협기가 살아남을 느끼고 있었다.

심명조는 음을 통해 말하고 있었다.

세상이 더러워도 더럽다 말고 꿋꿋이 버티어라.

버티고 힘을 내 신념을 지켜내라.

마음속의 중심을 잡고 세상을 견뎌내어라.

진영과 의령의 마음속에는 단단한 그 무엇이 자리를 잡아가기 시작했다. 아무리 두드려도 깨뜨려지지 않을 그것, 사내의 가슴을 뜨겁게 달구는 그 무엇이 꿈틀거리기 시작했다.

심명조의 탄금 소리가 점차 약해지며 느릿해져 갔다.

이제 선율은 생의 마지막을 앞둔 자의 더디고 회한 어린 영탄이 되어 진영과 의령이 알 수 없는 세계를 노래하고 있었다.

의령은 탄금을 멈추고 할아버지를 올려다보며 하염없이 눈물을 흘리었다. 이것이 할아버지의 마지막 길인 것이다.

노학자의 더딘 손은 알 수 없는 음률의 세계 속에서 자신만의 생을 반추하고 있었다.

더듬더듬 손을 놀리며 음을 뜯어내던 심명조의 손이 천천히 굳어갔다. 마지막 한 음을 미약하게 퉁겨내는 것으로 심명조의 탄금은 어느새 멈추었다.

서서히 심명조의 고개가 앞으로 숙여졌다.

의령은 몸을 일으켜 정좌한 채 세상을 뜬 심명조에게 천천히 절을 하기 시작했다.

비 오듯 쏟아져 내리는 눈물 속에서 의령은 심명조의 마지막 가르침을 잊지 않으리라 굳게 다짐했다.

말로는 표현할 수 없는 가르침을 남기고 천추고학(千秋孤鶴) 심명조는 그렇게 세상을 떴다.

그의 나이 일흔두 살.

두 명의 사내에게 한 가닥 의혼(義魂)의 불길을 심어주고 그는 그렇게 갔다.

5장 옥면수사(玉面秀士)

천추서림은 고요한 가운데 분주했다.

심명조의 죽음으로 천추서림의 정신적 기둥이 쓰러졌으나 그대로 무너질 만큼 천추서림은 허약하지 않았다.

심명조의 재산을 모두 모아 만든 곳이었지만 이곳을 지키는 힘은 돈이 아니라 학문을 사랑하는 마음이었다. 심명조의 제자 중 각계에 두각을 나타냈던 많은 이들이 정기적으로 기부를 하고 있었고 그들 중 일부는 자신의 자제들을 다시 옛 스승에게 보내기도 했다.

천추서림은 어느새 이 나라 유림의 총본산과도 같은 역할을 하고 있었고 심명조의 타계로 인해 그 잠재되었던 힘이 서서히 깨어나고 있는 중이었다.

별다른 지시 없이도 천추서림의 식솔들과 학사들은 자신이 해야 할 일을 조용히 수행하고 있었다. 자신의 자리를 굳건히 지키는 부동심(不

動心)이야말로 이런 어려운 때에 가장 필요한 자세였다.

마당을 가로질러 가는 진영은 천추서림의 차분한 움직임에 내심 감탄하고 있었다.

대개 우두머리가 사라진 집단이 사분오열(四分五裂)하여 이권을 놓고 갈라지는 것과 달리 천추서림은 원주인 심명조의 죽음에도 불구하고 평소와 다름없는 일상이 계속되고 있었다. 모두의 얼굴에 떠올라 있는 애도의 침묵이 아니었다면 무슨 일이 있었는지도 모를 정도였다. 이는 평소 심명조의 천추서림의 운영 방식 때문이었지만 외부인인 진영이 보기에는 경이로울 뿐이었다.

생전의 심명조는 림주가 아니라 원주라 불렸다.

자신을 천추서림 최고의 자리가 아니라 북명원(北溟垣)의 원주로 내려앉힌 것은 심명조의 고심의 결과였다.

심명조는 자신의 사후에도 천추서림이 급속히 무너짐을 원치 않았기에 행정과 교육을 분리하고 자신이 없더라도 천추서림의 운영에 지장이 없도록 천추서림의 조직을 구성했었다.

그 결과가 지금 진영이 느끼는 것처럼 부동의 경지에 이른 듯한 학자들과 가솔들의 모습이었다.

진영은 의령의 거처로 가고 있었다. 심명조의 죽음 후 소렴과 대렴의 예(禮)를 치르는 동안 아직 의령과 앞으로의 할 일을 의논하지 못했던 것이다.

심명조의 절명곡(絶命曲)을 들으며 진영의 심중에는 큰 변화가 찾아왔다. 말로는 표현할 수 없었지만 노학자의 일생이 담긴 유언가를 들으며 크나큰 깨달음을 얻었던 것이다.

그것은 진영의 지난 세월을 쥐어 잡고 있던 덫의 단절이었고 새로운 해방의 시작이었다.

가슴속에 새로운 의기(義氣)가 치솟고 있었다. 다시 예전의 당당함을 찾을 수 있을 것 같았다. 마음을 새롭게 했으니 그간 방치해 두었던 내상(內傷)을 치유하기로 마음먹었다.

이십여 년 전, 진영에게 치명적 상흔을 안겼던 사건 이후 진영은 자신의 내상을 그냥 방치해 두고 지냈다. 악화되도록 하지는 않았지만 완치할 수 있음에도 그냥 내버려 두었던 것은 자신에 대한 자학(自虐)이었다.

지난 세월 쿡쿡 쑤시는 오랜 내상의 아픔을 느끼며 살아왔던 것은 그렇게 해서라도 삶의 느낌을 보장받으려는 진영의 발악이었다. 삶의 이유를 상실한 그에게 경맥을 휘돌아가는 참을 수 없는 아픔이야말로 자신이 살아 있음을 그나마 알려주는 증거였던 것이다.

진영은 내상을 치유하기 위한 폐관 수련 전에 의령을 만나고자 했다. 그가 앞으로 어떻게 할 생각인지가 궁금했다. 일단은 그를 돕고 싶었다. 그것이 자신에게 새 길을 열어준 심명조에 대한 보답의 길이었고 자신의 새로운 인생의 출발점이 될 것이라는 예감을 진영은 하고 있었다.

의령의 거처 바로 앞에서 진영은 어디론가 가려 하는 의령과 마주쳤다.

의령이 반갑게 인사했다.

"어딜 가시는 중이십니까?"

"자네를 만나러 가는 길이었네."

진영의 대답을 들은 의령은 진영의 옷깃을 살갑게 끌며 말했다.

"그럼 저와 함께 가시지요. 마침 의논드릴 일도 있습니다."

조부의 죽음을 함께하며 깨달음을 같이 나눈 진영에게 의령은 전보다 강한 친근감을 느끼고 있었다.

처음엔 단순히 삼이의 보호자로, 사건의 목격자로 천추서림을 찾아왔던 진영을 이제 의령은 믿음직한 친인으로 생각하고 있었다.

할아버지를 잃어 의지할 사람이 없어진 의령은 심명조의 절명곡을 통해 당당히 홀로 설 수 있었고 자신보다 훨씬 연상인 진영에게도 일방적인 기댐이 아니라 어깨를 나란히 하는 마음으로 대할 수 있었다.

이제 의령은 더 이상 공부만 하는 유생이 아니라 두 여동생의 혈채(血債)와 조부의 유언을 짊어진 당당한 장부였던 것이다.

진영도 그런 의령의 변화를 느끼며 대견해하고 있었다.

확실히 의령은 가장 어려운 시기를 조부의 사랑으로 가장 지혜롭게 극복하는 듯 보였다.

의령과 진영은 의령의 거처를 지나 후원 깊숙한 곳에 위치한 전각에 도착했다.

"여긴 뭐 하는 곳인가?"

의령은 진영을 보며 싱긋 웃었다. 참으로 오랜만에 보이는 미소였다.

"들어가 보시면 압니다. 단, 무슨 일이 있더라도 소리를 내시면 안 됩니다."

의령의 안내를 받은 진영은 전각 안으로 들어갔다.

햇빛을 인위적으로 막아놓았는지 어둑어둑한 실내에 간간이 햇살이 비치고 있었다.

전각은 전체가 기둥만 세워진 특이한 구조였다.

벽면엔 나뉘어 가로지른 나무 막대들이 희미하게 보였다.

그때였다.

진영의 눈앞으로 검은 물체가 소리도 없이 휙 하니 스치고 지나갔다.

깜짝 놀란 진영이 몸을 뒤로 날리며 주먹을 움켜쥐었다.

눈앞에 무언가 지나간 것은 틀림없었으나 특별한 소리조차 들리지 않아 진영은 은근히 긴장했다.

의령이 웃으며 안심하라는 듯 손을 좌우로 흔들었다.

의령의 웃음에 몸의 긴장을 푸는 순간 코를 찌르는 기이한 냄새가 진영의 후각을 자극했다. 짐승의 냄새였다.

후르르르……

기이한 울음소리가 들리는 가운데 전각의 내부를 둘러보던 진영의 눈은 차츰 커졌다.

심명조가 죽던 날 밤 침실에서 보았던 그 올빼미가 수백 마리는 족히 되어 보였다. 금빛 눈을 번뜩이며 올빼미들은 의령과 진영을 쏘아보고 있었다.

의령의 전음이 들렸다.

─조용히 하세요. 아직 진 대협께 녀석들이 적응하지 못했으니 큰 소리를 내시면 이놈들이 동요할 겁니다. 지금은 저와 함께 들어와서 얌전히 있는 거지요. 이놈들이 한데 모여 공격하면 아무리 무공의 고수라도 좀 괴로울 겁니다.

진영은 안광을 빛내어 전각의 구석구석을 살펴보았다.

벽면을 가로지른 나무 막대에 녀석들은 마치 사열을 받듯이 앉아 있었다. 군데군데 빈자리가 눈에 띄는 것이 마치 정해진 자리가 있는 듯이 보였다.

─ 진 대협, 이만 나가시지요.

─ 알겠네.

코를 찌르는 야생의 새 냄새에서 벗어나 전각의 바깥으로 나온 진영은 숨을 크게 들이쉬었다.

뒤따라 나온 의령이 빙긋 웃으며 진영에게 말을 건넸다.

"좀 놀라셨죠?"

"음, 그렇네. 올빼미를 못 본 것은 아니지만 저렇게 떼로 앉아 있는 모양은 평생 처음 보는군. 소리없이 난다는 것은 알고 있었지만 얼결에 그만 놀라고 말았네. 자네, 장난이겠지?"

진영의 웃음 섞인 추궁에 의령은 빙긋 미소를 지었다. 묘하게 굴절된 미소였다. 친인들을 거듭 잃어 나이에 걸맞지 않게 무거워져 버린 의령이 안쓰럽기도 했지만 진영은 이 정도 웃음이라도 보여주는 의령이 반가웠다.

의령과 진영은 전각의 바깥 한 켠에 마련된 탁자에 앉았다.

서문추월이 쪽지를 보냈던 올빼미를 상기하며 진영이 물었다.

"그럼 저 올빼미들이 모두 전서구(傳書鳩)의 역할을 하는 것인가?"

"그렇습니다."

진영은 기가 막혔다. 비둘기야 길들이기 쉬우니 전서의 역할을 맡긴다지만 맹금류인 올빼미를 전서의 도구로 길들였다는 말은 들어본 적이 없었던 것이다.

그것도 한두 마리가 아닌 수백 마리를.

"상세히 설명해 줄 수 있겠나? 나도 견문이 넓은 편이라 생각했네만 올빼미로 전서(傳書)를 한다는 것은 처음 듣는군."

"선조부께서… 장년이 되셨을 때 우연히 조령대법(鳥靈大法)이라는 기서(奇書)를 입수하셨습니다. 각종 조류를 길들이고 영통(靈通)할 수 있는 방법을 기록한 책이었죠. 그분은 새들 중에서 유난히 올빼미를 좋아하셨답니다. 맹금류이고 흉포하기 그지없지만 자식을 돌보는 지극 정성과 지혜로움, 그 용맹을 사랑하셨죠. 유생이 마땅히 본받을 만한 새라 말씀하곤 하셨습니다."

진영은 말없이 고개를 끄덕였다. 자식을 잃고 손주들을 키웠던 심명조의 마음이 잡히는 듯했다.

"평소 중원 각지에 흩어져 있는 친우 분들과 연락할 길이 너무나 막연하다고 생각하셨던 선조부님은 그 참에 재미있는 계획을 세우셨습니다. 조령대법으로 올빼미들을 길들여 전서를 주고받는 역할을 맡기기로 하셨던 거죠."

"호오~"

진영은 이 계획이 참으로 재미있으면서도 방대하다고 생각했다. 무림에서야 전서구가 상용화되었다지만 그리 정확한 방법은 아니었다. 말을 바꿔 타고 달려가며 급한 소식을 전하는 방식도 있었지만 군부가 아니면 이용하기 어렵기도 했다.

평범한 사람들은 이 광활한 중원에서 서로 소식을 전하는 방법이 참으로 난망한지라 가까운 사이가 아니면 평생 소식 한번 전하기가 쉽지 않았다. 심명조는 올빼미를 이용한 전서로 이를 극복하려 한 것이다.

"올빼미는 맹금류이지요. 길들이기는 쉽지 않지만 타고난 기품으로 인해 한번 길들이면 절대 주인을 배반하지 않습니다. 크기에 비해 날개 힘도 엄청나서 웬만한 거리는 매보다도 빨리 날 수 있지요. 활공에도 능수능란해 바람을 타고 힘들이지 않고 나는 데도 익숙합니다. 게다가 맹금인지라 다른 육식 조류의 습격을 받을 염려도 없지요. 날갯짓을 할 때 소리가 안 나는 은밀함도 있습니다. 종류에 따라 낮에도 움직일 수 있지요. 대단히 빠르며 안전한 전서의 수단입니다."

심명조가 물론 단번에 이 계획을 성사시킨 것은 아니었다. 수많은

시행착오를 거치며 인위적으로 올빼미들을 키웠고 마침내 그들과 영혼
이 교감하는 경지에 성공하여 각지의 학사들과 학문 교류의 수단으로
삼았다. 천추서림이 유림의 본산으로 성장한 배경에는 심명조의 명성
뿐 아니라 다양한 학문 교류의 중심지로 기능한 것이 주효했던 것이다.

진영은 의령의 설명을 들으며 계속 고개를 끄덕이다 의문점들을 하
나둘 묻기 시작했다.

"아까 빈자리는 그럼?"

"예, 전서를 갔다가 아직 오지 않은 녀석들이죠."

"그럼 모든 천추서림의 올빼미들은 이곳에 있는 것인가?"

"그렇지는 않습니다. 특별히 자주 연락을 주고받는 분들에겐 올빼미
를 한 마리씩 길들여서 드렸죠. 서문… 삼촌이 데리고 있던 그놈처럼
요."

의령의 얼굴에 잠시 아픔이 스쳐 갔으나 곧 의연한 얼굴로 말을 이
었다.

서문추월이 죽은 후 개봉부에서 연락이 올 때까지 의령은 동요없이
기다리다가 연락을 받은 후 왕 집사를 보내 사후 처리를 일임했다. 개
봉지부를 의식한 철저히 계산된 행사였다. 추월각은 고아원으로 바꾸
어 계속 운영하도록 하고 운영은 인근의 고아한 여승(女僧)에게 맡겼다.

의령의 상념을 가라앉히기 위해 진영은 다른 질문을 했다. 지금은
앞으로 나아가야 할 때였다.

"자네가 내게 이곳을 보여준 것은 따로 의도가 있는 듯하네만……."

"그렇습니다."

의령은 자세를 바로하고 진영에게 나직한 목소리로 말했다.

"이대로 효령이, 미령이의 죽음을 헛되게 할 수는 없습니다. 살인을

저지르고 그것을 은폐한 천패궁 놈들에게, 그리고 그들을 도와 사건을
은폐하려 무고한 생명을 짓밟은 개봉부의 고위층에게 정의가 아직 살
아 있음을 보여주고 싶습니다.”

진영은 빙긋 웃음을 지었다.

의령은 단단히 자기 중심을 잡은 듯했다.

그의 생각도 의령과 다르지 않았다. 이미 미령이, 효령이의 죽음은
단순히 두 명의 꽃다운 소녀가 마차에 치어 죽었다는 슬픈 사연만 갖
고 있지 않았다.

그 사건을 은폐하기 위해 저질러진 권력과 힘의 작태, 세상의 불의(不
義)함을 단적으로 드러내는 추악한 사건이 되었다. 이 사건의 추악한 이
면을 폭로하고 살인자들과 교사자, 그리고 사건의 은폐를 시도했던 개
봉지부를 단죄함은 새로운 의기(義氣)를 강호에 드높이게 될 것이었다.

그것이 바로 심명조의 뜻을 잇는 길이었다.

“그래, 자네는 앞으로 어찌할 요량인가?”

진영은 먼저 의령의 의향을 물었다.

이 사건의 직접적 피해자들의 친인으로는 이제 의령이 유일했다. 그
래서 의령의 거취에 따라 진영도 태도를 결정하려 했던 것이다.

두 손을 맞잡아 각지를 낀 의령이 진영의 눈을 응시하며 조용히 속
삭였다.

“올빼미들을 이용해 전국의 유생들을 모을 생각입니다.”

기대하지 않았던 대답에 진영은 흠칫했다.

올빼미들을 보고 연락망과 정보망을 구축하는 것을 예상하기는 했지
만 진영이 생각한 그 대상은 무인(武人)이었지 유생이 아니었던 것이다.

그러나 일단 의령의 생각을 온전히 알고 싶었다.

"계속해 주게."

진영은 의령의 생각을 객관적으로 듣기 위해 노력했지만 말도 안 되는 생각이라는 선입견이 앞섰다.

앞으로 그들이 상대해야 할 대상은 강호무림의 패자인 천패궁이었다. 그곳의 궁모와 사대천왕 중 둘이 직접적인 단죄의 대상이었으며 그들을 단죄하기 위해 천패궁 전체와 싸워야 할지도 모르는 일이었다.

그런데 유생들이라니? 글만 읽어온 그들을 모아 무엇을 하겠다는 말인가?

진영은 답답했다.

의령은 목청을 가다듬고 자신의 계획을 이야기하기 시작했다.

"아직 할아버지와 효령이, 미령이, 서문 삼촌의 장례를 치르지 않고 있습니다. 저는 전국의 유생들을 모아 노제(路祭)를 치를 생각입니다."

의령의 말은 차츰 열기를 띠기 시작했다.

"이곳 천추서림에서 시작해 개봉부까지 장례 행렬을 이끌 것입니다. 개봉지부의 관저를 둘러싼 후에 서문 삼촌의 유서 중 개봉부의 음모를 밝힌 부분을 공개하고 정식으로 그 재판의 부당함을 개봉부에 탄원할 것입니다. 전국의 유생들의 이름으로요. 그들이 잘못을 시인할 때까지 지속적으로 개봉부로 달려가 탄원할 것입니다."

"……."

"물론 천패궁과 한통속인 개봉부에만 압력을 가한다는 것은 아닙니다. 개봉과 경사는 지척이라 할 수 있지요. 황제 폐하께 직접 이 부당한 재판에 대한 징치(懲治)를 주청드릴 것입니다. 황실을 움직일 수 있다면 승산이 있다고 봅니다."

진영은 의령의 생각이 너무 순진하다는 생각이 들었다. 그렇게 압력을 넣는다고 자신들의 과오를 인정할 자들이 아니었다. 효령이, 미령이를 죽인 자들은 이미 천패궁으로 돌아가 있을 터였다. 그들을 직접 쳐죽이는 것만 못하다는 생각이 들었다. 더구나 언제 황제가 힘없는 백성의 편이었던 적이 있었던가?

그러나 진영은 의령의 계획에 반대하지 않고 조용히 물었다.

"그렇게 해서 우리가 무엇을 얻을 수 있다고 보는가?"

의령은 진영의 '우리' 라는 말에 멈칫했다.

어떤 길을 가게 되든 함께 가주겠다는 무언의 암시가 아니고 무엇이랴. 의령의 얼굴이 가볍게 상기되었다.

"예로부터 황실의 잘못된 정책을 견제하는 유림의 집단적 움직임이 있어왔습니다. 나라의 골간을 뒷받침하는 축 중의 하나가 유림이기에 관부에서는 유림의 단합된 의견을 절대 일방적으로 무시할 수 없습니다. 만백성이 지켜보기 때문이지요."

의령은 차츰 열띤 목소리로 진영을 설득하기 시작했다.

"더구나 그 단합된 목소리가 많은 유생들의 입에서 나올 때는 결코 가볍게 볼 수 없습니다. 이 나라 황실의 수많은 관원들도 결국은 유생이기 때문입니다. 더구나 백성들이 동조해 줄 때는 나라의 축까지도 뒤흔들 수 있습니다. 그것이 바로 유림의 힘입니다."

진영은 비로소 의령의 구상이 이해가 되었다. 확실히 가능성이 있기도 하였다. 그러나 관부에도 무력(武力)은 있었다. 천패궁은 강호 제일의 무력 집단이었다. 그들의 말발굽과 칼날에 힘없는 유생들의 희생이 클 수도 있었다.

"개봉부에서 힘으로 짓밟을 수도 있네. 자네의 생각이 일리가 있다는 것은 인정하네만 결국 문(文)만으로 역사를 바꾸지는 못하였네. 힘을 동반하지 못한 문(文)이란 결국은 실패하기 마련이야."

의령의 눈길은 타오르기 시작했다. 진영은 의령의 눈동자 속에서 심명조의 불길을 보는 듯했다.

"지나온 역사가 그러했다는 것은 알고 있습니다. 그러나 전사(前史)가 그러했다고 현재도 꼭 같아진다는 법은 없습니다. 지금 명분은 우리에게 있습니다. 우리는 당당하고 저들은 명분없는 권력의 야합일 뿐입니다."

의령의 굳건한 확신에 찬 말이 이어졌다.

"유생은 권력과 힘으로 굴복시킬 수 없는 존재입니다. 비록 그들의 칼에 목이 달아난다고 할지라도 대의명분이 분명히 서 있는 만큼 추호의 부끄러움도, 망설임도 없습니다."

잠시 망설이던 의령은 마지막 말을 덧붙였다.

"이것이 할아버님의 방식입니다. 저도 그분께 배운 대로 유림의 방식으로 이 문제를 풀고 싶습니다. 폭력이 아닌 비폭력의 방법으로 저들의 부당함과 불의함을 천하에 알릴 것입니다."

의령의 격정에 찬 말이 끝나자 진영은 눈을 감고 생각에 잠겼다.

이 계획은 너무 위험했다. 천패궁과 개봉부의 무력에 무방비로 노출된 많은 사람들이 피를 흘리고 억울한 죽음을 맞을 수도 있었다.

그러나 한편으로는 심명조의 꼿꼿함을 그대로 이어받은 의령의 강직함을 보호해 주고 싶었다. 비록 처절한 실패로 끝날지라도, 많은 죽음이 뒤따르더라도 자신의 신념에 따르는 이들을 지켜주고 싶었다.

진영은 번쩍 눈을 떴다. 이 일에 목을 걸어보리라.

"세부적인 계획을 말해 보게."

의령은 눈을 크게 떴다. 자신의 뜻에 동조해 준 이가 드디어 나선 것이다. 아직 아무에게도 밝히지 않은 혼자만의 구상이었지만 조부의 죽음을 함께 맞은 진영의 동의는 그만큼 큰 힘이 되었다.

"먼저 전 유림에 올빼미를 이용해 자세한 정황과 할아버지의 죽음을 알려야 합니다."

진영은 의령에게 물었다.

"각 성(省)에 모두 올빼미가 연락을 취하는가?"

"예."

"그렇다면 그 편에 내 쪽지도 끼워주게. 내 아우들을 모아야겠네."

의령은 적극적으로 힘을 보태주겠다는 진영의 말에 가슴이 뜨거워짐을 느꼈다.

"정말… 감사합니다."

진영이 빙긋이 웃었다.

"앞으로 내게 감사하다는 말은 하지 말게. 나는 자네를 이미 외인(外人)으로 생각지 않고 있네."

의령은 나직이 고개를 끄덕였다. 고마웠다. 대가를 바라는 것도 아니고 따로 부탁을 한 것도 아니었다. 우연히 소식을 전해주러 온 진영이 어느덧 그의 마음에 커다란 존재가 되었음을 의령은 실감했다. 이것이 진정한 협기(俠氣)라는 것일까?

진영이 의령의 가벼운 상념을 깼다.

"그 후에는 기다리기만 하면 되는 것인가?"

"아닙니다. 제가 직접 가서 모셔와야 하는 분이 있습니다."

"상주가 자리를 비운단 말인가? 그것은 예(禮)가 아닐 터인데……. 그리고 너무 위험하네. 자네가 무언가 행동을 취하려 한다는 것이 알려지면 표적이 될 수도 있어."

의령은 가볍게 입술을 깨물었다.

"이런 상황에 예의만 고수한다는 것은 우스운 일입니다. 제가 직접 가서 꼭 모셔와야 할 분이 있습니다. 유림을 모으더라도 제겐 그들을 통솔할 힘이 없습니다. 유림을 움직이려면 그분이 절대적으로 필요합니다."

"그분이 뉘신가?"

"옥면수사(玉面秀士) 한광후(韓光厚)란 분입니다."

휘익!

날카로운 휘파람 소리와 함께 천추서림 내 조령원의 창문들이 활짝 열리며 수백 마리의 올빼미 떼가 암천(暗天)으로 비산하기 시작했다.

천추서림을 한 바퀴 돌며 소리없는 군무(群舞)를 펼친 올빼미들은 곧 사방으로 흩어져 날아갔다.

밤하늘에 점점이 흩어지는 올빼미들을 보며 의령은 나직이 독백했다.

"이제 시작이다."

굳게 다문 입 사이로 결의에 찬 독백을 흘리고 의령은 천천히 발걸음을 옮겼다.

천하를 뒤흔들 일대 사건의 시작이었다.

2

―무슨 일이냐?

창밖을 응시하던 주소추가 어디론가 날카로운 전음을 던졌다.

─십삼호에게서 긴급 전서가 왔습니다. 천추서림에서 두 명이 은밀히 낙양(洛陽)을 향해 출발했다고 합니다. 둘 중 한 명은 심의령이라 하옵니다.

'낙양……'

주소추는 콧수염을 매만지며 생각에 잠겼다.

천추서림이 움직이리라곤 예상했지만 이렇게 빨리 행동을 취할 줄은 몰랐다. 더구나 심명조의 마지막 후인이라 할 의령이 직접 나서다니……. 긴급한 판단을 요구하는 사태였다.

'낙양이라……. 낙양… 낙양……'

주소추는 눈을 부릅뜨며 침음성을 삼켰다.

"빌어먹을……!"

다급한 주소추의 전음성이 잇따랐다.

─지금 개봉부에 있는 전 인원을 동원해 심의령을 추살하라! 절대 낙양에 도착하게 해서는 안 된다!

─존명!

주소추는 몸을 휙 돌려 방 안을 거닐며 입술을 잘끈잘끈 깨물기 시작했다. 천패궁과 개봉지부에게 유림의 방식은 자신에게 맡기라고 큰소리를 탕탕 친 생각이 났다.

아직 스물도 안 된 애송이가 이렇게 결단력있게 빠른 행동을 보일 줄은 주소추로서도 미처 예상치 못한 일이었다. 지금쯤 할아비마저 잃은 슬픔에 꼼짝도 못하리라고 생각했건만…….

개봉부의 여론을 생각해 뒤처리를 미진하게 한 탓일까?

무림이 아닌 관부는 절대 민의(民意)를 고려하지 않을 수 없다. 지금 의령과 천추서림에 손을 댄다면 아무 증거도 남기지 않더라도 그 배후로 천패궁이나 개봉부가 거론될 것이 자명해 자중했던 것인데…….

"빌어먹을! 유림을 움직일 생각임에 틀림없다. 잘못하면 개봉지부에게 치명타가 될 수 있어!"

옥면수사 한광후!

낙양에는 천추고학 심명조와 함께 유림의 양대 거성이라는 한광후가 은거해 있었다.

낙양 어디에 은거해 있는지는 아무도 모르지만 한광후가 낙양성 어딘가에 은거해 있음은 분명한 사실이었다.

그가 움직일 경우 전 유림은 한목소리로 일어설 것이다.

'이대로 있다간 뒤통수를 맞을 것이 자명해. 이렇게 한가하게 보고만 기다릴 때가 아니야!'

옷자락을 펄럭이며 주소추의 신형이 창밖으로 섬광처럼 뿜어져 나갔다. 긴 휘파람 소리가 이어졌다.

*   *   *

―십삼호! 어떻게 해야 합니까?

검은 야행복을 단단히 갖추어 입은 흑의죽립인이 초조한 음성으로 전음을 던졌다.

―명(命)을 기다린다.

―이렇게 기다리다간 저들의 종적을 놓칠지도 모릅니다! 그들의 움직임이 끊어진 지 한 식경이 지났습니다!

주소추의 수족 중 한 명인 십삼호는 혀를 내밀어 메마른 윗입술을 축였다. 입 안이 바싹바싹 타는 듯했다.

　시원한 강바람이 얼굴을 스치고 지나갔으나 습기를 머금은 강바람이 머리카락을 파고드는 것도 느낄 수 없었다.

　천추서림의 주위에 에둘러 잠복하고 있던 그들이 삼경(三更) 무렵 은밀히 담을 넘어 빠져나가는 두 명의 그림자를 발견하고 따른 것이 벌써 세 시진.

　이제 조금 있으면 날이 밝을 터였다.

　전속력으로 경공을 시전하던 그들이 돌연 관도를 벗어나 강변의 갈대밭으로 파고들자 미리 배를 감추어둔 것으로 짐작했다.

　그러나 심의령과 다른 한 명은 갈대밭 사이에서 꺼지듯 사라졌고 강변엔 어떠한 배도 나타나지 않았다. 그들은 지금 갈대밭 사이 어딘가에 은신해 있음이 틀림없었다.

　'우리가 수색하기를 기다리고 있어. 우릴 유인하는 것이야.'

　십삼호는 자신의 판단에 확신을 갖고 있었으나 한 식경이 지나도록 아무런 움직임이 없자 점차 초조해지기 시작했다.

　아직 주소추에게서 전서 명령이 떨어지지 않아 계속 미행만 하던 그들의 종적을 놓칠 위기에 처한 것이다.

　날이 밝으면 이 주변은 온통 물안개로 가득 차 더 이상의 추격이 불가능할 터였다.

　'왜 아직도 연락이 오지 않는 것인가? 제기랄!'

　십삼호 자신이 결단을 내려야 했다. 이곳의 제일 상급자가 자신이다. 이대로 추격을 포기할 것인가, 아니면 그들의 종적을 찾아 갈대밭을 뒤질 것인가?

　한 식경이 넘어서자 이미 어떤 방법으로든 갈대밭을 빠져나간 것이 아닌가 하는 의구심이 물밀듯 덮쳐 왔다.

지금 갈대밭으로 들어가는 것은 범의 아가리로 들어가는 것과 똑같다는 불길한 예감이 끊임없이 머리를 잡아챘으나 더 이상 기다릴 수가 없었다. 조금 있으면 물안개가 욱욱대며 몰려들 것이다.

망설이다 아예 그들을 놓치게 된다면 실패의 대가는 고스란히 자신의 몫이 될 터.

십삼호는 마침내 오른손을 치켜들어 주먹을 불끈 쥐었다.

―일자 대형으로 갈대밭을 수색해 들어간다! 각자의 거리는 일 장!

십여 명의 흑의죽립인이 조용히 칼을 빼 들고 갈대밭으로 전진하기 시작했다.

서서히 갈대밭을 수색해 들어오는 흑의죽립인들을 바라보며 의령은 가슴이 쿵쾅대기 시작했다. 얼굴이 달아오르고 귀뿌리에 뜨거운 열기가 느껴졌다. 무공을 배웠다지만 혼자서 수련만 해온 터, 다른 이들과 손을 섞어본 적도 없었다.

의령의 귓전으로 낮은 전음이 들려왔다.

―일자 대형이군. 하지만 이곳은 갈대의 키가 칠 척이 넘으니 곧 그들의 대형은 무너질 거야.

고개를 돌리자 잔뜩 몸을 웅크리고 전면을 쏘아보고 있는 유성혼이 눈에 들어왔다. 귀두도의 도수(刀首)를 만지작거리던 유성혼이 마지막 전음을 날리고 사라져 갔다.

―아까 시킨 대로 하게! 잊지 마! 손속에 사정을 두어선 절대 안 돼! 저들을 죽이지 못하면 우리가 죽어!

무성한 갈대밭 사이에 난 작은 틈새를 끼고 유성혼의 몸이 뱀처럼 이동하기 시작했다. 흔들리지 않는 갈대를 보며 찬탄에 젖을 무렵 그의 자취는 의령의 눈앞에서 사라졌다.

　홀로 남은 의령은 유성혼의 짧은 가르침을 떠올렸다. 실전 경험이 전무(全無)한 그에겐 실로 귀중한 비무였다.

　사람들의 눈을 피해야 한다는 진영의 충고에 따라 천추서림의 가장 안쪽에 위치한 으슥한 정원의 공터에서 의령은 유성혼과 마주 섰다.

　이제까지 말 한마디 제대로 섞어본 적이 없었던 유성혼과 의령은 어색하니 서로를 바라보고 있었다.

　아니, 정확히 말하면 의령 혼자 쳐다보고 있었다.

　유성혼의 눈은 길게 늘어진 앞머리로 인해 보이지 않고 있었으니……

　평생 열릴 것 같지 않던 유성혼의 입이 천천히 열렸다.

　"나는… 올해 스물여덟이다."

　의령은 흠칫했다.

　나이를 알아볼 수 없는 용모이고 삼십 대 중반에서 사십 대 초반쯤으로 보이는 진영에게 형이라 부르니 나이가 좀 더 많을 줄 알았던 것이다.

　물론 스물여덟도 자신보다는 한참 연상이었지만.

　유성혼의 딱딱한 목소리가 이어졌다.

　왠지 곤혹해하고 있다고나 할까?

　"음… 무공을 가르친다고는 하지만 배사의 예는 없는 것으로 하겠다. 다만 내가 가르치는 입장이니 말을 놓겠다. 알겠나?"

　의령은 유성혼의 어색함이 무엇 때문일까 궁금했다. 자신이 마음에 안 드는 것일까? 아직까지 첫인상이 안 좋다는 말은 들어본 적이 없는

데…….

그러나 지금은 배우는 입장. 무언가를 남에게 배워야 할 때는 겸허하니 상대를 예단(豫斷)하지 말아야 함을 의령은 잘 알고 있었다. 그리 오래 살진 않았지만 평생을 그렇게 배워왔으니…….

"일단 자네가 가진 무공을 내 앞에서 가감없이 펼쳐 보도록. 형님께 들으니 일류 수준이라고 하더군."

"알겠습니다."

의령은 처음 진영의 이 무공 수련 제의를 거절하려 했었다. 그러나 진영은 의령이 실전 경험이 절대적으로 부족함을 지적했다.

자신의 몸을 지킬 능력이 있으면서도 제대로 운용하지 못함은 바보와 같다는 말에 의령은 어쩔 수 없이 승낙하고야 말았다.

낙양으로 떠나는 길에 어떤 위험이 있을지 모르니 반나절이라도 실전 경험을 쌓아야 한다는 말을 거부할 수 없었던 것이다.

의령은 크게 숨을 몰아쉬고 천천히 자신이 알고 있는 유일한 운용 초식인 팔괘산초를 펼치기 시작했다.

태극(太極)에서 시작해 음양으로, 음양에서 사상(四象)으로, 사상이 다시 팔괘(八卦)로 갈라지는 복잡한 내력의 운용이 시작되었다.

팔괘산초는 장(掌)으로도, 권(拳)으로도, 각법(脚法)으로도 운용이 가능했다. 각각의 동작이 팔괘 중 어떤 뜻을 갖느냐가 팔괘산초 변환의 핵이었다.

의령은 얼마 전 익숙해진 다섯 번째 변환 손(巽)을 장법으로 펼치기 시작했다.

의령의 손을 따라 물 흐르듯 바람이 휘돌기 시작해 바닥의 나뭇잎들을 휩쓸기 시작했다. 의령의 주위를 휘몰아치던 바람은 의령의 양손을 따라 차츰 둥그런 원을 그리며 압축되어 갔다.

의령의 손바닥이 현란한 분영(分影)을 그리며 앞으로 내쏘아졌다.

파아!

의령의 손을 따라 나뭇잎들이 쏘아진 화살마냥 앞으로 내뻗었다.

바람이 가라앉은 장내에서 의령은 유성혼의 눈치를 슬쩍 살폈다. 진영도 한 번 본 적이 있긴 했지만 무림인에게 자신의 무공에 대한 본격적인 품평을 듣는 것은 처음이었다.

유성혼의 낭랑한 음성이 들려왔다.

"음, 자네의 내력 운용은 무척 복잡한 것 같군. 음양의 원리에 기반하는 것인가?"

날카로운 지적에 의령은 은근히 놀라움을 감추지 못했다. 단 한 번 보고 호연지기의 흐름을 꿰뚫어 본 것이다.

유성혼의 말이 이어졌다.

"언뜻 보면 호접장(胡蝶掌)과 비슷하군. 음, 내가 보기에는 자네 무공은 결정적인 약점이 있네."

의령은 내심 발끈했다. 결정적인 약점이라니? 자연 대답이 삐딱했다.

"그게 뭡니까?"

유성혼의 입이 스윽 갈라지고 하얀 이가 드러났다. 저걸 웃는다고 해야 할까?

"직접 손을 섞어보면 알게 될 것이네."

유성혼은 등 뒤의 귀두도를 스릉 하고 뽑아 들었다.

의령은 순간 당황했다. 난생처음 시퍼런 칼날과 마주 선 경함이 온몸을 긴장시켰다. 돌연 목이 말라왔다.

"꿀걱."

유성혼은 도첨(刀尖)을 의령의 미간에 겨냥하며 말을 이었다.

"그럼 시작해 볼까?"

말이 끝남과 동시에 유성혼의 기세가 일변했다.

엉겁결에 유성혼이 든 귀두도의 끝을 마주 대하게 된 의령의 몸은 벼락을 맞은 듯 굳어버리고 말았다. 평범한 귀두도에서 흘러나오는 예기(鋭氣)에 의령은 점점 숨이 가빠져 옴을 느끼고 있었다. 조금만 움직여도 몸이 두 쪽으로 갈라질 듯한 위기감이 느껴졌다. 의령의 이마에서 조금씩 땀이 배어 나왔다.

눈앞에는 유성혼이 든 귀두도가 조금의 미동도 없이 의령을 노려보고 있었다. 어느새 의령의 눈에는 자신의 미간을 겨눈 귀두도만이 보이기 시작했다. 시야를 완전히 점령해 버린 귀두도의 위세에 도를 든 유성혼은 보이지도 않고 있었다.

점점 커져 자신의 몸을 압박해 오는 귀두도를 보면서도 의령은 감히 손가락 하나 움직일 수 없었다.

조금만 움직여도 자신의 미간을 뚫어버릴 듯한 칼.

의령은 자신도 모르게 온몸의 호연지기를 끌어올려 귀두도의 기세에 저항하기 시작했다.

귀두도에 유형화된 살기를 실어 보내던 유성혼은 흠칫했다. 곧 기절이라도 할 것 같았던 의령의 기세가 살아나고 있었다. 이미 심령이 제압된 상태에서 무의식적으로 끌어올린다고는 하지만 만만치 않은 기세였다.

유성혼은 입꼬리를 비틀어 미소를 지었다. 형님 말대로 가르쳐 볼 만한 친구였다.

의령의 기세도 만만치 않게 일어났으나 이미 선공으로 제압당한 상태, 뻗치고 옴치려 해도 미간을 꿰뚫을 듯 노려보고 있는 귀두도의 도첨에서 의령은 벗어날 수 없었다. 이마에서 흘러내린 땀이 눈가로 흘러 들어가며 의령은 순간 눈을 깜박였다.

"핫!"

사방을 울리는 대갈일성과 함께 유성혼의 귀두도가 그대로 의령의 미간을 향해 폭사되었다. 의령은 순간 자신도 모르게 상박을 들어 얼굴을 감싸며 질끈 눈을 감고 말았다.

유성혼의 귀두도는 이미 회수되어 등 뒤에 되돌려져 있었으나 의령은 꼴사납게도 다리에 힘이 풀리며 그대로 주저앉고 말았다.

잠깐의 대치에 불과했으나 온몸이 파김치처럼 늘어졌다.

"헉… 헉!"

조용한 유성혼의 음성이 주저앉아 숨을 몰아쉬는 의령에게 들려왔다.

"왜 내 칼끝에서 벗어나지 못했나 생각해 봐. 자네 무공의 가장 큰 약점이 그거야. 자네 내공은 나와 그리 큰 차이가 나지 않아. 혼자 익혔다고는 믿기 어려운 수위지. 그런데 왜 꼼짝 못하고 당했을까?"

망연히 유성혼의 말을 듣던 의령의 미간이 꿈틀했다. 유가의 교육으로 마음의 평정을 유지하는 데 익숙하다곤 해도 약관도 안 된 혈기가 어디 가겠는가? 분했다.

지그시 어금니를 다문 의령이 몸을 일으키고 숨을 고르더니 입을 열었다.

"다시 한 번 해보고 싶습니다."

조용한 결의에 불타는 의령의 눈을 보며 유성혼은 싱긋 웃었다. 비로소 제대로 해볼 마음이 생긴 듯했다.

"좋아!"

좋다는 말이 채 끝나기도 전에 의령의 몸이 돌연 시야에서 사라졌다.

언뜻 시야에서 의령을 놓친 유성혼은 놀라움을 금치 못했다. 이렇듯 뛰어난 신법을 가진 것은 몰랐던 것이다.

좌측에서 매서운 경력을 느낀 유성혼은 귀두도를 뽑아 들며 쾌속히 그어갔다. 그의 성명절기 유성탄(流星彈)이었다. 공간을 압축해 뿌려지는 도인(刀刃)에는 조금의 사정도 보이지 않았다.

그러나 귀두도는 허공을 갈랐고 유성혼은 눈앞에 번뜩이는 현란한 열여덟 개의 발 그림자를 맞아야 했다.

유성혼은 자세를 낮추어 기슴을 모으며 신속히 땅바닥을 걷어찼다. 신형이 뒤로 죽 늘어나듯 물러나고 그 자리에 뒤집은 몸을 바로 세우는 의령의 신형이 드러났다. 유성탄을 피하며 몸을 뒤집어 팔괘산초 중 가장 묵직한 파괴력을 갖고 있는 일곱 번째 변환 간(艮)을 각법으로 시전했던 것.

미처 자욱한 퇴영(腿影)의 영향력에서 완전히 몸을 빼지 못했는지 유성혼의 상의가 길게 갈라져 있었다.

의령의 소맷자락도 귀두도에 베어져 나풀대었다.

"많이 좋아졌군."

유성혼의 칭찬과 함께 다시 그의 도첨이 의령의 미간에 겨누어졌다. 자욱한 살기의 그물이 의령을 덮치려 하자 의령의 신형이 다시 사라졌다. 그러나 미리 준비하고 있던 유성혼은 의령의 신형을 놓친 것이 아니었다.

"두 번은 안 되지!"

이번엔 유성혼의 신형이 사라졌다. 유성혼의 머리 위에 떠 있던 의령은 순간적으로 표적을 놓쳐 당황했다. 몸을 풍차처럼 회전시키며 그 자리를 벗어나 지면에 착지하고 사방을 돌아볼 무렵 그의 뒷덜미에 차가운 도신(刀身)의 감촉이 느껴졌다.

어처구니없게 뒤를 잡힌 의령은 망연해졌다.

좀 전의 비무(比武) 때 의령은 독사 앞에 겁먹은 개구리마냥 살기에 사로잡혀 꼼짝 못하고 유성혼의 무형의 기세에 기력을 탈진했다. 유성혼이 의령을 해칠 마음이 있었다면 그때 의령은 죽었을 것이다.

자신이 당한 이유가 유성혼의 선공(先攻)에 기세를 잡혔기 때문이라 결론을 내리고 자신의 신법 호접무(胡蝶舞)를 이용한 선공을 구상했던 것이다. 그러나 마저 써먹기도 전에 이렇듯 뒤를 잡히고 말았다.

"조금 나아지기는 했지만 아직도 모르는군."

유성혼이 도를 거두며 의령의 앞으로 다가와 말했다.

"제 공격이 미약했던 것인가요?"

의령이 유성혼에게 묻자 유성혼은 다시 무엇이 곤란한지 콧등을 찡그렸다.

사실 유성혼은 자신이 알고 있는 것을 남에게 가르치는 것이 처음이었다. 자신이 배운 대로 가르칠 뿐이었으나 그것조차 유성혼에게는 쉽지 않았다. 무어든 처음은 어려운 법.

"음, 자네에게는… 뭐랄까, 하류급 무사도 갖고 있는 무언가가 빠져 있어. 방금도 자네의 신법은 대단히 훌륭했네. 아마 신법만으로 따진다면 나보다도 훨씬 나을 거야. 내가 순간적으로 시야에서 놓칠 정도의 신법은 그리 많지 않아. 거기다 내 유성탄을 피하고 공중에서 몸을 뒤집어 연환각(連環脚)으로 반격까지 했으니 정말 대단한 거지. 문제는 그 다음이네. 내가 거리를 확보하려 했을 때 자네는 나를 그냥 방치했어. 권각(拳脚)과 도검(刀劍)의 대결 시에 권을 사용하는 자가 이미 확보한 접근 거리를 그대로 내어준다는 것은 있을 수 없는 일이네. 기본중의 기본이지. 자넨 박투(搏鬪)의 기본이 전혀 되어 있지 않아. 한마디로 너무나 경험이 부족하다는 걸세. 더구나 더 중요한 문제가 있어.”

의령은 기대를 갖고 유성혼을 쳐다보았다. 확실한 답을 알고 있는 듯한 확신이 느껴졌기 때문이다.

“사람과 무공을 펼쳐 싸워본 건 내가 처음이겠지?”

“예.”

“당연히 내게 무공을 펼칠 때도 그저 비무를 한다는 생각이었겠지?”

“예.”

“자네의 가장 큰 문제가 그거야.”

“예?”

“자네는 오늘 두 번 죽은 거나 마찬가지야. 한 번은 눈을 감으면서 주저앉았고 또 한 번은 뒤를 잡혔어. 자네가 갖고 있는 무공으로 봤을 때 말도 안 되는 결과지. 아무리 경험이 없다고 해도 그 정도로 몰릴 실력은 아니거든.”

유성혼의 가려진 앞머리를 통해 쏘아질 듯 강렬한 안광이 느껴졌다.

“자넨 무인의 기본적인 마음가짐이 없어. 살기가 느껴지지 않는다고 할까? 그러니 절실함도 없어. 그래서 기세가 둔해지고 가진 실력을 제대로 발휘하지 못하는 거야. 지금 자네의 상태로는 자네보다 몇 수 아래의 상대는 이길 수 있겠지. 그러나 자네와 대등한, 아니면 한 수 아래 정도의 인물만 만나도 자넨 목을 내놓아야 할 거야. 그게 자네가 가진 치명적 약점이야.”

의령은 유성혼의 말을 들으며 멍해졌다.

무인의 마음!

의령으로서는 한 번도 생각해 보지 못한 말이었다.

“무인의 마음이란 무엇입니까? 반드시 살기를 품어야 한다는 말씀인가요?"

유성혼은 머리를 긁적였다.

무인의 마음을 꼭 살기라고 단정 지을 순 없을 것이다. 유성혼은 표현의 한계를 느꼈다.

"음, 이해해 줘. 내가 남을 가르치는 건 처음이라서 말야. 에… 뭐라고 말을 해야 하나?"

머리를 벅벅 긁으며 자신이 하고픈 말을 찾고 있는 유성혼을 보며 의령은 살짝 미소를 지었다.

이 무뚝뚝한 사내가 자신에게 무언가를 전해주기 위해 애쓰는 진정이 느껴졌던 것이다. 마음 한쪽이 따뜻해져 왔다.

"아, 그렇지! 자네 혹시 어릴 때 싸움 해본 적 있나?"

의령은 얼른 대답했다. 딱 한 번이니 대답하기도 쉬웠다.

"무공을 익히기 전에 한 번 싸운 적이 있었죠."

유성혼의 미간은 다시 찌푸려졌다. 설마 이 녀석은 거의 이십 년을 살면서 딱 한 번 싸워봤다는 건 아니겠지?

"그게 몇 살 땐가?"

"다섯 살 때인가 그랬을 겁니다."

유성혼은 기가 막혔다.

"그리고 한 번도 안 싸웠나?"

"예."

"단 한 번도?"

"예."

유성혼은 거의 소리치듯 물어보았다.

가까스로 설명해 줄 고리를 찾았는데 그게 통하지 않으니 답답해 환장할 지경이었다.

"그게 말이 돼? 사내자식이 다섯 살 때 한 번 싸우고 열아홉이 되도록 싸움 한 번 안 했다는게 말이 돼? 엉?"

한숨을 푹푹 쉬던 유성혼은 다시 고개를 들었다. 더 좋은 생각이 난 것이다. 다소 잔인한 말인 듯도 했지만 유성혼은 그대로 내뱉었다.

"자네, 자네 동생들을 죽인 이가려 등에게 절을 하면서 어떤 기분이 들었나?"

순간 의령의 눈자위가 꿈틀 흔들렸다.

어릴 적부터 그가 받은 유가의 교육은 감정의 통제를 계속 강조해 왔다. 필요없는 감정의 낭비를 막는 것이 그가 받은 교육의 핵심이었던 것. 그래서 의령은 분노를 표출하는 것이 익숙하지 않았다.

"……."

유성혼은 대답을 않는 의령을 보며 내심 탄식했다.

이 친구는 과연 무인이 될 기질은 전혀 보이지 않았다. 높은 무공을 가지고는 있지만 상대에 대한 승부욕이라든가 살기, 분노의 폭발 등 무인이 갖추어야 할 기본적인 욕구가 너무 부족해 보였다.

그리고 궁금하기도 했다. 누이동생들을 죽인 그들에 대한 살기가 정말 없는 것일까? 할아버지와 친삼촌 같던 서문추월의 굴욕적인 죽음에도 화가 나지 않는 걸까?

문득 전신이 따끔거리는 것을 깨달은 유성혼의 눈은 크게 치떠졌다.

의령의 전신에서 강렬한 살기가 뿜어져 나오고 있었다. 뿐만 아니라 서서히 의령의 발이 땅속을 파고들고 있었다. 극한의 내공을 끌어올리고 있는 것이 분명했다.

"그 새끼들… 모두 죽여 버리고 싶었습니다. 지금도… 그렇습니다."

토막토막 말을 내뱉는 의령의 눈에서 푸른 불똥이 튀는 듯했다.

가슴속에 묻어두었던 분노와 살기가 일시에 폭발하듯 뿜어져 나왔다.

오랜 세월 음지에서 칼밥을 먹어왔던 유성혼도 긴장할 만한 날카로운 기세였다. 유성혼은 힘차게 고개를 끄덕였다.

"명심하게. 자네를 향해 누군가 칼을 겨눈다면 그들은 틀림없이 개봉부나 천패궁 측에서 보낸 인물일 거야. 자네가 죽으면 자네 누이동생들의 죽음도, 자네 할아버지의 타계도, 서문 각주의 죽음도 아무 보상을 받을 수 없네. 지금은 저 세상에서 자네를 보고 있을 그들을 위해 자네 자신을 지켜야 하네. 지금의 그 마음을 잊지 말게."

의령은 질끈 이를 물고 고개를 끄덕였다.

"명심하겠습니다."

자신을 바라보는 의령을 보며 유성혼은 살풋 불안에 빠졌다.

의령의 살기를 자극한 것이 잘한 일인지 알 수 없었다. 유생인 의령의 살기는 그의 예상을 뛰어넘는 것이었기에.

아직 어린 이 친구는 지금 일생일대의 모험을 하려 하고 있었다. 그와중에 자신의 모든 것을 버리고 완전히 다른 사람이 될지도 몰랐다. 유성혼은 우려스러웠다. 자칫 감정의 폭주가 생길 경우 이 친구의 영혼은 완전히 부스러질지도 몰랐다.

"자, 다시 한 번 해볼까? 이번엔 전력을 다해야 하네!"

"예!"

유성혼과의 비무를 생각하며 갈대밭 사이에서 언제라도 튀어 나갈 수 있게 몸을 웅크린 의령은 서서히 긴장을 높여갔다.

이제 그가 움직일 때였다.

유성혼과의 실전을 방불케 하는 비무 수련으로 칼에 대한 두려움은 어느 정도 극복할 수 있었다.

호연심결은 수양서라는 본래 목적에 걸맞게 심법(心法)을 가장 강조한다. 의식을 사용하고 헛된 힘을 쓰지 않음[用意不用力]이 호연심결 운용의 핵심이다.

무기는 결국 손발의 연장. 열다섯 해에 걸친 연무(鍊武)로 다져진 심의령의 안력(眼力)은 두려움을 극복하자 칼의 궤적을 선명히 볼 수 있었다.

형(形)을 거치지 않고 홀로 뜻을 연마한 의령에게 가장 부족한 것은 실전의 경험이었다. 그가 이제까지 수련한 무공은 상대를 가상(假想)하고 동작을 취한 것이 아니었다. 자신이 취하는 자세를 정확히 하고 의식으로 동작을 이끌어가는 것이 그가 아는 전부였다.

자신이 내차는 발길질을 막는 상대가 있고 되받아쳐 역습하는 상대의 공격을 의식해 움직여야 한다는 새로운 자각은 전율이었다. 팔괘산초의 모든 의미가 새롭게 다가오기 시작했던 것이다.

전면의 갈대밭이 소리를 내며 스윽 슥 갈라지고 있었다.

칼로 갈대밭을 헤치며 조심스레 전진해 오고 있음이 틀림없었다.

의령은 크게 호흡을 들이마시고 외무릎을 꿇고 있는 발부리를 튕겨 공중으로 몸을 솟구쳤다.

"헉!"

눈 아래서 갑자기 튀어나온 의령의 신형에 깜짝 놀란 흑의죽립인의 치켜 올려진 얼굴이 보였다.

갈대밭을 쓸던 칼을 끌어 올리기도 전 도약에 이용한 발부리를 젖혀 앞 축으로 흑의인의 콧잔등을 강타했다.

양팔을 선회하며 공중에 몸을 띄운 의령의 현란한 연환분각(連環分脚)이 흑의인의 얼굴을 한 호흡에 뭉개 버렸다.

부서진 뼈 조각과 피를 튀기며 쓰러져 가는 흑의인의 머리를 발뒤축으로 강타한 의령은 탄력을 이용해 뒤로 몸을 날렸다.

양발에 선연히 전해지는 타격의 생생한 감촉에 의령은 몸을 떨었다. 이것이 살아 있는 생명체를 파괴하는 느낌인가?

그의 발에 차여 형체를 알아볼 수 없는 얼굴로 쓰러지는 흑의인이 눈에 들어왔다. 저 사람을 죽인 것일까?

죽이지 않으면 죽는다!

유성혼의 마지막 말이 비수와 같이 의령의 머리 속을 쑤시고 들어왔지만 처음 사람을 향해 살수를 펼친 의령의 눈앞은 뿌옇게 흐려져 갔다.

"저쪽이다앗!"

날카로운 고함 소리에 언뜻 정신을 차린 의령은 갈대밭 사이에 착지하자마자 곧 몸을 돌려 갈대밭을 헤치며 달리기 시작했다.

순식간의 짧은 시간 동안 긴 상념에 빠졌었지만 지금은 그것을 생각할 때가 아니었다. 최대한 시선을 모으고 저들을 유인하라던 유성혼의 말이 생각났다.

정신을 차려야 한다.

이따위 나약한 감상은 이 상황을 벗어난 후에 해도 늦지 않다.

물막이 드리워진 의령의 눈이 찢어져라 치떠졌다. 저들은 나의 원수! 효령이, 미령이를 죽인 자들과 한패다!

지금은 그것만 생각하자!

그렇게 생각하자!

얼굴을 때리는 갈대밭을 헤치며 달려가는 의령의 눈가에 한 방울 이

슬이 떨어져 내렸다.

전면을 수색하던 십삼호의 눈에 얼굴이 피범벅으로 뭉개져 쓰러지는 수하가 보였다. 자신이 직접 키워 무공까지 가르친 수하이다.

도병(刀柄)을 움켜쥔 손이 부르르 떨려왔다.

어디로 가는지 미행만 하는 것이 원래 목적이었으나 이렇게 된 이상 미행은 이미 의미가 없었다. 아직 주소추의 명령이 떨어지지 않았으나 먼저 도발해 온 것은 의령 쪽이었다.

팔은 안으로 굽고 깨물어 아프지 않은 손가락은 없는 법.

기습으로 인해 어쩔 수 없이 격전이 벌어졌다 하면 그만이다. 아끼던 수하의 피비린내에 십삼호의 살기는 이성을 눌러 버렸다.

십삼호의 명령이 갈대밭을 빙 둘러쳐 서 있는 수하들에게 떨어졌다.

"죽엿!"

한 명이 줄어 열하나가 된 흑의죽립인들이 의령의 뒤를 전속력으로 쫓기 시작했다. 그 선두에 십삼호가 달려가고 있었다. 또 한 명의 존재 유성혼을 잊은 채.

자신의 옆을 스쳐 달려가던 흑의인의 목에 꽂힌 귀두도를 빼내며 유성혼은 흑의인의 입에서 손을 떼었다.

의령이 생각보다 잘해주고 있었다. 일직선으로 달리다 순간적으로 신형을 이동해 조금씩 방향을 바꾸어가는 의령으로 인해 대열은 완전히 흩어졌다.

이제 사냥꾼은 그들이 아니라 유성혼 자신이었다.

무표정한 얼굴로 귀두도를 떨쳐 피를 털어낸 유성혼은 신형을 낮춰

소리없이 갈대밭 사이를 미끄러지며 두 번째 흑의인의 등 뒤로 쏘아져 나갔다.

소리없이 덮쳐 가는 유성혼을 전혀 의식하지 못하고 전면의 의령에게만 전 신경을 집중했던 흑의죽립인은 폐와 심장을 단숨에 뚫고 들어오는 귀두도의 뜨거운 감촉을 느끼며 그대로 절명했다.

비명 한소리 지르지 못하고 쓰러지는 흑의인의 신형을 조용히 받아 땅에 눕힌 유성혼은 다음 제물을 향해 몸을 날렸다.

한 줌의 망설임도 없었다.

최소한의 힘으로 최소한의 자국을 남기며 한 명씩 명줄을 끊어버리는 유성혼의 칼은 너무도 잔혹하여 아름다웠다.

옷자락의 파공음 하나 들리지 않는 은밀한 경신술(輕身術)과 인체의 치명적 사혈(死穴)만을 노리는 소리없는 쾌도술 유성탄에 대열의 후미에 뒤처져 있던 여섯 명이 순식간에 갈대밭 사이에 조용히 몸을 뉘었다.

의령을 쫓으며 무너져 버린 일자 대형에서 뒤처진 인원들을 모두 암살(暗殺)한 유성혼은 전면을 향해 신형을 날리며 적의 인원과 의령과의 간격을 어림했다.

어느새 안개가 조금씩 밀려들며 희뿌옇게 날이 밝아오고 있었다.

남은 다섯은 한데 모여 의령의 뒤를 바싹 뒤쫓아 거의 포위하려는 찰나였다.

드디어 저들의 주의를 돌려 양면에서 합공(合攻)할 시기가 도래했다.

공처럼 뭉쳐 의령의 뒤를 쫓는 다섯 명을 향해 몸을 날리며 유성혼은 최초의 찢어지는 일성(一聲)을 내뱉었다. 낮은 저음의 굉량한 기합이 대지를 뒤흔들었다.

"타아아아!"

날다람쥐처럼 요리조리 신형을 휙휙 순간 이동하는 의령을 뒤쫓으며 한껏 살기가 고조되어 있던 다섯의 흑의죽립인들은 뒤통수를 후려 갈기는 기합에 흠칫 몸을 떨며 자신도 모르게 고개를 뒤로 돌렸다.

내쏘아진 섬전처럼 자신들을 향해 돌진하는 검은 그림자의 칼이 그들을 덮쳤다.

슈파아아아!

대기를 찢는 날카로운 소리와 함께 서른두 개로 갈라진 유성혼의 칼날이 다섯의 머리 위에 떨어졌다. 유성혼의 환도(幻刀) 유성환(流星幻)이 펼쳐진 것이다.

의령은 약속된 유성혼의 신호에 속도를 조절해 추격을 허락한 신형을 급격히 멈춰 세웠다.

발부리를 세차게 팅기며 공중에서 몸을 돌려세운 의령은 지면을 밟은 오른발의 탄력을 시작으로 전신을 반회전시키는 표마(標馬)를 밟아 나갔다. 순식간에 흑의인들과의 거리가 좁혀지며 발 밑의 갈대밭이 바스라지기 시작했다.

자신도 모르게 터져 나오는 한소리와 함께 의령의 양 어깨가 풍차처럼 회전하며 팔쾌산초 중 진(震)이 터져 나왔다.

"하아아!"

유성혼의 허초와 실초를 구분하지 못한 세 명의 머리가 갈라지며 시뻘건 피에 젖은 회색 빛 뇌수가 사방으로 튀었다.

십삼호와 그의 오른편을 달리던 흑의인이 머리 위로 칼을 퉁기며 화살처럼 좌우로 퉁겨져 나갔다.

흑의인의 왼쪽 팔이 길게 찢어졌다.

오른쪽으로 구르듯 칼을 피한 흑의인의 눈이 홉떠지며 넘어갔다. 어느새 날아든 유성혼의 칼끝이 흑의인의 목을 쳐 버리고 지나간 것이다. 흑의인의 목이 빙글 허공을 향해 치솟아 뒤로 날아갔다. 점점 멀어지는 자신의 몸뚱어리에서 뿜어져 나오는 피를 보며 흑의인의 의식은 끊어져 갔다.

유성혼의 칼을 피해 왼쪽으로 신형을 날린 십삼호는 호흡을 가다듬을 새도 없이 비호처럼 자신을 덮쳐 오는 의령의 연환팔격(連環八擊)에 질끈 이를 물며 도신을 떨쳐 냈다.

사력을 다한 일도가 의령의 목을 향해 폭사되었다.

그러나 회전력을 이용한, 아래에서 쳐 올린 권배(拳背)로 도척(刀脊)을 퉁겨낸 의령의 연속기에 십삼호의 몸은 정신없이 휘청대며 난타당하기 시작했다.

퍼퍼퍼펑!

발끝이 허공에 들려 온몸의 회전력에 의해 뿜어지는 권배와 권륜(拳輪)의 타격에 십삼호의 태양혈이 주저앉고 왼쪽 가슴이 푹 꺼지며 칠공에서 폭포수처럼 선연한 피가 뿜어져 나왔다.

의령의 눈은 먹이를 희롱하는 살쾡이의 그것처럼 살기에 젖어 유리처럼 반짝이고 있었다. 그것은 의령의 맑은 눈빛이 아니었다. 그는 의령이 아니었다.

"그만! 그만 해! 이미 죽었어!"

유성혼의 일갈이 의령의 귓전을 뒤흔들었다.

왼쪽 어깨를 빙글 넘어 십삼호의 귓전을 가격해 가던 의령의 주먹이 허공에서 우뚝 멈추었다.

이미 뭉쳐진 고깃덩이로 변한 십삼호의 주검이 그제야 풀썩 주저앉았다. 계속 이어지는 의령의 연환타에 십삼호의 혼이 떠난 몸뚱어리는 쓰러지지 못하고 있었던 것이다.

갈대밭을 가득 덮은 물안개 사이로 한줄기 차가운 바람이 스치고 지나갔다.

휘이이이잉!

바람을 따라 주르륵 안개가 물러나며 고개 숙인 의령의 창백한 얼굴이 드러났다. 자신이 때려죽인 십삼호의 뭉개진 주검을 내려다보며 의령의 눈길은 멍하니 초점을 잃고 있었다.

머리를 붙들고 몸을 지배하던 '죽여야 한다' 라는 암시에서 깨어난 의령은 자신의 두 주먹이 만든 참상에 말을 잃었다. 죽립은 어느새 사라지고 없었고 움푹 꺼진 두개골과 피로 범벅이 된 뒤틀린 몸뚱이가 의령의 눈을 아프게 지져 왔다.

십삼호의 주검이 스치는 바람결에 서서히 갈대밭 사이로 쓰러졌다. 빠질 듯 매달려 있던 눈알이 툭 삐져 나와 바닥을 뒹굴었다.

갈대밭 사이에 떨어져 나온 눈알을 보며 의령은 미령의 주검이 떠올랐다. 뒷머리가 터져 나간 미령의 눈도 이렇게 안공(眼孔)에서 튀어나와 있었다.

미령이를 죽인 그놈들과 자신의 차이는 무엇이란 말인가?

이 사람은 그저 하수인일 뿐이다.

사람을 향해 폭력을 휘두르지 않겠다던 할아버지와의 어린 날 약속이 생각났다. 이제는 돌아갈 수 없는 과거의 약속……. 그 언약은 깨어졌다.

찐득한 핏덩이가 뭉쳐 있는 자신의 주먹을 보며 의령의 눈은 점차 뿌옇게 흐려졌다.

사람을 죽였다.

어딘가에 가족이 있고 그를 아끼고 좋아할 친인들이 있을 두 사람의 목숨을 자신의 주먹으로 짓이겨 끊어버렸다.

이제 나도 이놈들과 하등 다를 바 없는 짐승이다.

피에 젖은 시뻘건 두 주먹으로 툭툭 눈물이 떨어져 내리기 시작했다.

칼날을 뿌려 피를 털어낸 유성혼은 귀두도를 등 뒤에 꽂아 넣었다.

야수(野獸)와도 같은 극렬한 타법으로 한순간에 적의 목숨을 날려버린 의령이 뚝뚝 눈물을 흘리고 있었다.

안쓰러웠다.

의령은 평범하게 학문으로 명성을 날리며 생을 마감할 수도 있었을 것이다. 두 동생이 비참한 죽임을 당하고 할아버지가 이승을 떠난 지금 이 어린 친구는 스스로의 힘으로 자신의 몫을 치르러 나아가고 있다.

첫 살인.

유생의 삶을 꿈꾸었던 약관의 청년에게 죽음의 무게는 너무 버거우리라.

자신이 내린 죽음의 결과를 눈앞에서 확인한다는 것이 어떠한 감정을 불러일으키는지 잘 알고 있는 유성혼은 의령의 눈물을 이해할 수 있었다.

그러나 지나간 시간은 되돌릴 수 없는 법.

의령도 언젠가는 피의 무게를 견딜 수 있는 무인이 되리라.

지금은 이 자리를 빨리 벗어날 때였다.

묵직한 유성혼의 저음이 의령의 귓전을 파고들었다.

"가자."

의령은 고개를 들어 유성혼을 바라보았다.

소리를 내지 않고 흘리는 눈물은 더욱 아픈 법이다. 터지는 오열을 삼킨 가슴은 그 날카로운 아픔을 견뎌내야 하는 것.

유성혼은 소리없이 눈물을 흘리는 의령이 안쓰러웠다.

차라리 비명이라도 질러대면 가슴속에 쌓이지는 않으련만…….

그러나 유성혼은 아무 말도 하지 않았다.

무인의 어깨가 넓은 이유는 피의 숙명을 짊어져야 하기 때문이다. 이제 의령은 혼자서 연무(煉武)를 즐기는 애송이가 아닌 것이다. 자신이 흘린 피의 무게는 자신이 견디어야 한다.

말없이 강가로 걸어가는 유성혼을 따라 의령이 힘없이 발걸음을 옮겼다.

자욱한 물안개 사이로 그들의 거뭇한 그림자가 사라져 갔다.

3

"이곳에서 표지(標識)가 끊겼습니다!"

주소추의 일행 칠십여 명은 척후의 보고에 모두 고삐를 잡아채었다.

정주(鄭州)를 지나 황하의 강변 길을 따라 낙양으로 질주하던 주소추와 그의 수하들은 앞서 간 십삼호의 표지가 더 이상 보이지 않자 말머리를 돌려 길을 되짚어 달려왔던 것이다.

푸르르르!

자욱한 물안개 속에서 주소추가 탄 백마가 고개를 흔들며 투레질을 했다. 주소추의 날카로운 눈길이 사방을 훑어갔다.

추살령(追殺令)을 내리고 수하들을 모아 달려온 지 여섯 시진이 지났다. 이미 동이 튼 지 세 시진이 넘었다.

주요 수하들을 직접 찾아갈 수 있게 특수 훈련된 전서구를 계속 날렸지만 어찌 된 일인지 선두의 십삼호에게서 답신이 날아오지 않자 주소추 등은 군데군데 남겨진 화살표 표지를 좇아 추격을 계속했던 것이다.

바로 이곳을 마지막으로 더 이상의 표지는 없었다.

의령 일행이 미행을 떨구려고 갈지자 행보를 계속했는지 개봉에서 정주에 이르는 길까지 몇 번이고 방향을 틀어야 했다. 십삼호가 남긴 그들만의 암표(暗標)가 아니었다면 결코 따를 수 없었을 것이다.

"이 근처를 수색하라!"

주소추의 날카로운 명(命)이 떨어지자 칠십여 명의 흑의인들이 일사불란하게 사방으로 흩어졌다.

안개 속으로 사라져 가는 수하들을 바라보며 주소추의 머리가 빠르게 돌아가기 시작했다.

품 속에서 처음 십삼호가 전달했다는 쪽지를 꺼내 보며 주소추는 깊숙이 미간을 찌푸렸다.

'이 전서는 무언가 이상해……. 심의령이 낙양으로 향한다는 확신을 가진 후에 전한 것이 틀림없어.'

주소추는 황하 강변을 따라 나 있는 관도를 응시하며 생각에 잠겼다.

이 관도가 개봉에서 낙양까지 이어진 길임은 틀림없었다. 그러나 중간에 갈라지는 무수한 샛길이 있고 개봉과 낙양의 중간에는 정주가 있었다.

십삼호는 무엇을 근거로 의령이 낙양으로 향한다고 단정한 것일까? 더욱이 심의령이 정주까지 오는 도중 수차례나 방향을 바꾸었음에도 어떻게 낙양이 목적지임을 확신할 수 있었단 말인가?

추격에 정신이 팔려 가장 큰 의문을 놓치고 있었음을 주소추는 가슴을 치며 깨달았다.

쪽지 밑에는 그들만의 암표가 선명히 그려져 있었다. 십삼호가 보낸 전서임은 의심의 여지가 없었다.

그때였다.

휘이이익!

강렬한 휘파람 소리가 강변의 갈대밭 쪽에서 들려왔다. 주소추는 생각의 진행을 멈추고 말등을 박차며 몸을 날렸다.

모두 열두 구의 시신.

그가 천추서림에 붙였던 감시 인원의 총원이었다.

두 구는 권각술에 의해 죽임을 당한 듯 온몸에 난타의 자취가 선명히 남아 있었고 나머지 열 구는 도검류에 당했음이 틀림없었다.

한솥밥을 먹던 동료들의 처참한 주검에 모두들 묵묵히 입을 다물고 있었으나 부르르 움켜쥔 주먹이 그들의 심중을 대변해 주고 있었다.

주소추의 갈라진 음성이 떨어졌다.

"일호, 상황을 보고하라."

일호라 불려진 흑의죽립인이 절도있게 고개를 숙이며 그가 추론한 사실을 주소추에게 전했다.

"십삼호와 나머지 형제들은 이 갈대밭을 수색한 것이 틀림없습니다. 일자 대형으로 일 장의 거리를 유지했던 듯합니다. 하지만 보시다시피 갈대의 키가 사람 키만한지라… 수색 도중 대형이 무너진 것이 틀림없습니다. 적의 숫자는 두… 명인 듯합니다. 한 명은 앞에서 형제들을 유인하며 도망쳤고 다른 한 명이 뒤로 돌아 뒤떨어진 형제들을 한 명씩 추살했습니다. 십삼호를 비롯한 다섯의 형제들이 한데 모여 죽은 것으로 보아 숫자를 줄인 적들이 협공으로 한 자리에서 몰살시킨 듯… 합니다.”

주소추는 부드득 이를 갈았다. 추살령을 내린 것은 그였건만 그의 수하들이 오히려 추살당했다. 분노에 차 죽은 수하들의 몸을 내려다보던 주소추의 눈이 순간 번뜩였다.

“일호!”

“옛!”

“이들이 죽은 지 얼마나 된 듯 보이는가?”

몸을 숙여 꼼꼼히 시신을 살핀 일호가 고개를 들어 보고했다.

“피가 굳은 정도와 격타의 흔적이 시퍼렇게 변한 정도로 보아 대략 세 시진쯤 지난 듯합니다.”

세 시진…….

생각을 더듬어가던 주소추의 얼굴이 딱딱하게 굳어졌다.

심의령 일행과 그들을 추격하던 자신의 수하들은 경공을 펼쳐 이곳까지 왔다. 자신들은 말을 타고 이곳까지 추격해 왔다.

아무리 전 속력으로 경공을 펼쳤다고 해도 이 정도의 장거리는 말이 더 빠른 법이다. 그런데 자신들이 이곳까지 오는 데에는 여섯 시진이 걸렸다.

그런데 이들은 이곳에서 세 시진 전에 격전을 벌였다. 세 시진의 차이.

“빌어먹을……!”

주소추는 자신의 유생건을 땅바닥으로 내팽개쳤다. 단정히 빗어 올린 머리카락이 헝클어져 안개 속에 흩날렸다.

시퍼렇게 불을 뿜는 안광을 날리던 주소추가 홱 하니 몸을 돌렸다.

"지금 당장 개봉으로 최고의 속도로 돌아간다!"

돌연한 주소추의 명령에 잠시 멈칫하던 흑의인들의 머리가 일제히 숙여졌다.

"존명!"

자신의 백마를 향해 몸을 날리는 주소추의 음성이 뒤따랐다.

"최대한 빨리 시신을 수습하도록!"

*　　　　*　　　　*

안개가 점점 걷혀가고 있었다.

품속에서 사슴 고기를 말린 육포를 꺼내 씹으며 유성혼은 슬쩍 키를 틀었다.

바람을 가득 안고 작은 삼각 돛이 찢어질 듯 펄럭였다.

이제 곧 낙하(洛河). 조금만 거슬러 올라가면 낙양이 지척이다.

황하(黃河)는 고래(古來)로 치수의 근본인 강이다. 중원의 서편에 위치한 거대한 민둥산에서 흘러내려 온 황토로 인해 항상 누런 빛을 띠고 있는 이 강은 강바닥에 쌓인 진흙으로 인해 거선(巨船)은 다닐 수 없었고 지금 유성혼이 타고 있는 것처럼 작은 배만이 강물을 탈 수 있었다.

산동의 작은 어촌에서 태어난 유성혼에게 이런 작은 배로 물길을 잡는 것은 일도 아니었다.

거룻배를 개조해 돛을 단 이 배는 황하를 오가며 유성혼이 가끔 사용하는 배였다. 최대한 바닥을 평평히 다듬은 이 배는 유성혼의 손때가 구석구석 묻어 있는 자랑이기도 했다.

천추서림과의 우연한 인연이 아니었다면 진영과 유성혼은 정주 근처의 갈대밭에 숨겨놓은 이 배를 타고 황하를 거슬러 올라가 사냥을 할 예정이었다.

뜻하지 않은 낙양행이 결정되었을 때 이 배를 이용해 낙하를 거슬러 올라가자는 것이 유성혼의 제안이었고 그 계획은 멋지게 성공했다.

지금쯤 진영은 모든 일을 끝냈을 것이다. 유성혼의 입에 슬쩍 미소가 걸렸다.

안개가 걷히며 뱃머리에 쭈그리고 앉아 하염없이 강물을 바라보는 의령의 모습이 선명하게 드러났다.

대개의 무인은 첫 살인 후 피 냄새를 잊기 위해 술을 마시거나 여자를 찾는다. 자신과 같이 숨 쉬며 말하는 사람을 죽인다는 것은 사람을 해치기 위한 기술을 배운 무인으로서도 쉬운 일이 아니기 때문이다.

살기가 강한 이는 첫 살인 후 곧바로 살인의 마력에 빠져들기도 하지만 대부분은 지금의 의령처럼 심한 혼란에 빠져들기 마련이었다. 더구나 의령처럼 살인을 금기시하는 교육을 받은 이에겐 더욱 힘든 고통임에 틀림없었다.

이럴 땐 사부의 따뜻한 가르침이 필요했지만 유성혼은 어디서부터 말을 풀어내야 할지 심히 난감했다. 그로서는 의령이 갖고 있을 심중의 갈등을 정확하게 집어내기 힘들었다. 자신이 죽지 않으려면 죽여야 한다라는 생각은 이미 유성혼에겐 너무나 몸에 익은 생활이었다. 유성혼은 자신의 첫 살인을 아련히 떠올려 보았다.

자신은 그 당시 어떠했던가…….

생각에 잠겨드는 유성혼의 귓전에 돌연 익숙한 맹금(猛禽)의 울음소리가 들렸다.

후르르르르!

바람을 가득 안은 삼각 돛을 지나 올빼미 한 마리가 의령의 어깨에 내려앉는 것이 보였다. 어깨에 걸친 소가죽 견갑(肩鉀)이 올빼미의 발톱에서 맨살을 보호해 주었다.

뱃전에 쭈그려 앉아 멍하니 흐르는 강물을 지켜보던 의령의 눈이 올빼미를 향했다. 의령의 얼굴에 오랜만에 감정이 실린 표정이 나타났다. 그것은 반가움이었다.

올빼미의 부리를 쓰다듬자 기분이 좋은지 눈을 감고 머리를 굴려 아양을 떠는 것이 고양이와도 흡사했다.

"자네가 부리는 올빼미들은 다른 놈들과 좀 다른 듯하더군."

오랜 침묵을 깨고 유성혼이 말을 붙였다.

술도, 여자도 없는 지금 무언가 살인의 느낌을 지울 것이 필요했던 것이다.

의령의 목소리에 그제야 약간의 생기가 실렸다.

"뭐가요?"

"오랫동안 산에서 사냥을 하며 떠돌아 나도 새에 대해서는 좀 아는데 그 올빼미는 좀 이상해. 보통 올빼미는 들쥐나 박쥐를 사냥하기 마련이라서 그리 높이 날지 않는데 그놈은 좀 다른 듯하더군. 꼭 매처럼 높이 날아. 낮에 저렇게 멀쩡하게 다니는 것도 이상하고."

의령의 입가에 작은 미소가 걸렸다.

"이 녀석의 깃털 색깔은 잿빛이지만 거의 흰색에 가깝지요."

"그렇군."

"북해(北海)의 오지에 이놈들의 원래 종(種)들이 살고 있습니다. '흰

올빼미'라고 하지요. 눈이 많은 곳에서 살기 때문에 몸 색깔이 거의 하
얗다고 합니다. 그 녀석들은 다리에까지 하얀 깃털이 나 있죠. 워낙 추
운 곳에서 사니까요. 이 녀석은 그놈들과 중원의 올빼미를 교배시킨
잡종이지요. '흰올빼미'와의 차이라면 중원의 날씨에 적응할 수 있게
여름에는 가벼운 잿빛 깃털로 털갈이를 한다는 정도밖에는 없습니다.
북해에서 살던 놈답게 낮과 밤을 가리지 않고 이동 거리도 엄청나지요.
물론 바람을 타기 위해 굉장히 높이 납니다."
　의령의 대답에는 언뜻 자부심마저 섞여 있었다. 조부 심명조를 따라
어릴 때부터 올빼미들과 친구처럼 자란 의령에겐 지금 유성혼에게 자
신의 친구를 자랑하는 것과 마찬가지였기 때문이다.
　"어쨌든 그놈 덕분에 이번 계획이 무사히 성공했네."
　유성혼의 입가에도 미소가 걸렸다.

　애초 낙양행을 결정한 후 진영과 유성혼, 의령은 개봉부의 눈을 속
이고 낙양까지 다녀올 방법을 강구했다. 이미 은밀한 감시의 눈길이
천추서림에 드리운 것을 진영은 잘 알고 있었던 것이다.
　정주를 지나 숨겨놓은 배를 이용해 강을 타자는 것은 유성혼의 계획
이었다. 황하는 바닥에 쌓인 진흙으로 인해 대형 선박이 지날 수 없어
거의 수로의 구실을 하지 못하는 강이었으니 황하를 거슬러 올라간다
는 것은 적의 의표를 찌르는 것이었다.
　진영은 천추서림의 주위를 둘러싸고 감시하고 있는 저들의 눈길을
교란시켜야 할 필요성을 역설했다. 낙양으로 가는 길을 미행할 것이
뻔한 저들을 한숨에 몰살시키고 다녀올 것인지, 저들의 눈을 속이고 은
밀히 빠져나갈 것인지가 논의되었다.

이때 의령이 나섰다.

"우리가 빠져나간다는 것을 저들이 눈치 챈다면 개봉부로 일단 알리겠지요?"

"그렇겠지."

"어떤 수단으로 알릴까요?"

"십중팔구는 전서구를 이용할 걸세. 우리를 감시하는 놈들은 관원이라기보다는 훈련된 정보 집단의 냄새가 짙게 나. 너무 행동이 은밀하더군."

진영의 눈살이 살짝 찌푸려졌다.

그들은 이무력의 개인 사조직이 분명했다. 개봉부를 상대하는 것이 점점 까다로울 것이라는 예측이 진영의 마음에 암운을 드리웠다.

"그렇다면 좋은 방법이 있습니다."

"무엇인가?"

"우리 올빼미들은 사냥의 명수입니다. 비둘기 한 마리쯤 소리없이 채어 오는 것은 일도 아니지요. 저들이 날리는 전서구를 차단하고 낙양으로 가는 중간에 저들을 따돌리는 것이 어떨까요?"

진영의 눈이 번쩍였다.

"확실히 전서구를 채어 올 수 있는가?"

"타고난 사냥꾼이기 때문에 가능합니다. 저 녀석들과 저는 영통(靈通)한 사이라서 산 채로 잡아오라는 명령도 내릴 수 있지요."

진영의 손가락이 탁탁 탁자를 치기 시작했다. 골똘히 생각에 잠겨 있던 진영이 입을 열었다.

"그저 낙양으로 가 한광후란 분을 모셔오는 소극적인 계획이 아니라 이번 기회를 적극 이용해야겠네."

“어떻… 게요?”

“낙양에는 자네와 성혼 둘이서 떠나게. 저 감시 인원뿐 아니라 개봉부의 이목을 통째로 자네들에게 모아야겠네.”

“우리가 미끼가 되는 것입니까?”

“그래.”

유성혼의 질문에 웃음 섞인 대답을 한 진영은 천천히 계획을 설명했다. 오랜 숙고와 논의가 이어졌다. 유성혼의 미간이 살짝 찌푸려졌다.

“다른 문제는 전 잘 모르겠습니다. 하지만 저와 함께 미끼가 된다는 것은 심 공자에게 너무 위험한 계획입니다. 그렇게 되면 우리를 추격한 이들을 강변에서 몰살시켜야 하는데 몇이나 따라올지 모르지 않습니까?”

유성혼의 말에 의령이 나섰다.

“저도 제가 할 수 있는 몫을 하고 싶습니다.”

유성혼이 의령에게 고개를 돌렸다.

나직한 음성이 의령에게 던져졌다.

“우리를 뒤따르는 자들이 열을 넘으면 나 혼자 상대하는 것은 불가능하다. 단숨에 해치워야 하기 때문에 자네의 도움이 필요해.”

“저도 돕겠습니다.”

“사람을 죽일 수 있겠는가?”

의령의 얼굴이 딱딱히 굳었다.

사람을 죽인다.

한 번도 상상해 본 적이 없는 일이었다.

할아버지와의 약속이 떠올랐다.

"다시는 사람에게 폭력을 쓰지 않겠어요!"

의령은 눈을 감았다.

미령이, 효령이의 처참한 시신이 떠올랐다. 천수(天壽)를 마치지 못한 할아버지를 떠올렸다. 비록 더러운 짓을 저질렀지만 진심으로 그들 남매를 사랑했던 서문추월이 떠올랐다.

감았던 눈을 뜨며 의령은 천천히 대답했다.

"필요하다면… 죽이겠습니다."

진영은 한숨을 쉬며 의령의 어깨를 토닥였다.

"잘 생각하게. 내 미처 그 점을 생각지 못했구만. 사람이 사람을 죽인다는 것은 그리 쉬운 일이 아니네. 죽인 다음이 더 문제지. 이건 굉장히 중요한 문제네."

의령은 어깨를 펴며 눈을 빛냈다.

"두 분에게만 지나친 짐을 지울 순 없습니다. 능력이 없다면 모르겠지만 제가 할 수 있는 일은 하겠습니다. 피할 수 없는 운명이라면… 감당하겠습니다."

"피할 수 없는 운명이라면 감당하겠습니다."

유성혼의 '이번 계획' 이라는 말에 의령은 진영을 향해 내뱉었던 자신의 결의를 떠올렸다.

감당하겠다고 했지만 이 정도의 충격일 줄은 의령도 예상치 못했다. 자신의 손에 부서져 죽은 사람의 모습을 눈앞에서 내려다보는 것은 끔찍한 일이었다.

황하의 물에 손을 씻고 씻어도 피 냄새는 지워지지 않았다.

누가 한 사람의 목숨을 거둘 권리가 있겠는가?

누가 한 사람의 목숨을 심판할 자격이 있겠는가?

자신이 바란 것은 정당한 법의 심판이지 이런 피의 복수가 아니었다. 의령은 한광후를 만나러 가는 자신이 정당한지 끊임없이 되묻고 있었다. 이미 사람을 죽인 이상 피의 복수를 않겠다는 말이 무슨 의미가 있다는 말인가?

결국 자신이 걸어야 할 길은 무인의 길! 피의 숙명이란 말인가?

고개를 숙이고 생각에 잠긴 의령을 보며 유성혼이 입을 열었다.

"손발로 사람을 때려 그들의 존재를 파괴할 때 어떤 기분이 들었나?"

직설적으로 묻는 유성혼의 질문에 의령은 몸을 떨었다.

"……."

"자네가 익힌 무공으로 첫 실전을 치렀네. 그 와중에 두 사람의 목숨을 거두었지. 자네는 그들에게 손발을 날리며 어떤 기분이 들었나?"

"……."

"자신이 익힌 무공이 어떤 위력이 있는지 모든 무인은 알고 싶어하네. 자네가 십여 년이 넘게 혼자 연무만 했다는 것은 정말이지 믿기지 않아. 엄청난 자제력이라 할 수 있지. 오늘 처음으로 자네의 무공을 펼쳤네. 대단한 파괴력이었지. 자네, 손발을 떨치며 신이 나지 않았나?"

"아니에요!"

의령의 강한 거부의 음성이 들렸다. 사람을 죽이며 신이 나지 않았냐니, 자신을 무슨 사람 백정으로 아는 것인가?

"잘 생각해 봐. 정말 신명이 솟구치지 않았나?"

유성혼의 진지한 물음에 의령은 부르르 몸을 떨며 깨달았다.

비록 제정신은 아니었지만 몸을 솟구쳐 연환각을 날리며 온몸을 회전해 연환팔격을 때려내며 의령은 자신의 의도대로 움직이는 몸에 희열을 느꼈음을 그제야 깨달았다. 섬뜩한 파육음(破肉音)에 몸을 떨면서도 자신의 뜻에 따라 움직이는 몸에 느낀 감정은 분명 신명이었다.

의령의 고개가 무릎 속에 파묻혔다. 유성혼의 말이 옳았다. 사람을 죽인 것에 그리도 죄책감을 느끼는 자신이 정작 사람을 죽이는 행위 자체를 즐긴 것이나 다름없었다.

그제야 자신을 괴롭히던 감정의 정체가 단순히 살인에 대한 죄책감만이 아니라는 것을 깨달았다. 그는 분명히 몸을 움직이는 그 순간 어느 정도 신명이 나 있었다.

살인에 대한 죄책감과 살인을 하는 행위에 대한 신명의 괴리. 의령은 자신이 괴물처럼 느껴졌다.

"무인은 누구나 자신의 무공이 제대로 펼쳐질 때는 쾌감을 느끼네. 그건 당연한 거야. 그 쾌감과 남의 목숨을 거둔다는 사실 사이의 무게를 생각하게. 그게 무인이 감당해야 할 업이야."

냉정한 유성혼의 말을 들으며 의령의 어깨가 조용히 흔들리기 시작했다.

*　　　　*　　　　*

꽝!

흥분해 내려치는 주소추의 손길에 탁자가 부르르 떨렸다.

"사실인가?"

평소의 냉정한 모습과는 사뭇 차이가 나는 주소추의 분노에 일호는 잠시 당황했지만 침착하게 대답했다.

"몇 번을 확인했습니다."

개봉부로 서둘러 돌아온 주소추는 수하들을 급파해 개봉부의 동향 파악을 지시했다. 무언가 변화가 있으리라고 확신했던 것이다. 그러나 아무런 변화도 없다는 보고가 들어온 것이다.

일호는 주소추에게 어찌 된 일이냐고 묻고 싶었지만 목구멍까지 솟아 나온 질문을 꿀꺽 삼켰다. 주소추는 평소 수하들에게 질문을 용납하지 않았다. 그는 지시를 하고 수하들은 명령을 수행할 뿐.

냉정을 되찾은 주소추가 일호를 바라보며 천천히 입을 열었다.

"일호."

"예!"

"내가 왜 그 자리에서 개봉으로 돌아온지 짐작하느냐?"

"제가 어찌 감히……."

"괜찮다. 생각을 정리할 필요가 있어서 그러니 자네가 생각한 바를 말해 봐."

일호는 침을 삼켰다.

주소추에게 인정받을 수 있는 절호의 기회이다. 재빨리 그간 생각해 왔던 바를 정리했다.

"제가 형제들의 사망 시간을 추정했을 때 안색이 변하셨습니다."

"그랬지."

"그렇게 흥분하신 모습은 처음 뵈었기에… 돌아오는 도중 저도 나름대로 생각을 해보았습니다."

주소추의 얼굴에 흥미있다는 표정이 떠올랐다.

"말해 보게."

"저희가 십삼호의 전서를 받은 후 출발했지만 실제로 그들과의 거리 차이는 그리 크지 않았을 것입니다. 더구나 훈련된 군마(軍馬)를 이용해 전속력으로 달렸으니까요."

"음."

주소추의 고개가 끄덕였다.

용기를 얻은 일호의 말이 차츰 빨라졌다.

"저희가 강변에 도착하기까지 걸린 시간이 여섯 시진쯤 되었습니다. 그런데 형제들이 죽은 지는 세 시진이 넘어 보였습니다. 이 세 시진의 시간 차가 실로 많은 것을 이야기하고 있습니다."

주소추의 손길이 콧수염을 쓰다듬었다.

"그래, 무엇인가?"

"그들과 우리의 거리 차가 세 시진이나 될 이유가 없다는 것이지요. 즉, 중간에 어떤 함정이 있었던 것입니다."

"호, 계속해 보게."

주소추의 흥미있어하는 얼굴에 일호는 점점 열을 뿜어 이야기하기 시작했다. 주소추에게 인정받는다는 것은 자신의 앞길이 탄탄대로로 열린다는 것을 의미했다. 개봉지부 이무력을 실제로 움직이는 사람이 바로 주소추가 아니던가?

"그들은 정주 근처에서 수차례나 방향을 바꾸어 낙양이 아닌 다른 방향으로 가는 듯했습니다. 십삼호가 남긴 표지를 따라가며 그들이 행선지를 감추기 위해서라고 생각했었지만 실은 그것이 함정이었던 것이지요. 즉, 저들 뒤에는 제삼의 인물이 있어서 우리의 이목을 혼란시켰던 것이라 생각합니다. 의령 등과 십삼호를 비롯한 형제들은 낙양으로 난 대로를 일직선으로 달렸음이 틀림없습니다. 그렇게 했어야만 그 갈대밭에서 세 시진 전에 격전을 벌이는 것이 가능합니다. 우리가 추격한 구불구불한 경로는 적에 의해 조작된 것이 틀림없습니다."

"우리의 표지를 위조해서 말인가?"

"아마도 십삼호와 형제들의 뒤를 추적하며 우리의 표지를 알아차렸다고 생각됩니다. 그 인물, 아니면 그 무리는 형제들의 이목을 완전히 조롱할 정도의 고수였음이 틀림없습니다."

주소추는 감탄한 표정으로 고개를 끄덕였다. 여기까지는 자신의 분석과 대동소이했던 것이다.

"그러면 내가 후퇴한 이유는?"

"그 정도의 인물이 있다면 애당초 황하의 그 갈대밭에서 형제들을 해칠 이유가 없지요. 그 중간에 얼마든지 십삼호가 이끄는 형제들을 몰살시킬 수 있었을 것입니다. 즉, 그들은 뒤를 따르는 우리들을 그곳까지 유인한 것이라 생각합니다. 다시 말해 우리가 개봉부를 비우도록 치밀하게 계획한 일이라 할 수 있습니다."

"흠……."

주소추가 고개를 끄덕이자 점차 흥분한 일호는 자신의 모든 추론을 보고했다.

"즉, 우리가 개봉부를 떠나게끔 의도적으로 일을 꾸미고 그동안 개봉부에서 무언가 획책하는 바가 있었다는 것이지요. 그 즉시 귀환을 명하시고 개봉부로 오자마자 동향 파악을 지시하신 이유가 그 때문이라 생각합니다."

주소추의 냉정한 눈길이 일호를 향했다.

빠른 질문이 쏟아졌다.

"어디서부터 일이 잘못되었다고 생각하는가?"

“십삼호로부터 날아온 전서부터 적의 의도에 놀아난 듯합니다.”

“어떻게?”

“그 시간에 전서를 날렸다면 아직 심의령 등은 개봉의 외곽을 빠져 나가고 있었을 것입니다. 그런데 십삼호는 그들이 낙양으로 향한다는 전서를 보냈지요. 저는 이 전서가 적의 위조가 아닐까 의심합니다.”

주소추가 묵묵히 고개를 끄덕였다. 자신도 그리 판단했던 것이다.

뼈아픈 실책이었다.

“나도 그렇게 생각하네. 어떤 방법을 썼는지는 몰라도 그들은 일부러 낙양으로 향한다는 전서를 날리고 나로 하여금 모든 인원을 동원케 했어. 심의령이 낙양으로 향했다는 말에 나는 곧바로 낙양 어딘가에 은거해 있다는 옥면수사 한광후를 떠올렸네. 그 정도의 인물이라면 유림을 단숨에 움직일 수가 있거든. 다시 말해 저들은 내가 한광후를 떠올리리라고 정확히 예측했다는 말이지. 완전히 당한 것이야.”

주소추의 솔직한 말에 감동한 일호는 조금이라도 돕고자 자신의 생각을 덧붙였다.

“저도 그렇게 생각합니다. 우리를 개봉에서 끌어낸 후 개봉에서 무언가 일을 벌였을 것입니다. 뿐만 아니라 우리가 추격하면서 십삼호에게 날린 추살령도 중간에 차단하면서요. 그렇지 않았다면 십삼호는 그 중간에 의령을 공격했을 것입니다.”

치밀한 계획이었다.

천추서림을 감시하는 자신의 눈을 역으로 이용해 자신들을 개봉에서 끌어내면서도 심의령의 안전은 철저히 보장한.

자신이 심의령의 낙양행을 아는 순간 유림의 움직임을 막으려 심의령의 추살을 결심할 것이라는 것을 빤히 내다본 무서운 계책.

자신을 송두리째 파악하고 있는 인물이 있다는 것은 오싹한 일이다.

주소추는 이 계획을 짠 인물에 대한 경계심이 무럭무럭 솟아났다.

일호가 한마디 덧붙였다.

"더구나……."

"더구나?"

"이런 사실을 갈대밭까지 추격한 우리가 추론해 내리라는 것도 예측했다고 생각합니다. 그것을 아는 즉시 우리가 개봉으로 귀환하리라는 것까지도……. 이로 인해 심의령의 낙양행은 안전해진 것이지요."

주소추는 등골이 오싹했다.

그렇다.

자신들의 개봉부 귀환으로 이 계획은 완벽히 성공한 것이다. 결국 그들이 심의령을 추적하며 얻은 것이라곤 열두 구의 시신과 좌절감뿐이었다. 철저히 적의 수중에서 놀아난 것이다.

주소추의 이가 무섭게 갈렸다.

타오르는 촛불을 뚫어져라 응시하던 주소추는 몸을 일으켜 일호의 어깨에 손을 얹었다.

"내가 미처 생각지도 못한 부분까지 지적해 내다니… 내가 이제까지 진정한 인재를 몰라봤구먼."

일호의 몸이 부동의 자세로 세워졌다.

"천만의 말씀입니다. 저로서는 영광된 자리였습니다."

일호의 견정혈(肩井穴)이 순간 뜨끔해졌다.

온몸이 찌르르 굳으며 마비되었다.

일호의 눈이 크게 치떠졌다.

"왜, 왜 이러십니까?"

주소추의 얼굴이 일호의 눈앞에 바싹 대어졌다.

"자넨 너무 많은 걸 보고 너무 많은 걸 생각하는구만. 더구나 자네의 통찰력은 무서울 정도야. 그런 무서운 인물을 곁에 둔다는 것은 살모사를 키우는 것과 마찬가지지."

"그, 그런……."

주소추의 눈이 슬며시 작아지며 살짝 움츠러들었다. 웃고 있는 것인가?

"머리는 나 하나로 족해."

일호는 기문혈(氣門穴)에 조용히 얹히는 주소추의 손가락을 느끼며 의식이 끊어졌다.

음랭한 지풍으로 단숨에 일호의 목숨을 끊은 주소추의 음성이 조용히 실내를 울렸다.

"상관의 실수와 그 뱃속까지 들여다보고 말하면 어쩌자는 건가? 내세에는 좀 더 처세술을 배우게나."

방 안을 밝힌 촛불이 조용히 흔들렸다.

6장 갈 길은 간다

까만 암흑의 허공을 걷고 있다.

언뜻 자신의 주먹이 보였다. 피로 흥건히 젖어 있는 주먹은 뚝뚝 선연한 핏방울을 떨어뜨리고 있었다.

얼굴을 만졌다. 얼굴의 *끈끈함*도 피로 인한 것이었을까? 손에 묻어나는 시뻘건 핏자국에 의령은 비명을 터뜨렸다.

그러나 소리가 나지 않았다.

목놓아 비명을 질렀으나 정작 자신의 귀에는 아무 소리도 들리지 않았다.

목을 통해 느껴지는 어떠한 감각도 없었다.

의령은 그렇게 소리없는 비명을 지르는 자신이 더욱 끔찍했다.

온몸이 질척한 피로 흥건했다.

허공에서 돌연 핏빛 빗방울이 쏟아져 내려 온몸을 때리기 시작했다.

의령의 몸은 점점 피바다에 잠겨갔다.

눈이 감기고 의식을 잃을 무렵 갑자기 피비가 멎었다.

그러나 의령의 몸에는 한 줌의 기력도 남지 않았다. 피의 늪에 조금씩 온몸이 빠져들어갔다.

의령은 문득 자신의 머리를 쓰다듬는 부드러운 손길에 눈을 떴다.

어느새 그의 몸은 피의 늪에서 빠져나와 푸른 들판에 서 있었다.

그의 앞에는 심명조가 서 있었다.

미령이, 효령이와 서문추월이 서 있었다.

하얀 옷을 입은 그들은 깨끗한 얼굴로 활짝 웃고 있었다.

심명조가 의령을 마주 본다.

아무 말도 하지 않은 채 심명조는 자신의 은발을 풀어헤쳐 의령의 온몸을 닦아주기 시작했다.

할아버지의 머리카락을 온몸으로 느끼며 의령은 조금씩 자신의 몸에서 더러운 피가 씻겨 나감을 깨달았다.

어느새 몸이 깨끗해져 있었다.

피로 물든 심명조의 머리를 미령이와 효령이, 서문추월이 정성껏 빗어 내렸다. 그들의 손길에 대지에 떨어진 핏방울은 한 점 한 점 꽃이 되었다.

다시 깨끗한 은발을 되찾은 심명조가 윗옷을 벗어 의령에게 걸쳐 주었다. 자신의 더럽혀진 옷은 어느새 벗겨져 있었다.

심명조가 자애로운 얼굴로 의령의 머리를 쓰다듬었다.

미령이, 효령이가 의령의 볼에 입을 맞추었다.

서문추월이 의령의 손을 가볍게 쥐었다.

그리고 네 명은 손을 잡고 허공을 날아 따뜻한 느낌의 하얀 빛 속으로 사라져 갔다.

의령은 몸을 날려 그들의 뒤를 좇았지만 따라잡을 수 없었다.

심명조가 뒤를 돌아보며 손짓을 했다.

그곳에 머무르라는 듯, 더 할 일이 남아 있다는 듯……

달리는 의령의 눈가에 이슬이 맺혔다.

그의 목에서 비로소 한줄기 음성이 터져 나왔다.

"할아버지!"

의령은 번쩍 눈을 떴다. 푸른 하늘과 바람에 흘러 떠가는 구름이 보였다. 그의 몸은 조금씩 흔들리고 있었다.

꿈이었다.

자신의 눈가에 흘러내리는 한줄기 눈물이 느껴졌다. 손을 들어 눈물을 닦던 의령은 멈칫했다.

그렇게 닦아도 지워지지 않던 피 냄새가 나지 않았다.

손을 코끝에 대고 킁킁 소리 내어 냄새를 맡아보았지만 아무런 냄새도 나지 않았다.

의령의 가슴은 뜨거워졌다.

'할아버지!'

그때 그의 귓전으로 조용한 유성혼의 음성이 들렸다.

"곧 낙양이네."

의령은 천천히 몸을 일으켰다.

유성혼의 날카로운 말에 얼마나 모멸감에 빠졌었던가? 그러나 오열하는 자신에게 유성혼은 한마디 말도 하지 않았다. 울다가 지쳐 어느덧 잠이 든 모양이었다.

유성혼의 눈은 여전히 앞머리에 가려 보이지 않았다. 그러나 그의 입가에 감도는 따뜻한 미소에 의령은 마음 한 켠이 훈훈해졌다. 그의 묵묵한 배려가 고마웠다.

힘을 내야 한다.

자신의 몫을 감당하되 그 무게를 책임지는 것이다.

의령은 주위를 둘러보았다. 비로소 주변의 정경이 눈에 들어왔다.

의령의 침착한 음성이 떨어졌다.

"조금 더 가면 우리의 목적지입니다. 다 왔군요."

어느 정도 자신을 수습한 듯한 의령의 목소리에 유성혼의 미소가 짙어졌다.

뚜당뚜당!

거센 망치질 소리가 강변을 뒤흔들고 있었다.

"자! 시작!"

"여엉차!"

망치 소리와 어울려 수십의 장정들이 내지르는 영치기 소리가 낙하를 뜨겁게 달구는 가운데 유성혼과 의령을 태운 배가 조용히 강변에 닿았다.

황하는 대대로 치수(治水)에 엄청난 자금이 소요되는 강이다.

물을 다스리는 자가 나라를 얻는다는 말이 있을 정도로 중원 문화의 젖줄인 황하는 치수가 어려운 강이기도 했다.

여름의 홍수기에 쏟아져 내려오는 누런 진흙이 섞인 물길을 잡지 못하면 주변의 농지는 몇 해 동안 제구실을 못하기 마련이다. 이를 막기 위해 촘촘히 강 주변에 제방을 쌓고 그것을 보수하는 것이 치수 사업의 근간이었다.

단 한 군데의 파열이라도 있게 되면 제방은 무너진다. 평지보다 일 장에서 사오 장까지도 높게 솟은 제방이 황하를 둘러싸고 있었으나 이미 강바닥이 평지보다도 훨씬 높은 곳이 대부분인지라 치수란 어렵고도 고단한 일이기도 했다.

"이곳은 제방을 쌓는 곳이 아닌가?"

"그렇습니다."

유성혼의 목소리는 의아로움으로 가득했다.

"설마… 그 한광후란 분이 여기 계신 것은 아니겠지?"

의령의 입가에 미소가 스쳐 지나갔다.

"진정한 유사(儒士)는 사람 속에 머무는 것입니다. 인간을 위한 학문이 유학이기 때문이지요."

의령은 유성혼을 돌아보며 싱긋 웃고는 말을 이었다.

"물론 그런 분은 많지 않습니다. 그래서 낙양 어딘가에 한 학사님이 은거해 계신다는 걸 많은 이들이 알고 있지만 정작 어디에 계신지는 모르는 것이지요. 낙양을 근거로 황하를 따라 이곳저곳을 누비십니다. 거하시는 곳이 일정하지 않지만 이맘때면 항상 이곳에 계시지요. 할아버님과는 직접 오가며 만나시기 때문에 따로 올빼기로 연락을 않고 있습니다. 워낙 바쁘시기 때문이지요."

의령의 말을 들으며 유성혼은 한광후란 학사에 대한 호기심이 무럭무럭 솟아났다. 유생이라면 공부만 하는 사람이라는 선입견이 짙었던 유성혼에게 한 개인이 치수를 돌본다는 사실은 신선한 충격이었다.

농자천하지대본(農者天下之大本)이라 했다.

사농공상(士農工商)의 순으로 사람을 대접할 정도로 농(農)을 중시했고 황하를 다스리는 것이야말로 농(農)을 위한 고갱이이기도 했다.

그러나 농민의 생활은 곤궁하기 그지없었다. 개봉이나 낙양과 같은 대도회의 활력과는 비길 수 없을 정도로 가난한 생활을 영위하는 것이 이 땅의 농민이었다.

드러내 자랑치 않고 농민을 위해 가장 중요한 일을 하기 위해 옥면수사 한광후는 은거했던 것이다.

의령은 유성혼을 이끌고 한창 돌을 깨 옮기고 있는 작업장으로 발길을 옮겨 장정들을 지휘하고 있는 구릿빛 피부의 장대한 사내에게 말을 걸었다.

"말씀 좀 여쭙겠습니다."

바삐 손을 놀리며 사내가 건성으로 대답했다.

"그러슈. 아, 거기! 조심해!"

장정들에게 소리쳐 작업장을 지휘하는 사내의 손이 허공 중에 요란히 휘저어졌다.

"한 어르신을 뵈러 왔습니다."

의령의 질문에 사내의 손이 허공에서 우뚝 멈추었다.

천천히 시선을 돌려 의령을 바라보는 사내의 눈은 경계심으로 가득했다.

"뉘슈?"

"개봉의 천추서림에서 왔습니다."

의령의 대답을 들은 사내의 얼굴이 활짝 퍼졌다.

"어이구, 이거 내가 실례를 했구려. 이리 오시오. 내가 직접 안내하리다. 어이, 이봐! 잠시 쉬자구!"

작업장을 대충 정리한 사내가 의령과 유성혼을 안내해 작업장 한구석의 막사로 안내했다.

막사 앞에 멈춰 선 사내가 정중히 고개를 숙이며 기별을 넣었다.

"어르신!"

잠시 후 고요한 목소리가 울렸다.

"무슨 일인가?"

"기다리시던 손님이 오셨습니다."

"뫼시게."

"들어가시죠. 그럼 저는 이만……."

처음의 태도와는 사뭇 다르게 정중히 고개를 숙인 사내는 다시 작업장으로 발길을 돌렸다.

기다렸다는 말에 의아해진 의령과 유성혼은 서로 얼굴을 마주 보고 천천히 막사의 차양을 들추고 안으로 들어갔다.

밝지도, 어둡지도 않은 막사의 중앙으로 둥그런 햇살이 천장의 구멍을 통해 빛의 기둥을 만들고 있었다.

은은한 향 내음이 풍기는 가운데 빛의 기둥 저편에 중년의 사내가 가부좌를 틀고 앉아 눈을 감고 있는 것이 보였다.

바닥에는 한 장의 천 쪼가리도 깔려 있지 않았고 그 흔한 탁자 하나 없이 사내는 맨바닥에 좌정해 눈을 감고 있었다.

유성혼은 천천히 사내를 관찰했다.

쉰이 넘어 보였으나 심명조에 비하면 턱없이 젊어 보이는 나이였다. 옥면수사라는 별호대로 젊은 날의 미목(眉目)이 남아 있는 수려한 용모의 사내는 둥그스름한 몸매에 뚜렷한 이목구비를 갖고 있었다. 심명조와 함께 유림을 이끄는 양대 거두라기에 백발이 성성한 꼬장꼬장한 노학자를 예상했던 유성혼에겐 의외였다.

꼿꼿이 허리를 세우고 좌정을 한 사내는 마치 무림인들이 조식을 하듯 복식 호흡을 하고 있었다.

'무공을 익힌 자인가?'

사내의 길고 느린 호흡이 유성혼의 신경을 건드렸다. 호흡이 깊고 느리다는 것은 무인에게 가장 중요한 기본 중 하나였다. 사내의 깊은 호흡이 탁 끊겼다. 호흡 사이에 어떤 법도가 있는지 관찰하려던 유성혼의 시도는 무산되고 말았다.

사내가 눈을 떴다.

유성혼은 사내의 시선이 빛의 기둥을 꿰뚫고 의령과 자신의 몸에 틀어박히는 느낌에 흠칫했다. 진정 무공을 익힌 자라는 말인가?

"이리 와 앉으십시오."

나이에 어울리지 않는 낭랑한 목소리가 막사 안을 울리자 의령은 머리를 숙이며 깊숙이 인사했다.

"한 학사님, 오랜만에 뵙겠습니다. 의령입니다."

"오랜만이네. 이태 만인가?"

"예. 이분은 저와 함께 오신 유성혼이라 하십니다. 지금 천추서림에 저와 함께 계시지요."

함께 있다……. 자신을 외인으로 쳐 객(客)이라 하지 않은 의령의 마음에 유성혼은 잠시 멈칫했으나 담담하게 두 손을 모아 포권했다. 여전히 한광후를 향해 그는 한마디도 던지지 않았다. 처음 본 사람은 마음을 열기 전에는 말을 섞지 않는다. 오랫동안 수많은 생사의 고비를 넘겨온 유성혼의 원칙이었다.

의령이 맨바닥에 조심스레 좌정을 하고 앉자 유성혼은 의령의 왼편 뒤로 슬쩍 물러나 앉았다. 언제라도 의령을 보호할 수 있는 시야를 확보한 채.

유생답지 않은 한광후의 여러 모습이 미심쩍었던 것이다.

한광후의 시선이 천천히 의령에게 돌려졌다.

막사 안의 빛의 기둥을 사이에 두고 의령은 한광후의 깊고 유현한 눈빛을 마주 보았다.

"그래, 어떻게 왔는가?"

막연한 한광후의 질문에 배를 타고 왔다고 대답하려던 의령은 말을 삼켰다.

이것은 시험이다.

의령의 머리 속에 경종이 울렸다.

지금 자신은 유림을 움직이기 위해 할아버지와 맞먹는 명성을 가진 대학사를 설득하러 온 것이다.

더구나 한광후는 필생의 집념을 갖고 유림을 떠나 은거 생활을 하며 치수에 일생을 건 뚜렷한 신념을 가진 행동의 유사(儒士)이다. 그가 자신의 모든 것을 바쳐 필사의 각오로 황하와 싸우고 있다는 것을 의령은 잘 알고 있었다.

치수란 고래로 황실의 사업이다. 그것을 일개인이 직접 백성을 이끌고 행한다는 것은 보통 집념과 사명감 없이는 불가능한 일이다.

한광후는 황하와 싸우는 유사다.

그를 개봉으로 데려가는 것은 그의 신념을 접게 하는 일일 수도 있다. 성공의 확신이 십 할인 구상이 아니지 않은가?

의령은 꿀꺽 침을 삼키며 유현하게 자신을 바라보는 한광후를 응시했다.

한광후와 자신의 사이에 놓인 찬란한 빛의 기둥을 응시했다. 작은 깃털 같은 먼지의 흐름이 빛의 기둥을 떠돌고 있었다.

"빛을 찾아왔습니다."

의령은 저도 모르는 새 불쑥 말을 내뱉었다.

한광후의 얼굴에 희미한 웃음이 떠올랐다.

고개를 젖혀 천장에 난 구멍으로 푸른 하늘을 바라보며 한광후가 물었다.

"사심(私心)은 없는가?"

의령은 흠칫했다.

어찌 이렇게도 정곡을 찌를 수 있다는 말인가? 이미 자신이 온 이유를 모두 알고 있는 것일까? 그러나 의령은 확실히 대답할 수 없었다. 자신에게 과연 사심이 없는 것일까? 가족의 복수를 위한다는 사심이 없다는 말인가? 법의 정당한 징치라는 허울 아래 손쉬운 복수를 꾀하는 마음이 없다는 말인가?

의령은 침묵을 지키며 고개를 숙였다.

"……."

한광후의 고개가 천천히 내려져 다시 의령을 응시했다.

"가세."

몸을 일으키는 한광후의 말에 의령은 오히려 의아해졌다.

"예?"

아직 바닥에 앉아 있는 의령을 내려다보며 한광후는 미소 지었다.

"자세한 이야기는 가면서 듣도록 하지. 과연 고학(孤鶴)께서는 손자를 훌륭히 키우셨군."

어리둥절한 의령을 뒤로하고 한광후가 막사 밖으로 나섰다. 의령과 유성혼은 서둘러 한광후를 따라 밖으로 나갔다.

어느새 한광후는 공사장을 향해 성큼성큼 묘한 걸음으로 빠르게 걸어가고 있었다. 좌우로 흔들리는 몸에서 기묘한 탄력이 느껴졌다.

'저것은……?'

유성혼의 얼굴이 묘하게 굳어졌다.

의령과 유성혼을 안내한 사내를 불러 한광후는 무언가 이야기를 하고 있었다. 사내의 얼굴 가득 아쉬움이 떠올랐다. 사내가 천천히 한광후를 향해 절을 하는 광경이 눈에 보였다. 사내의 등을 토닥인 한광후는 천천히 고개를 돌려 의령과 유성혼을 바라보았다.

"갑시다."

황하로 접어든 배는 바람을 안고 빠른 속도로 물살을 갈랐다. 유성혼은 여전히 키를 잡고 있었고 한광후와 의령은 뱃전에 앉아 있었다.

유성혼은 날카로운 시선으로 한광후의 몸을 세심히 관찰해 왔다. 의령이 그간의 경과를 설명할 동안 내내 한광후는 눈을 감고 듣고만 있는 중이었다.

'이상해……'

한광후에게서는 무공을 익힌 자 특유의 기운이 전혀 느껴지지 않았다. 그러나 그의 걸음과 태도에는 무언가 법식이 엿보였고 흔들리는 뱃전에서도 침착히 좌정하고 앉아 있는 모습이 유성혼의 마음에 자꾸 걸렸다.

의령의 설명이 끝나고도 한광후는 한참 동안 눈을 감고 생각에 잠겨 있는 듯 보였다.

한광후가 조용히 눈을 떴다.

"올빼미를 전국에 날렸으니 가까운 곳에서는 오늘부터 유생들이 모여들 걸세. 그들을 위한 준비는 모두 마치셨는가?"

의령은 고개를 끄덕이며 대답했다.

"예, 왕 집사님께 미리 언질해 놓았으니 문제없을 것으로 생각합니다."

고개를 끄덕인 한광후의 시선이 하늘을 향해 돌려졌다.

"저……."

의령이 어렵게 입을 떼었다.

"왜 그러는가?"

"처음에 저희를 맞았던 분이 한 학사님이 저희를 기다리셨다고 하던데 혹시 오늘 저희가 올 것을 아셨습니까?"

한광후의 얼굴에 미미한 웃음이 떠올랐다.

"그게 궁금한가?"

의령의 얼굴이 약간 상기되었다. 자신의 질문이 너무 어린애 같았던 것일까.

"소문을 듣기도 했지만… 자네 조부님이 타계하시던 밤 하늘을 보고 알았네. 인사(人事)는 결국 하늘에 모두 나타나는 법이라네. 오늘 나를 찾아오리라는 것은 몰랐지만 조만간 자네가 오리라는 것도 그래서 알았지."

의령의 얼굴엔 의아로운 기색이 떠올랐다. 정말 천문을 읽는다는 것이 가능하단 말인가?

의령의 얼굴을 보던 한광후가 미소를 지었다.

"보아하니 아직 배우지 못한 게로군. 하긴……."

"저… 그 말씀은 제 할아버지도 천문을 보실 줄 아셨다는……?"

한광후가 고개를 끄덕였다.

“그분이 어떤 분인데 그것을 모르셨겠는가? 다만 그것을 싫어하셨지.”

한광후의 시선이 하늘 저편 먼 곳을 향했다.

“자네 아버지가 세상을 버릴 때 자네 할아버님은 그것을 이미 알고 계셨다네. 자식의 운명을 미리 알고 있으면서도 손을 쓸 수 없는 아버지의 비애라 해두지. 고학께서는 자신의 학문을 반 이상 후세에 전하지 않으셨네. 그것을 전하는 것 자체가 그분께는 고통이었을 게야. 그분이 지금까지 살아 계셨던 것은 자네와 죽은 손녀들 때문이었다고 해도 과언이 아닐 것이네.”

침울히 고개 숙인 의령을 향한 나직한 한광후의 음성과 함께 뱃머리가 물결을 따라 삐걱이며 흔들리고 있었다.

*　　　　*　　　　*

방 안을 밝히는 촛불을 응시하며 주소추의 눈은 조금의 미동도 없었다.

일호의 시신을 흔적없이 처리한 후 다시 한 번 수하들을 독려해 개봉부 전역을 이 잡듯 수색했으나 그가 원했던 불온한 움직임은 감지되지 않았다.

‘과연 허수(虛手)였을까?’

주소추는 일련의 과정을 꼼꼼히 머리 속에서 재구성하기 시작했다.

그에게 심의령의 낙양행을 알린 것은 분명 위조된 전서였다.

그는 개봉의 전 감시 인원을 동원해 심의령을 추적했다.

시야를 심의령에게 모은 것은 미끼가 틀림없었다.

그렇지 않았다면 그리 위험한 모험을 할 이유가 없는 것이다.

심의령은 천추서림의 마지막 상징이므로.

제삼의 인물은 의령을 추적하는 자신들을 따돌리기 위해 표지를 위조해 세 시진을 길에서 버리게 만들었다.

그 결과 심의령의 자취를 완전히 놓쳐 버리고 말았다.

드넓은 낙양 주변을 포위한다는 것은 불가능한 일일 뿐 아니라 개봉부에서 무언가 꾸며지고 있을 것이란 확신으로 서둘러 귀환했다.

그런데 아무 일도 벌어지지 않았다.

이것은 단지 심의령의 안전을 위해 자신들을 귀환케 한 속임수인가, 아니면 그 이면에 다른 무언가가 있고 아직 자신이 그것을 포착하지 못했다는 것인가?

주소추의 머리는 복잡해졌다.

판단의 근거가 너무나 미약했다.

천추서림에는 심명조의 죽음을 추모하는 조문객들이 발을 잇고 있었다. 심명조의 명성으로 보아 그것은 당연한 일이었다.

한광후와 심의령이 손을 잡는다면 조문객들을 기반으로 경사에 상소문을 올려 유림을 움직이려 할 것이 자명했다.

그전에 손을 써야 할 것인가?

한광후와 심의령을 해친다면 그 파급 효과가 개봉지부에게 어떤 영향을 미칠 것인가?

타오르는 촛불을 뚫어져라 바라보는 주소추의 눈은 한 점의 미동도 없었다. 그의 머리는 치밀히 주판알을 튕기고 있었다.

＊　　　　＊　　　　＊

심명조가 강론을 펴던 북명원에 한줄기 바람이 불어 은은히 밝혀진 촛불을 조용히 흔들었다. 일렁이는 불빛 아래 한광후와 의령이 마주 앉아 있었다.

한광후는 고요한 시선으로 앞으로의 계획에 대해 열띤 구상을 밝힌 의령을 조용히 바라보았다.

"심 학사."

"예."

의령은 자신에게 향한 한광후의 호칭에 은근히 놀랐다. 유생들끼리는 아호나 자(字)를 부르는 것이 통례였고 '학사'라는 호칭은 일가(一家)를 이룬 유사(儒士)에게나 쓰는 존칭이었기 때문이다.

"사람들에게 진실을 알려 연좌에 동참케 한다는 계획은 잘 알겠네."

한광후의 어조에서 무언가 미심쩍은 것을 감지한 의령이 질문을 던졌다.

"제 계획에 어떤 문제라도 있는 것인지요?"

한광후는 고개를 끄덕였다.

"이 잘못된 재판의 조작을 폭로하기 위해서는 서문 학사의 유서를 만인에게 공개해야 하네."

"그렇습니다."

"자네의 말은 이 유서의 전부가 아닌 일부만을 공개하자고 하는 것이 아닌가? 서문 학사가 자신이 키우던 고아들 중 여아 몇을 추행했다는 사실을 덮어두자는 것이지?"

의령의 안색이 심각해졌다.

"그렇습니다."

"그것이 타당하다고 생각하는가?"

의령의 얼굴이 고통으로 일그러졌다. 서문추월에게 그러한 비밀이 있을 줄은 상상도 하지 못했었다. 서문추월에 대한 마음은 아직도 의령에게 완전히 정리되어 있지 않았다. 친삼촌처럼 따랐던 애틋한 마음과 아동과 성관계를 맺은 추저분한 자라는 양편에서.

"서문 삼촌은 자신의 과오를 가슴에 묻고 개봉부와 결탁할 수도 있었습니다. 그랬다면 목숨을 끊지 않아도 되었겠지요. 사죄를 하더라도 자신의 비밀을 밝히지 않고 다만 아이들의 목숨이 협박받아 어쩔 수 없이 배신했다는 거짓을 말할 수도 있었습니다. 하지만 삼촌은 목숨으로 자신의 과오를 사죄하고 모든 진실을 전해주었습니다. 삼촌이 진실을 알려주지 않았다면 저는 이 같은 계획을 세울 수도 없었을 것입니다."

한광후는 고개를 끄덕였다. 어쩌면 개봉부에서는 모든 사실을 은폐하고자 서문추월을 죽이려 했을지도 몰랐다.

"만일 삼촌이 유서를 전해주면서도 이에 대한 사실을 숨겼다면 이후에 커다란 약점으로 우리를 괴롭힐 수도 있는 문제였습니다. 하지만 삼촌은 모든 사실을 밝혔습니다. 재판정에서 한 삼촌의 거짓 증언으로 결국 할아버지가 돌아가셨지만 삼촌으로서는 어쩔 수 없었다고 생각합니다. 아이들의 목숨이⋯ 볼모로 잡혀 있었으니까요. 저는⋯ 자신의 오욕을 밝히고 죽은 삼촌의 명예를 지켜주고 싶습니다."

한광후는 친인의 오점을 가려주고 싶은 의령의 마음이 이해되었다. 확실히 서문추월이 자신의 더러운 비밀을 솔직히 고백하고 죽음으로 사죄한 것은 진정 용기있는 선택이었다. 그것이 쉽지 않은 일임을 한광후는 잘 알고 있었다.

한광후의 시선은 고뇌에 찬 의령의 눈을 바라보았다.

조용한 음성이 뒤따랐다.

"사실을 숨기는 것이 진정 그의 명예를 지켜주는 것이라 생각하는가?"

의령은 한광후의 질문에 선뜻 대답할 수 없었다. 서문추월이 자신의 유서에 모든 사실을 공개한 것은 만인에게 이 사실을 공개해도 달게 감수하겠다는 선언이나 다름없었다. 그러나 그렇게 되면 서문추월은 여론에 의해 완전히 매장당할 것이 틀림없었다. 의령은 서문추월의 남은 명예는 지켜주고 싶었다.

"죽은 자의 명예를 지키는 것이 진실을 숨기는 것은 아니라는 것을 저도 압니다. 하지만… 저는 목숨으로 사실을 전하준 삼촌의 이름을 지켜주고 싶습니다. 그것이 죽음으로 사실을 알려준 삼촌에 대한 의리라고 생각합니다."

한광후는 가볍게 탄식했다.

"잘 생각하게. 자네가 서문 학사의 명예를 지키기 위해 사실을 감춘 것이 나중에는 자네의 명예에 흠집을 낼 수도 있네."

의령은 천천히 고개를 숙였다.

"물론 이 사실을 깨끗이 밝히는 것이 앞으로의 행보에 부담을 주지 않는 길일 것입니다. 연좌의 대의를 훼손할지도 모릅니다. 그러나… 이번 일의 안전을 위해 삼촌을 두 번 죽이고 싶지는 않습니다. 어떤 진실도 끝까지 숨겨지지는 않을 겁니다. 언젠가는 밝혀질지도 모르지요. 하지만… 제 손으로 삼촌의 비리를 세상에 공개하고 싶지는 않습니다. 제가 진실을 감춘 것이 불의한 일이 된다면… 감수하겠습니다."

자신이 모든 책임을 지겠다는 의령의 말에 한광후는 탄식했다. 이 약관도 못 된 젊은이의 고집을 꺾고 싶었으나 그의 결심은 너무도 견고해 보였다. 모든 짐을 혼자 짊어지려는 자는 자칫 진정한 대의를 망각할 수도 있다. 한광후는 다른 방법으로 의령을 설득해 보기로 했다.

"개봉부의 위도천은 이 사실을 분명히 알고 있을 것이네. 이 사실을 숨기는 것은 나중에 우리의 발목을 잡을 수도 있어. 그것을 알고 있는가?"

"예."

"그런데도 이 사실을 숨기겠다는 말인가?"

의령의 얼굴이 더욱 일그러졌다. 대비는 되어 있었다. 그러나 그 방법의 정당성 여부가 그를 괴롭히고 있었다.

의령은 한광후를 응시하며 입을 열었다.

"그에 대한 대비는 되어 있습니다. 이 문제로 인해 연좌에 이상이 생기지는 않을 것입니다. 모든 것은 제가 감수하겠습니다."

한광후의 깊은 눈은 의령의 깊숙한 내면을 응시하는 듯했다.

자신의 희생으로 삼촌의 명예를 지키겠다는 마음, 거대한 소용돌이 속에서 꼿꼿이 서려는 자존감, 친인을 모두 잃은 슬픔과 분노……. 한광후는 복잡하게 얽혀 위험스레 보이는 의령의 내면을 꿰뚫어 보았다.

"삶의 원칙을 무너뜨려야 할 때가 있다는 것을 아는가?"

"……?"

한광후의 눈빛은 고요하지만 힘이 있었다.

"원칙에 너무 얽매이지 말게."

"……."

의령은 의아했다. 서문추월을 보호하려 함이 자신의 삶의 원칙에 따른 것일까? 그에 얽매이지 말고 모든 사실을 밝히라는 말일까?

"요 며칠은 자네의 그리 길지 않은 생애 중 가장 엄청난 일들이 한꺼번에 터진 시기일 걸세."

"그렇습니다."

의령은 침울하게 대답했다.

두 여동생과 할아버지를 잃고 아버지처럼 따르던 서문추월의 배신과 추문, 죽음을 겪었다.

두 명의 사람을 자기 손으로 죽였다.

할아버지가 꿈속에서 그를 보듬어주었으나 그의 내면은 복잡하게 흩트러져 있었다. 이나마 버티는 것은 할 일이 있기 때문이었다. 가야만 하는 길이었기 때문이다.

"스스로를 자격없다 여기는가?"

의령의 얼굴이 창백하게 굳었다.

그제야 삶의 원칙에 대해 물었던 한광후의 의도를 알 수 있었다. 한광후는 그의 내면의 혼란을 무섭도록 정확하게 보고 있는 것이다.

힘을 통한 복수가 싫다 하여 평화적인 연좌를 계획한다는 자신의 손으로 두 사람의 목숨을 끊었다. 유서를 공개하면서도 일부의 진실을 은폐하려 하고 있었다. 서문추월과의 관계를 평생의 상처로 간직할지도 모르는 아이들이 그의 가슴을 날카롭게 헤집었다.

자신의 길이 과연 정당한 길인가?

자신이 가고자 하는 길이 진정 부끄럽지 않은 길인가?

의령은 끝없이 되물으며 스스로 이미 자격을 상실했다고 자책하고 있었다.

그럼에도 가야 하는지 고뇌하고 있는 중이었다.

회색 빛으로 창백히 굳는 의령을 향해 한광후가 조용히 입을 열었다.

"한 사람이 지니고 살아가는 원칙을 평생 지켜낸다는 것은 대단히 어려운 일이네."

"저는… 그렇게 살고자 했었습니다."

의령의 낮게 떨리는 목소리를 들으며 한광후는 부드럽게 미소를 머금었다.

"자네가 갖고 있는 원칙 그 자체가 자네 자신인가?"

"……."

"어떠한 상황에서도 그 원칙만 지키고 산다면 자네는 항상 떳떳하게 살 수 있을 것 같은가?"

"……!"

"당(唐)의 선승(禪僧)이셨던 임제(臨濟) 선사께서 이렇게 말씀하셨다네. 수처작주(隨處作主)면 입처개진(立處皆眞)이라. 어느 곳에서든지 자신을 잃지 않는다면 어떤 상황에서도 참되다는 말씀이라네."

한광후의 깊은 눈이 의령의 떨리는 눈을 잡고 놓지 않았다.

"심 학사, 원칙을 지켜야만 자네는 자신을 지킬 수 있는가? 중요한 것은 자네 자신이지 누구에게 배워서 안 원칙이 아닌 게야."

의령의 떨리는 눈이 한광후를 바라보았다.

세찬 격랑이 그의 가슴속을 휘저었다. 스스로를 잃지 않으면 된다는 말이 그의 머리를 쇠망치로 후려갈기듯 내려쳤다. 지키고자 했던 것이 원칙이었던가, 자신이었던가?

한광후는 조용히 속삭였다.

"작주(作主)란 앙상한 원칙만을 지키고 사는 것이 아니라네. 무엇이 진정 자신을 잃지 않는 길인지 항상 유념하시게."

뜨거운 눈시울을 감추고자 고개를 숙이는 의령의 어깨를 한광후의 다정한 손이 토닥였다.

"유서의 공개 여부는 자네의 결정에 따르겠네. 한 사람의 뜻을 보존하는 길이 과연 무엇일지 다시 한 번 생각해 보게."

북명원의 지붕에 거꾸로 매달려 의령과 한광후를 지켜보던 유성혼은 조용히 몸을 일으켜 지붕으로 올라섰다.

암천의 창공에는 무수한 별빛이 쏟아질 듯 반짝이고 있었다. 고개를 들어 하늘을 바라보던 유성혼의 얼굴에 한 가닥 안도의 빛이 흘렀다.

의령의 내면에 쌓여가는 충격을 어느 정도 짐작하고 있던 유성혼은 꼿꼿이 버텨내려는 의령이 약간은 걱정스러웠다. 강하기만 한 것은 언젠가는 부러지기 마련이다.

무공을 익힌 듯 아닌 듯 짐작하기 어려운 사람이었기에 한광후를 의혹의 눈으로 지켜보았지만 의령의 마음을 부드럽게 달래주는 그의 모습에 이제는 믿음을 가질 수 있었다.

개봉부의 이목을 뒤흔들어 시간을 번 진영은 지금 은밀한 심처에서 자신의 오랜 내상을 치유하고 있었다.

의령의 올빼미를 통해 연락을 한 형제들이 모이기 전까지 이곳을 지키는 것은 온전히 유성혼의 몫이었다.

천추서림의 외곽을 감시하는 은밀한 눈길을 안으로 들어오지 못하게 막는 것이 그의 임무.

유성혼의 몸에서 강렬한 투기(鬪氣)가 삼엄히 뻗어 올랐다.

형제들이 모이기 전까지는 그 혼자 이곳을 지켜야 한다. 지금은 개봉부 쪽에서 조심스레 관망만 하고 있지만 언제 다시 행동을 개시할지 알 수 없었다.

지켜야 할 것이 있는 자는 강해지는 법이다.

*　　　　*　　　　*

주소추는 자신의 서재에서 수하들이 보고한 천추서림의 동향 보고서를 꼼꼼히 읽고 있었다.

각지에서 천추서림으로 조문객들이 몰려들고 있음. 대개는 유생들. 인근의 유생들이 모두 조문을 오는 것으로 추정됨.
천추서림의 내부는 탐지할 수 없음.
내부로 잠입한 형제들은 모두 마혈이 제압된 채 담장 밖으로 던져졌음. 한결같이 자신을 제압한 자의 인상착의조차 모르고 있음. 그 수가 얼마나 되는지도 알 수 없음. 혈도를 제압당한 형제들은 무공이 폐쇄되어 회복 불능. 더 이상의 침투는 불가능함.
다행히 외곽을 감시하는 형제들에게는 특별한 위협이 없어 조문객들의 숫자만…….

"젠장할!"
주소추는 보고문을 와락 꾸겨 버렸다.
그가 훈련시킨 정예 요원들이 침투하지 못할 정도라면 얼마나 많은 인원이 지키고 있다는 말인가?
주소추는 깊숙이 미간을 찌푸리며 자신의 콧수염을 만지기 시작했다.
'벌써 어느 정도의 힘을 갖춰가고 있는 것이 틀림없다. 조문객들의 수도 위험하리만치 많아. 어찌할까?

서재를 오가며 주소추는 빠르게 생각을 정리해 갔다.

더 이상 천추서림의 힘이 커지기 전에 싹을 잘라야 할까?

하지만 어떻게?

지금 개봉부의 힘으론 관군을 동원하기 전에는 천추서림을 진압하는 것이 불가능한 상황이 되고 말았다. 아무런 명분 없이 유생들을 학살한다면 개봉지부의 앞날은 끝장이 나고 말리라.

천패궁에 도움을 청하는 것도 시기상조다.

벌써 도움을 청한다면 이후 천패궁의 모든 요구를 꼼짝없이 수용해야만 할 것이다. 그것은 개봉지부나 이씨 세가에 무거운 짐이 될 것이다.

더구나 주소추의 신경을 끊임없이 건드리는 것은 개봉부에서 아무런 이상 조짐을 발견하지 못했다는 사실이었다.

의령의 안전한 귀가를 위해 자신들의 이목을 흐트러뜨린 허수라고 볼 수도 있었지만 왠지 개운치 않았다.

자신이라면 그 정도의 기회를 만들고 그것을 속임수로만 사용치는 않았을 것이다.

상대는 자신을 가지고 놀 정도의 지략을 갖춘 자다.

바로 그 점이 주소추의 신경을 끊임없이 건드리고 있었다.

'일단은 두고 보는 수밖에……. 내가 이렇게 꼼짝없이 수세에 몰리다니…….'

자신이 개봉부를 비운 사이 무슨 일인가 벌어졌다는 예감을 주소추는 떨칠 수 없었다.

개봉부의 이목을 여섯 시진 동안 마비시키고 그들은 무엇을 했다는 말인가?

'무엇을……?

조용히 불타오르는 촛불을 노려보는 주소추의 눈이 파랗게 불붙기 시작했다.

2

천추서림은 몰려드는 조문객들로 조용한 가운데 분노의 물결이 은은히 일렁이고 있었다.

하남 인근의 학사들과 가까운 남직예(南直隷)에서 소식을 듣고 온 학사들은 꽃다운 나이의 두 소녀의 죽음과 심명조와 서문추월의 희생에 애도의 뜻을 표하고 조용히 내일 있을 노제(路祭)의 준비를 서두르고 있었다.

부지런히 운구(運柩)에 쓰일 장제(葬制)를 손질하는 가솔들의 사이를 지나 여기저기 수고의 인사를 건네며 의령은 진영과 유성혼이 머무는 객사(客舍)로 발걸음을 옮겼다.

폐관을 마친 진영이 만나자는 전갈을 보내왔던 것이다.

"심의령입니다, 진 대협!"

문 앞에서 자신을 알리자 진영의 음성이 문을 넘어 들려왔다.

"들어오게."

객사 안으로 들어선 의령은 흠칫 놀랐다. 못 보던 사람들이 진영을 둘러싸고 앉아 있었던 것이다. 진영이 말했던 의형제들인가?

그들 중엔 앞머리를 가린 유성혼도 보였다. 유성혼이 일어나며 반갑게 의령을 맞이했다.

"어서 와. 우선 앉으라구."

유성혼의 말에 의령은 진영의 맞은편에 있는 유성혼의 곁에 자리를 잡고 앉았다.

"진 대협, 폐관을 마치셨음을 감축드립니다."

의령의 예의 바른 치하에 진영은 빙긋 웃으며 마주 포권을 취했다.

"염려 덕에 무사히 오랜 내상을 치유했네. 장소를 빌려주어 고맙네."

진영을 보니 확실히 전보다 혈색이 좋아 보였다. 깡마른 얼굴에 이마에 패인 굵은 주름은 여전했지만 눈빛이 훨씬 유련해진 것이 그냥 내상만 치유한 것이 아닌 듯했다.

"천만의 말씀입니다. 진 대협의 후의(厚意)에는 언제나 감사드리고 있습니다."

진영은 폐관 후 의령을 처음 만나는 터라 의령을 유심히 살펴보았다. 유성혼을 통해 의령이 첫 살인을 경험했다는 것을 들은 터라 은근히 걱정하는 마음이 컸다.

어딘가 모르게 의령의 태도는 전보다 훨씬 굳건해져 있었다.

성숙함이 느껴진다고나 할까? 그것으로 충분했다. 심마(心魔)의 침습으로 어두운 구석이라도 있을까 저어했던 진영은 내심 안도했다.

진영이 유성혼을 바라보며 말을 건넸다.

"수고했다."

묵묵히 앉아 있던 유성혼은 진영의 칭찬에 쑥스러운 듯 뒤통수를 긁적였다.

“수고라니요? 제가 무얼 했다고……."

돌연 유성혼의 옆에 앉아 있던 독안(獨眼)의 검객이 호탕하게 웃으며 유성혼의 어깨를 쳤다.

“너도 쑥스러워할 때가 있냐? 징그럽다, 징그러워.”

유성혼이 얼굴을 찡그리며 독안검객에게 투덜댔다.

“참, 형님도……. 그만 좀 해요. 여기 이 친구한텐 그래도 무공을 처음으로 가르쳐 준 사람이 나라구요.”

“어이구, 하룻 동안 겨우 비무 몇 번 해줬다면서? 그것도 가르친 거냐?”

의령은 유성혼의 변화가 신기했다. 그렇게 냉정하고 말이 없던 유성혼이 오늘은 전혀 다른 사람 같았다. 마음을 준 사람에게는 저런 모습도 보이는가?

자신에게 묵묵한 배려를 해주던 무게있는 유성혼을 회상하며 의령은 슬쩍 미소를 지었다.

유성혼이 불퉁거리려 하자 진영이 말을 끊고 나섰다.

“우선 인사들부터 나누지. 이쪽은 천추서림의 심의령 공자라네. 각자 자기소개들을 하도록 해.”

의령은 유성혼에게 장난을 쳤던 독안검객에게 자연스레 시선이 옮겨졌다.

아주 오래된 상처인 듯 이마에서부터 눈을 지나 턱까지 길게 패인 잿빛 흉터가 있고 상처의 가운데쯤에 있는 왼 눈은 감겨진 상태였다. 따로 의안을 해 넣지 않은 탓인지 조금씩 일그러진 얼굴이 흉해 보였으나 원래 잘생긴 얼굴이었는지 아주 흉측스럽지는 않았다.

오히려 자신의 상처를 부끄러워하지 않는 것이 자연스럽고도 호탕하게 보여 호감이 가는 사내였다.

오른쪽 허리에 매어 있는 검을 보니 좌수검(左手劍)을 익힌 듯했다. 강호에서 좌수검을 쓰는 상대를 조심하라는 유성혼의 말이 생각났다. 익숙지 않은 상대여서 궤이독랄하게 느껴지기 십상이니 절대 조심해야 할 것이란 당부를 들었었다.

천추서림으로 돌아온 후 유성혼이 가끔씩 짬을 내어 자신이 아는 강호의 지식을 전해주었기 때문에 의령은 전보다는 많은 지식을 갖고 있었다. 비록 눈앞의 인물들에 대해서는 전혀 듣지 못했지만.

유성혼은 짧은 시간 내에 여러 지식을 전해주려는 생각으로 필요없는 이야기는 극도로 절제했던 것이다.

"난 조온(趙溫)이라 한다. 강호에선 독안쾌검(獨眼快劍)이라 하지."

자신을 바라보는 의령의 시선을 의식하며 조온은 싱긋 웃으며 말했다. 자신의 용모를 부끄러워하지 않아서일까? 그의 목소리에 실린 쾌활함은 유쾌하기까지 했다.

"나는 흑창(黑槍) 차정선(車丁善)이다."

조온의 옆에서 창두(槍頭)를 툭툭 치던 까만 곤륜노(崑崙奴)가 입을 열었다.

온몸이 번들번들한 검은 피부로 뒤덮인 묵인(墨人)을 처음 보는지라 처음부터 눈에 띄었던 사내였다.

오랜 학문의 수련으로 마음의 평정을 추구했던 의령이었던지라 별 동요 없이 사내를 볼 수 있었다. 사람은 모두 평등하다고 누누이 강조했던 할아버지의 가르침 덕분이었다.

왼팔에 달려 있는 작은 방패가 눈에 확 들어왔다. 탄들반들 윤이 나는 것이 언뜻 보아 장신구 같아 보이지는 않았으나 너무 크기가 작아

방어용 무기로 실용적일까 하는 의문이 들었다.

자신의 용모보다 무기에 관심을 기울이는 의령이 마음에 들었던지 차정선은 두툼한 입술을 열어 한마디 덧붙였다.

"패우간(覇友干)! 내 친구다."

패우간. 방패의 이름인가? 크기에 비해 무척 대단한 이름을 갖고 있는 걸 보니 무언가 내력이 있는 듯했다.

진영의 옆에 있던 장발인이 신기한 듯 입을 열었다.

"이 공자가 맘에 드나보지? 패우간의 이름을 다 가르쳐 주고? 그새 취향이 바뀐 거냐?"

이죽거리는 사내를 지그시 노려보던 흑창 차정선은 큼직한 콧구멍으로 콧방귀를 뀌어 보냈다.

"킁!"

"에이, 더러워! 야! 나한테 콧바람 불지 말라 그랬지!"

유난히 깔끔을 떠는 것이 부산스러워 보이는 특이한 사내였다. 자신의 옷에 콧물이라도 떨어진 듯 손수건을 꺼내 정성스레 닦는 사내는 장발에 깡마른 몸, 성마른 얼굴을 하고 있었다. 무척이나 성격이 급하면서도 깔끔한 것을 좋아하는 듯 보이는 다소 신경질적인 모습이었다.

꿈쩍도 않고 무시하는 차정선을 노려보다 제풀에 지쳐 사내는 언제 짜증을 냈냐는 듯 화사하게 웃으며 의령에게 인사를 했다.

"나는 반류(反柳)라고 해. 강호에선 류비도(柳飛刀)라 하지."

별호를 보아하니 비도를 쓰는 듯했다. 외모와 무기가 참 잘 어울린다고 생각하던 차에 의령의 옆에 있던 마지막 인물이 입을 열었다.

"나는 임교연(林交燕)이에요."

의령은 낭랑한 여인의 목소리에 흠칫 놀랐다.

방 안에 들어올 때 뒷모습만 보았다지만 자리에 앉아 있을 때에도 여자임을 미처 몰랐기 때문이다.

육 척에 달하는 훤칠한 키와 남장을 하여 대충 다듬은 외모로 인해 여인임을 몰랐지만 오밀조밀한 이목구비가 눈에 확 띄는 여인이었다.

의령의 당황한 듯한 기색을 보며 유성혼이 껄껄 웃어 젖혔다.

"푸하하하! 임매(林妹)는 여자야. 알고 보면 꽤 부드러운 소저라구."

유성혼에게 장난스레 눈을 흘기는 임교연의 웃음 띤 목소리가 흘러나왔다.

"흥! 그렇게 말하는 게 더 나빠요!"

의령은 당황스러웠다. 워낙 여자에 익숙하지 않았던지라 여자임을 몰라본 것이 큰 실례를 한 것만 같아 서둘러 자리에서 일어나 포권을 하며 사과했다.

"제가 큰 결례를 저질렀습니다. 너그러이 용서해 주시기를……."

임교연이 깔깔 웃으며 마주 일어나 답례를 했다.

"그러실 것 없어요. 남자처럼 보이려고 남장을 한 걸요. 너무 미안해하시지 않아도 돼요."

새로 인사를 한 네 명의 인물들을 차례로 둘러보며 의령은 포권을 취하고 정식으로 인사를 했다.

"천추서림의 심의령이라 합니다. 이렇게 와주신 것에 대해 감사드리는 바입니다. 앞으로 많은 지도 부탁드리겠습니다."

워낙 남과 섞이기 싫어하는 아우들인지라 의령과의 첫 만남을 은근히 우려했던 진영은 기분이 유쾌해졌다. 호부(虎父)에 견자(犬子)없다고 했던가?

심명조의 교육을 받은 탓인지 의령은 정말 나무랄 데 없는 젊은이였

다. 거기다 심성이 깨끗해 상대방에게 자신의 진심을 솔직히 표현하는
것이 큰 매력이었다.

피부 색에 대한 열등감으로 남의 시선을 유난히 의식하는 차정선의
마음을 단번에 사로잡은 것이 진영의 마음을 흡족케 했다.

"모두 내 아우들일세. 이들이 은밀히 학사들을 보호할 걸세."

"정말 고맙습니다."

"하지만 걱정스러운 게 있네."

"무엇인지요?"

진영은 의령의 눈을 지그시 바라보았다. 의령의 눈빛은 그 며칠 새
한층 깊어져 있었다. 낙양행으로 인해 의령은 한 단계 성숙했음이 분
명했다.

"개봉부의 대응일세. 학사 분들은 어찌 예상하고 있는가?"

"한 학사님을 중심으로 어제 많은 이야기들이 오갔습니다. 서문 삼
촌의 유서로 인해 모든 명분은 우리 쪽에 있다는 것이 지배적인 말씀
들이었죠. 지금 분위기는 개봉부의 대응이 무척 수세적일 거라는 예측
입니다."

진영의 미간이 살풋 찡그려졌다. 아마도 개봉부에선 그의 책략으로
인해 일시간 관망을 할 것이 틀림없었다. 그렇더라도 유생들의 생각은
너무 안이하다는 느낌을 떨칠 수 없었다.

진영이 우려하는 것은 단 하나.

개봉부나 천패궁 측의 요인 암살이었다.

"천패궁은?"

"천패궁도 황제의 칙령은 거부하기 힘들 것입니다. 내일 노제를 지
낸 후 일단의 분들이 경사로 떠나 황제께 간언(諫言)을 올릴 참이지요."

진영은 손가락으로 탁자를 톡톡 두드리기 시작했다. 아무래도 이 유생들은 천패궁을 잘못 파악하고 있는 듯했다.

"천패궁의 이목은 굉장히 날카롭다네. 지금쯤 이곳의 움직임도 주시하고 있을 것이네. 아직 방심하고 있다면 모르지만 그렇지 않을 경우 무서운 비극이 일어날지도 모르네."

"무서운 비극이시라면?"

"천추서림 전체의 말살을 노릴지도 모른다는 거네. 그들에겐 충분히 가능한 일이야."

"지나친 우려가 아니실까요?"

"왜 그렇게 생각하나?"

"아직 우리의 행동은 천패궁을 자극할 만하지는 않다고 봅니다. 직접적인 탄원의 대상도 개봉부지 천패궁은 아니니까요."

진영은 내심 혀를 찼다.

의령은 아직 무림의 무서움을 모르고 있다. 문제의 싹이 될 수 있다고 판단하면 주춧돌 하나 남기지 않고 말살해 버리는 것이 바로 무림의 방식이거늘.

"한 학사란 분의 생각도 그러한가?"

"그분은 일을 꾀할 땐 최악의 경우도 생각해야 한다고 말씀하시더군요. 당연히 진 대협의 우려와 비슷한 말씀도 하셨습니다. 목숨을 내걸고 해야 하는 일이라는 걸 강조하셨습니다."

진영은 한숨을 쉬었다.

이런 명분이 걸린 일에는 오히려 유생들이 무림인들보다 더 무모할 때가 있다는 것을 미처 생각지 못했던 것이다. 그런 이들을 보호해야 하는 것이다. 진영은 더욱 어깨가 무거워짐을 느꼈다.

"내가 생각하기에 이 거사는 관계와 유림, 무림 사이의 외줄 타기와
도 같네. 세 곳은 일을 처리하는 방식이 각기 다르다고 할 수 있지. 관
계가 법을 명분으로 한 권력의 집단이라면 무림은 그 바탕에 힘의 논
리가 깔려 있네. 훨씬 자유스럽고 포악하다네. 유림은 도덕적 명분이
최고의 핵심 논리라 생각하네. 한 군데라도 삐끗하게 되면 지금의 외
줄 타기가 한숨에 무너질 것이네. 천패궁의 힘의 개입을 가져올 수 있
는 꼬투리 하나만 생겨도 천패궁은 힘을 행사할 거야. 이를 막을 방법
은 딱 한 가지네."

"그것이 무엇인지요?"

진영은 의령을 정면에서 바라보며 힘있게 한 자 한 자 끊어서 말했
다.

"강호무림의 시선을 우리에게 집중시키는 걸세."

의령은 이해가 가지 않는다는 시선으로 진영을 쳐다보았다.

무력을 사용하지 말아야 된다는 이야기가 나올 줄 알았던 것이다.
학사들의 회의에서도 이 문제는 검토되었고 철저히 평화적인 방법으로
개봉부를 압박하자는 이야기가 나왔기 때문이었다.

"저는 언뜻 이해가 가지 않습니다만……."

"무림에도 명분을 중시하는 무리가 있네. 그들을 움직여 개봉부로
무림의 시선을 모아야 하네. 천패궁도 강호의 여론을 아주 무시할 수
는 없는 법일세. 일단 그들만 움직일 수 있다면 천패궁의 손발을 일시
간은 묶어두고 일을 추진할 수 있을 것이네."

아직 정확히 맥을 짚지 못한 의령을 위해 진영은 부연 설명을 계속
했다.

"천패궁의 강호 지배를 못마땅히 생각하는 무리는 강호에도 부지기

수네. 다만 현무교의 남하를 막은 천패궁의 공로 때문에 명분이 없는
것이지. 그들에게 명분만 주어진다면 천패궁에 대한 불만이 곳곳에서
터져 나올 것이네.”

“이번 일이 무림에도 명분을 줄 수 있다는 말인가요?”

“그건 중요한 문제가 아니라네.”

의령은 다소 혼란스러웠다. 효령이, 미령이의 죽음이 무림에 어떤
영향을 미칠 것인가만 생각했었는데 진영은 다시 명분이 중요한 것이
아니라 한다.

옆 자리에 있던 임교연이 부연했다.

“진 오라버니의 말씀은 강호의 밑바닥 정서가 천패궁에 대한 불만으
로 가득 차 있다는 말씀이에요. 실제로 이십여 년간 지속된 천패궁의
독주(獨走)에 불만을 갖고 있는 기존 세력들과 신진 세력들이 점차 늘
어나고 있어요. 천패궁이 패도(覇道)를 추구하는 힘의 집단이지만 강호
에 등장했던 명분은 현무교를 비롯한 외세의 침략을 막는다는 것이었
어요. 거부할 수 없는 대의명분이기에 나머지 세력들도 다분히 명분을
의식할 수밖에 없는 형편이지요. 지금의 형세(形勢)로는 천패궁에 대한
꼬투리 하나만 잡아내어도 그걸 빌미로 강호인들이 들고일어날 수 있
는 형국이에요. 이십여 년의 평화로 강호는 본래의 힘을 되찾았답니
다. 힘이 넘치면 쓰고 싶기 마련이지요. 지금이 그런 형편이에요.”

임교연의 강호 정세에 대한 부연이 있자 비로소 의령은 진영이 했던
말의 의미를 깨달을 수 있었다.

“그렇다면…….”

“그렇네. 우리가 가만있어도 그들이 우리에게 접근해 올 걸세. 천패
궁의 도덕적 정당성을 무너뜨릴 수 있는 호기거든. 그때를 놓치지 말

아야 하네. 우리는 그들을 적극적으로 받아들여 적절히 이용해야 할 걸세."

진영의 말대로만 일이 진행된다면 천패궁의 발을 묶을 수도 있다는 것이었다. 희미한 서광이 보였다. 의령의 볼이 가볍게 상기되는 것을 지켜보던 진영의 말이 이어졌다.

"하지만 모든 일이 우리의 뜻대로만 된다고는 볼 수 없네. 개봉부에서 어찌 대응할지도 알 수 없고 강호의 움직임이 바뀔 수도 있네. 미래는 어쨌든 예측한 대로만 되는 것은 아니니까."

"천패궁의 발을 잠시만 묶을 수 있다면 이 일은 제가 본래 계획했던 바대로 될 수 있는 확률이 높아졌습니다. 좀 더 희망적이 되었군요."

조용히 이들의 대화를 지켜만 보고 있던 유성혼이 불쑥 끼어들었다.

"그럼 얼마나 비관적으로 생각했었는데?"

의령은 그동안 친숙해진 유성혼에게 고개를 돌리며 싱긋 웃었다. 왠지 비감해 보이는 웃음이었다.

"황제 폐하께 탄원을 드려 천패궁의 세… 사람을 처단하고 개봉지부와 위도천을 단죄한다는 제 목표는… 사실 이루어지기 어려울지도 모릅니다. 당금 황상이 그리 영명한 분이 아님은 만천하가 다 아는 사실이니……. 그러나 그 방법이 옳은 방법이고 선조부님의 방법이기에 행하는 것이지요. 대장부는 옳다고 생각하는 일에 목숨을 거는 법이라고 배웠습니다. 결과를 생각하지 말고 산산이 부서져도 돌진하는 자세를 가지라 배웠지요."

의령은 둘러앉은 진영의 의형제들을 휘둘러 보며 말을 이었다.

"여러분은 사실 저와 이번 사건으로 뜻밖의 인연을 맺은 사이입니다. 뛰어난 무공들을 갖고 계시니 만일… 일이 잘못되어 여러분이 위험해지실 때에는 언제라도 피하십시오."

좌중은 조용해졌다.

의령이 어떤 결사의 각오로 이 일에 임하는지 모두의 마음에 선명히 전해졌던 것이다.

의령의 말을 묵묵히 듣고 있던 차정선이 주먹을 들어 탁자를 내려쳤다.

쾅!

"우리도 장부다! 형님이 불러서 왔다지만 그것만이 전부는 아니야! 이것이 협의를 따르는 길이기에 온 것이다. 못 배운 나지만 그 정도는 알아! 우린 끝까지 함께한다!"

큼지막한 눈을 번쩍이며 차정선은 의령을 꾸짖듯 눈을 부라렸다.

모두들 의령을 응시하며 차정선의 말에 고개를 끄덕여 동감을 표시하자 의령은 마음이 뭉클해졌다.

진영이 다독이듯 의령에게 말을 건넸다.

"앞으로 우리는 공자의 주위에서, 그리고 학사 분들의 주위에서 일정한 거리를 두고 은잠(隱潛)해 지킬 것이네. 우리가 전면에 나서지 않을수록 공자에겐 힘이 될 것이네. 공자의 뒤에 우리들이 있다는 사실을 명심하고 힘을 내게나. 어찌 되었든 끝까지 가보는 걸세."

의령은 몸을 일으켜 깊숙이 머리를 숙이곤 모두를 향해 떨리는 목소리로 말을 이었다.

"오늘 들은 이 한마디를 제 목숨이 다하는 그날까지 절대 잊지 않겠습니다. 여러분의 마음을 과분하지만 기꺼이 받겠습니다. 이 심의령, 여섯 분의 마음을 결코 잊지 않겠습니다. 감사합니다."

격동에 찬 의령의 말이 가늘게 떨려 나오자 이를 지켜보던 유성혼이 몸을 일으켜 의령의 어깨를 꾸욱 움켜쥐었다.

뒤이어 일어선 다섯의 손을 맞잡고 의령은 결의에 찬 눈빛을 빛냈다.

차정선이 호탕하게 웃으며 모두에게 제안했다.

"아예 이 참에 심 공자를 우리 의형제로 받아들이자!"

조온과 유성혼, 반류와 임교연이 박수를 치며 찬성했다.

그때 진영이 조용히 손을 흔들었다.

"안 될 말이다."

"형님, 이렇게 우리 모두의 마음에 드는 친구를 만나기란 쉬운 일이 아닙니다. 더구나 정선이가 형제로 받아들이자는 제안을 했는데……."

조온이 불만스러운 듯 진영에게 말했다.

이 자리에서 진영을 제외하고는 제일 나이가 많은 이가 조온이었다. 자신도 외눈이라는 장애를 지녔으나 피부 색에 대해 심한 열등감을 갖고 있는 차정선을 누구보다 아끼는 조온은 차정선 스스로 형제로 삼자고 한 점을 강조했다.

차정선이 이렇게 쉽게 마음을 여는 것은 참으로 드문 일이었다. 냉정한 유성혼조차 마음을 준 듯 보이지 않는가?

조온 자신도 겸손하며 솔직한 의령이 마음에 들었다.

진영은 아우들의 마음을 다독이듯 부드럽게 입을 열었다.

"너희들의 마음을 내가 왜 모르겠느냐?"

진영의 시선이 고개를 숙인 의령에게 향했다.

"나도 심 공자를 이미 아우처럼 여기고 있다."

의령은 기쁨의 빛과 의아함이 뒤섞인 눈빛으로 진영을 바라보았다.

의령과 아우들의 의문에 답하듯 진영은 느릿하게 말을 이었다.

진영의 눈이 침착히 빛났다.

"하지만 지금 우리는 대적(大敵)을 눈앞에 둔 결사(決死)의 자세를 가져야 한다. 이 싸움에서 심 공자는 우리의 아우가 아니라 우리를 이끌어야 할 위치에 있다. 얼마나 오랫동안 이 싸움을 해야 할지 아직 모른다. 그러나 그 기간 동안은 위계가 있어야 한다. 서로를 위하는 마음에서 자칫 무딘 결단을 내릴 수도 있는 것이다. 생각해 보아라. 우리를 형으로 삼은 심 공자가 우리를 사지로 보낼 수 있겠느냐?"

형제들이 묵묵히 자신의 말을 들으며 수긍의 빛을 보이자 진영의 얼굴에 슬며시 미소가 떠올랐다.

"그러나 나의 마음도 너희와 같다는 것을 잊지 말아다오. 상중(喪中)이 아니었다면 오늘 코가 비뚤어지도록 마셨을 것이다."

조온이 마주 웃었다.

"형님 나이에 코까지 비뚤어진다면 영원히 노총각일 게요."

호탕한 웃음소리가 방 안을 가득 메웠다.

임교연이 방긋 웃으며 말을 꺼냈다.

"술은 아니더라도 이 자리를 그냥 물리긴 아쉬워요. 비록 이 일이 끝날 때까지 의형제로 맺지는 못하겠지만 우리의 마음은 이미 그와 같다고 생각해요."

반류가 클클 웃으며 임교연에게 장난스레 말했다.

"우리 막내가 무슨 생각이 난 게로구나. 물구나무라도 서랴?"

임교연은 고개를 저으며 얼굴을 엄숙히 굳혔다. 지혜롭게 보이는 서늘한 봉목의 가운데 언뜻 장난기가 내비쳤다.

"이 자리에서 형제의 연은 맺지 못하겠지만 결의(結義)의 의식(儀式)은 필요하다고 생각해요. 지금부터 모두들 정신없이 바쁠 테니 간단하게나마 이 자리를 잊지 않도록 했으면 해요."

조온의 얼굴이 뜨악하게 굳어졌다. 무언가 이상한 것을 시키려는 것은 아닐까? 임교연의 장난은 가끔 그들 형제를 곤란하게 만들곤 했다. 그러나 누가 막내 여동생의 청을 거절하랴.

"빨리 말해라. 왠지 불안해진다."

슬며시 좌중을 돌아보며 웃던 임교연은 돌연 대담하게도 의령의 윗옷을 벗겨갔다.

"아, 아니……?"

임교연의 춤추듯 재빠른 손놀림에 어느새 윗옷을 빼앗긴 의령은 얼빠진 표정이 되었다. 자신의 몸에 여인의 손이 닿은 것이 언제던가? 누이들 말고는 아무도 가까이 한 적이 없었던 의령은 임교연의 대담한 손길에 얼어붙었다. 얼굴이 시뻘겋게 달아올랐다.

전리품을 노획한 전사처럼 당당한 얼굴의 임교연을 바라보는 모두의 시선은 어처구니없어 할 말을 잃은 듯했다.

"너, 의형제가 아니라 신랑 삼으려 그러냐?"

유들유들한 반류의 음성이 좌중을 일깨웠다.

그런 것일까?

차정선이 자신의 옷깃으로 손을 가져갔다.

임교연이 빽 하니 소리를 질렀다.

"무슨 말이에욧! 대붕의 뜻도 모르고서!"

조온이 큭큭거리며 웃었다.

"그래, 류야말로 참새를 닮았지. 흐흐……."

임교연은 의령의 윗옷을 탁자에 활짝 펼쳤다.

객청의 한구석에 마련된 벼루를 가져온 임교연은 대붓에 듬뿍 먹물을 묻혀 의령의 윗옷 안쪽에 글자를 쓰기 시작했다.

동생동사(同生同死).

반류가 입을 열었다.

"참나, 유치……."

그러나 반류의 말은 이어지지 않았다. 큼직한 차정선의 검은 손이 재빨리 반류의 입을 막았던 것이다.

ㅡ너, 임매한테 몇 달 동안 괴롭힘 당하고 싶냐? 진지하게 받아들여.

진영이 얼른 애매한 분위기를 수습했다.

"험! 정말 뜻깊은 의식이로구나. 모두 함께 서명하도록 하자."

각기 다른 표정의 일곱 사람이 차례로 의령의 윗옷에 자신의 이름을 적어 넣었다.

차정선은 붓을 받자 동그랗게 원을 그렸다.

"그게 뭐냐?"

반류가 투덜대자 차정선의 두툼한 입술이 벌어졌다.

"난지 알 수만 있으면 되지. 내 방패다."

임교연이 마지막으로 자신의 이름을 적고 의령을 향해 방긋 미소를 지었다.

"배운 것이 짧아 이렇게밖에 마음을 전하지 못하겠네요. 하지만 우리 모두의 마음은 이와 같다고 생각해요."

의령은 비뚤비뚤 제각각 쓰여진 여섯 명의 서명을 들여다보았다.

가슴 한 켠에서부터 따뜻함이 스며 나와 전신을 포근히 감싸는 듯했다.

소박한 그들의 진심이 의령의 가슴을 적셨다.

함께 살고 함께 죽자는 이들이 생겼다.

새로운 힘이 샘솟았다.

의령의 힘찬 서명이 끝나자 임교연이 한 팔을 높이 치켜들었다.

"이번 일이 끝나게 되면 정말로 의형제를 맺도록 하죠. 그때 이 옷을 태우며 정식으로 하늘에 이를 고하기로 해요. 그때까지 오늘의 이 결의를 잊지 말기로 해요."

떨떠름했던 얼굴들이 펴지며 호탕한 웃음소리와 함께 일곱의 주먹이 하늘로 치켜세워졌다.

하늘에 고하는 의식이 아니고 술이 함께 있지 못했지만 그들의 마음은 하나가 되었다. 모두의 얼굴에 흐뭇한 미소와 함께 뜨거운 결의가 감돌았다.

이 길은 가야만 하는 길이다.

갈 길은 가는 것이다.

일곱의 마음이 하나로 뭉쳐진 날, 개봉 노제(路祭)의 하루 전, 창칼 앞에 맨주먹으로 맞선 전설의 시작이었다.

7장 노제(路祭)

효령이, 미령이가 마차에 치어 죽은 개봉부로 가는 관도 한 켠에는 위령제(慰靈祭)가 한창이었다.

하얀 상복을 걸친 의령과 천추서림의 사람들, 각지에서 모여든 천여 명의 유생들로 사고 현장은 북적였다.

그러나 경건한 분위기에 휩싸인 운구 행렬은 조용히 자리를 지키고 서서 의령의 축문을 경청하고 있었다.

의령의 낭랑한 목소리를 타고 누이동생들에게 바치는 축문(祝文)이 관도(官道)에 울려 퍼졌다.

심중의 격동을 완전히 억누르지 못한 의령의 목소리가 차츰 떨려오기 시작했다.

아직도 너희들이 내 곁에 없다는 사실이 믿기지 않는다. 채 피어보지도

못하고 갈가리 짓밟힌 내 동생들, 미령아, 효령아!

얼마나 아팠니?

얼마나 무서웠니?

죽은 너희들이나마 지켜주지 못하고 다시 한 번 재판정에서 치욕을 겪게 했으니 이 오빠는 정말 얼굴을 들지 못하겠구나.

미안하다, 애들아.

할아버지와 삼촌이 지금쯤 너희와 함께 계시겠지?

부모님과 함께 그분들이 너희를 돌봐주시리라 믿는다.

이젠 편히 쉬렴.

남은 몫은 이 오빠와 여기 계신 분들이 짊어질 거야.

억울하게 죽어간 너희들의 죽음을 절대 잊지 않을 것이다.

여기 있는 모든 사람들도 잊지 않을 거야.

너희를 죽인 세 명과 너희의 죽음을 모욕하고 할아버지와 삼촌을 비명에 가게 한 개봉지부와 위도천에게도 반드시 죄의 대가를 치르도록 하겠다.

그들에게 준열한 법의 심판을 받게 해 이 땅에 정의가 살아 있음을 입증해 보일 것이다.

미령아! 효령아! 우릴 지켜봐 줘!

오빠의 앞길을 지켜봐 줘!

의령의 축문을 들으며 천추서림의 가솔들 몇몇이 나직이 흐느꼈다. 미령과 효령의 명랑하고 어여뻤던 생전의 모습이 새삼스레 가슴에 사무쳤다.

축문을 읽은 의령은 향불에 대어 불을 붙인 후 하늘로 축문의 재를

날렸다. 훨훨 아지랑이를 타고 날아 올라가는 재를 보며 의령도, 관도
에 운집한 천여 명의 유생들도 새롭게 마음을 다져 갔다.

이제 두 소녀의 가련한 죽음을 은폐하기 위해 벌인 권력과 힘의 더
러운 협잡을 징치할 때였다. 정의를 위한 일 보(一步)를 내디딜 때였다.

한광후의 큰 소리가 일행의 정신을 깨웠다.

"자! 이제 개봉부로 갑시다!"

네 구의 관을 운반하는 천여 명의 노제 행렬이 천천히 개봉부의 관
도에 올라섰다.

행렬의 맨 앞에는 한광후가 직접 쓴 만장(輓章)이 바람에 나부꼈다.

심명조와 서문추월의 생전 행적과 미령, 효령을 추모하는 글이 가벼
운 바람에 흔들리며 일행의 앞을 끌고 있었다.

효령이, 미령이가 누운 꽃 상여를 실은 수레가 앞에 서고 심명조와
서문추월의 봉황 상여를 실은 수레가 그 뒤를 천천히 따랐다.

한광후의 뒤를 따르던 상여잡이가 큰 소리로 상여가의 앞소리를 메
기자 수레를 둘러싸고 따르던 학사들이 뒷소리를 받기 시작했다.

"이제— 가면 언제— 오나—"

"어흐— 야— 어흐— 어—"

나지막한 상여가가 고인(故人)들의 마지막 길을 보듬었다.

기약— 없는 길이— 로세.

북망— 산이 멀고— 멀어,

노자— 없이 어이— 가리.

간다— 간다, 나는— 간다.

북망─ 고개 나는─ 간다.

해토─ 머리, 복수─ 초야,
꽃이─ 진다, 서러워─ 마라.
명년─ 봄이 돌아─ 오면,
너는─ 다시 피련─ 만은.

우리─ 인생은 한번─ 가면
다시─ 올 줄을 모르─ 더라.
가지─ 마오, 가지를─ 마오.
불쌍한─ 인생, 가지를─ 마오…….

구성진 상여잡이의 앞소리와 뒤따르는 일행의 묵직한 뒷소리 속에 운구 행렬은 천천히 개봉부를 향해 나아갔다.

지나가던 행인들이 길을 비켜 엄숙히 읍을 해주었다.

고인이 된 심명조와 서문추월의 음덕(陰德)은 개봉부민이라면 누구나 아는 바, 그들의 죽음을 심히 애석해했다.

재판정에서 범인을 밝혀내지는 못했지만 천추서림의 두 꽃이라던 어린 두 소녀의 죽음 또한 애통해 마지않았다. 꽃다운 어린 청춘이 황당하게도 드넓은 대로에서 마차에 치어 비명횡사하였으니 사정을 모르는 사람이라도 어찌 슬퍼 않으리.

어느덧 운구 행렬이 개봉부 외성의 남문(南門)인 선덕문(宣德門) 앞에 이르렀다.

성문을 지키던 수문장(守門將)은 당황했다.

천여 명의 학사들이 흰 유건을 눌러쓰고 엄숙히 상여를 끄는 모습은 그로서도 난생처음 보는 것이었기 때문이다.

그러나 평소 존경하던 심명조의 노제였던지라 수문장은 별 생각 없이 이들을 통과시키며 의령을 향해 조의를 표했다.

"고인들의 명복을 빕니다."

상주인 의령은 정중히 고개를 숙여 답례하고 천천히 운구 행렬을 이끌어가기 시작했다.

낮은 제령(祭鈴) 소리와 어우러진 구성진 상여가가 개봉부 내에 나지막이 울려 퍼지기 시작했다.

개봉부에서 가장 번화한 거리인 반루가(潘樓街)로 접어든 운구 행렬이 걸음을 멈추었다.

보기 드문 장대한 운구 행렬에 지나던 행인들과 상인들이 운구 행렬을 주시하던 중이었다.

자리에 멈춘 유생들이 부민들을 향해 무언가 종이를 나눠 주기 시작했다.

지전(紙錢)을 닮은 듯한 종이에는 무엇인가 잔뜩 적혀 있었지만 문맹이 많았던지라 대부분의 사람들은 무엇이 쓰인지 알지 못해 인상을 찌푸렸다.

이때 운구 행렬의 가운데에서 단상을 마련해 그에 오른 한광후가 묵직한 저음의 목소리를 돋우었다.

"존경하는 개봉부민 여러분! 저는 고인이 되신 천추고학 심명조 어르신과 교분을 나누었던 한광후라는 사람입니다! 오늘 개봉부민 여러분께 말씀드릴 것이 있어 이렇게 노제 중간에 염치 불구하고 나서게 되었습니다!"

높직이 올라선 한광후의 커다란 목소리에 운구 행렬을 둘러싼 부민들이 하나둘 멈추어 한광후를 쳐다보았다. 학사들이 나누어 준 격문을 손에 들고서.

몇몇이 한광후의 이름을 듣고 억 소리와 함께 단상으로 몰려들었다. 웬만한 저자 패거리도 이름을 익혔을 만큼 한광후의 명성은 높았던 것이다.

"돌아가신 심명조 노학사님과 추월각주였던 서문 각주를 모두들 기억하실 것입니다. 오늘의 노제는 그분들과 심 학사의 두 손녀인 미령이, 효령이를 보내는 노제입니다."

비로소 누구의 운구인지 안 개봉부민들이 나직이 혀를 찼다. 졸지에 마차 사고로 두 손녀를 잃은 심명조가 심화를 못 이겨 죽고 서문추월마저 그를 비관해 자살했다는 소문은 개봉부에 널리 퍼져 있었다.

"그러나 상여를 메고 온 저희들의 가슴은 무겁기만 합니다. 이 네 명의 죽음은 천명(天命)을 마친 자의 복된 죽음이 아니라 간악한 자들에 의해 저질러진 살인이기 때문입니다."

한광후를 바라보는 부민들의 눈초리에 의혹이 실렸다. 두 소녀가 마차 사고로 죽은 것이야 그렇다 치고 어찌 심명조와 서문추월의 죽음을 살인이라 한다는 말인가?

한광후의 목소리는 차츰 불을 뿜듯이 열기를 더해갔다. 반루가에 모인 개봉부민들은 목을 길게 뽑고 그의 연설에 귀를 기울였다. 무언가 이상했다.

운구 행렬의 학사들은 반루가 주위의 벽에 준비한 격문(檄文)을 붙이며 같은 글을 부민들에게 나누어 주고 있었다.

글을 아는 인물들은 격문을 보며 크게 놀라는 눈치였다. 자신들이 아는 것과 전혀 다른 내용의 사연이 적혀 있었던 것이다.

"여러분이 아시고 있는 미령이, 효령이의 마차 사고에 대한 개봉부의 재판은 조작된 것입니다. 그 재판에서 결정적인 반증을 하여 고발된 이가려, 마우간, 패일로를 무죄 방면토록 했던 서문추월 각주는 실은 당시의 추관이었던 위도천이라는 인물에게 협박을 받아 할 수 없이 그런 위증을 했던 것입니다. 여러분이 보시고 계신 격문에는 서문 각주가 자결을 하기 전 남긴 유서가 적혀 있습니다. 저희가 유서를 판각(板刻)으로 복제하여 인쇄한 것입니다. 추관 위도천은 추월각의 고아 백여 명의 목숨을 인질로 서문 각주를 협박했고 서문 각주는 이에 굴복해 어쩔 수 없이 보지도 않은 사실을 보았다고 위증을 했던 것입니다. 재판이 끝난 후 죄책감에 몸부림치던 서문 각주는 이 유서를 천추서림에 전하곤 목을 매어 자결했습니다. 서문 각주의 위증에 충격을 받은 심명조 노학사님도 결국 목숨줄을 놓고 마셨습니다. 이는 모두 개봉부의 추관 위도천이 꾸민 협잡에 의한 결과입니다!"

판결의 부당성을 밝히는 한광후의 목소리는 점점 높아져 갔다. 황하를 쩌렁히 울리던 그의 일갈이 개봉부민들의 머리 위에 쏟아져 내리고 있었다.

반루가 구석구석까지 울려 퍼지는 한광후의 목소리에 길을 오가던 개봉부민들이 발길을 멈추었고 사방에서 몰려 나온 인파로 반루가는 북적대기 시작했다.

한광후의 말이 맞다면 개봉지부는 살인자를 방면하기 위해 무고한 부민을 협박하기까지 했다는 말이었다.

부민들이 동요하며 웅성이기 시작했다. 한광후는 의령을 손짓해 그를 단상으로 올려 세웠다.

"이 공자는 돌아가신 심명조 학사님의 손자이며 죽은 효령이, 미령이의 오라비인 심의령이라는 학사입니다. 이번 사건으로 인해 심 학사는 친인들을 모두 잃고 말았습니다. 그의 말을 들어보면 지금까지 제가 한 말이 모두 사실임을 아시게 될 것입니다."

단상으로 올라선 의령은 마른침을 꿀꺽 삼켰다. 이렇게 많은 사람들이 쳐다보는 가운데 말을 하는 것은 처음이었다. 수천의 눈동자가 알알이 자신의 전신에 박히는 듯했다.

의령은 고개를 들어 하늘을 보았다.

'할아버지, 효령아, 미령아, 서문 삼촌! 제게 힘을 주세요!'

잠시 하늘을 바라보며 마음을 가다듬은 의령의 웅변이 시작되었다.

"처음… 두 동생이 참사를 당했다는 말을 듣고 저도, 할아버지도 제정신이 아니었습니다. 서문 삼촌도 달려오셨죠. 사건을 목격한 세 분의 말씀으로 그들이 지부대인의 연회에 참석하는 천패궁의 사절단임을 알았습니다. 여러분은 모두 다 할아버님이 어떤 분인지 아실 거라 믿습니다. 한평생 자신의 원칙을 꼬장꼬장하게 지키셨던 고고하신 분이었지요. 그분은 삼촌의 만류에도 불구하고 율법에 따른 처벌을 개봉지부께 청원드리려 하였습니다. 그것이 법을 지키는 것이라 하셨죠. 그러나 연회석상에서 목격자에 의해 확인된 세 명은 천패궁의 최고위층이었고 그중 한 명은 지부의 여동생인 천패궁모더군요. 하지만 할아버지는 개봉지부의 강직함을 그때까지도 믿으셨습니다. 제 두 여동생을 마차로 치어 죽이고 도주한 것은 현행 율법에 따르면 참형입니다. 황법을 수호하는 개봉지부라는 막중한 직책으로 사사로운 정리를 접을 것이라 믿어 의심치 않으셨던 것입니다. 재판에서 서문 삼촌이 사고 현장을 목격했다는 진술을 하실 때만 해도 저희는 서문 삼촌을 믿고 있었습니다. 어떤 사연이 있어 목격 사실을 말씀하시지 못한 것이라고 만 믿었습니다. 서문추월 그분은 할아버지가 직접 키우신 제자이자 아들 같은 분이었으니까요. 효령이, 미령이와 저도 그분을 삼촌이라 부르며 어릴 때부터 자랐습니다. 그런 그분이 거짓을 말씀하시리라는 것은 상상도 할 수 없었습니다. 그러나… 서문 삼촌은 거짓 증언을 하셨습니다. 그때 서문 삼촌의 증언에 충격을 받아 토혈을 하시며 기절하신 할아버지는 결국 돌아가셨습니다. 서문 삼촌도 위중한 죄책감을 이기지 못하고 유서를 전하고는 스스로 목숨을 끊으셨습니다. 여러분들이 보시는 서문 삼촌의 유서가 바로 그 모든 사실을 단적으로 증명합니다. 서문 삼촌이 위도천에게 어떻게 협박을 받았는지 상세하게 적혀 있지요. 서문 삼촌이 위증을 하던 바로 그 시각에 추월각의 어린이 백여 명은 위도천의 수하들로부터 목숨의 위협을 받는 위험 하에 노출되어 있었던 것입니다!"

의령은 북받쳐 오르는 감정을 억누르지 못하고 주르륵 눈물을 흘렸다.

"여러분! 우리가 믿고 따르는 법이란 무엇입니까? 우리의 억울함을 풀어주고 우리를 보호하기 위한 것 아니던가요? 그러나 개봉지부는 우리의 믿음을 송두리째 배신하고 자신의 사사로운 정을 보호하기 위해 제 두 여동생의 죽음을 은폐하였습니다. 거기다 서문 삼촌을 비열하게 협박하여 결국엔 할아버지와 삼촌의 죽음마저도 가져왔습니다. 힘없는 백성의 한 사람으로 억울하기 한량없습니다. 법이 지켜지지 않는다면 우리는 무엇을 믿고 살아야 한다는 말입니까? 이것이 우리가 믿고 따랐던 개봉지부가 우리에게 베푼 보답이란 말입니까? 여러분! 저는 억울합니다! 그 재판은 부정한 재판이었고 부당하기 짝이 없는 더러운 협잡의 산물임을 고발합니다! 이제 우리는 무엇을 믿고, 누구를 믿고 살아야 한단 말입니까!"

의령의 피맺힌 절규와도 같은 억눌린 고함이 터져 나오자 아낙네들은 눈시울을 적셨고 부민들은 분노에 차 소리쳤다.

"그놈들을 쳐 죽입시다!"

"있을 수 없는 일이오!"

"죽이자!"

의령의 애틋한 연설과 서문추월의 유서로 인해 개봉부민들은 다소 의아하게 생각했던 재판의 진실을 알게 되었던 것이다. 더러운 권력의 짓거리에 크게 분노한 부민들은 저마다 흥분하여 한마디씩 외치기 시작했다.

한광후는 의령의 말을 들으며 미간을 가볍게 찌푸렸다. 결국 의령은 서문추월의 추행을 가슴에 묻기로 한 것이다. 의령의 결정을 존중해 따르기는 했지만 한광후의 가슴은 무거웠다. 이로 인해 연좌의 정당성 한 켠에 작은 균열이 생긴 것이나 다름없었다. 이 결정은 결국 의령의 일생에 멍에로 남을 것이다. 그것을 감수한다는 것은 말처럼 쉬운 일이 아니었다. 서문추월이 어린 여아들과 성관계를 가졌다는 것은 학사들도 모르는 일이었다. 한광후는 그 점이 마음에 걸렸다. 그러나 이제는 돌이킬 수 없는 일.

의령을 단상에서 내려보내고 한광후는 좌중을 향해 차분하지만 단호한 목소리로 외쳤다.

"여러분! 진정하십시오! 우리가 원하는 것은 법에 의한 단죄입니다! 그것이 고인이 되신 심명조 노학사님의 뜻을 따르는 것입니다!"

흥분한 군중의 소요가 조금씩 가라앉아 가자 한광후는 차분하게 말을 이었다.

"여러분들이 모두 아셨다시피 그 재판은 철저히 조작된 무력과 권력의 더러운 야합입니다. 효령이, 미령이의 억울한 죽음은 보상받지 못하였습니다. 더불어 두 분의 귀한 생명을 잃었습니다. 이제 우리는 개봉지부의 관저를 향해 움직일 것입니다. 저희의 뜻에 동의하시는 분들은 저희와 함께 움직여 주십시오. 저희는 폭력을 원하지 않습니다. 그 재판의 부당함을 밝히고 정당한 법의 심판이 그들에게 내려지길 원할 뿐입니다. 그것이 바로 고인들의 뜻을 참으로 귀하게 잇는 방법이라고 저희는 믿습니다. 자, 모두 함께 개봉지부의 관저로 가서 우리의 뜻을 전합시다! 보통 사람들의 목소리로 법의 위대함을 그들에게 보여줍시다!"

차분하게 시작해 열정적으로 끌어올려진 한광후의 외침에 따라 개봉부민들의 의분(義憤)이 마침내 폭발했다.

운구 행렬이 방향을 틀어 개봉지부의 관저로 향하기 시작하자 반루가에 모인 흥분한 군중들의 대부분이 운구 행렬을 따라 개봉지부의 관저로 몰려갔다. 이 자리에서 들은 충격적인 진실은 그동안 억눌려 있던 그들의 양심과 분노에 불을 질렀던 것이다.

학사들과 부민들이 뭉친 거대한 인파가 서서히 개봉지부의 관저로 향하고 있었다.

순라를 나왔던 포교들이 서둘러 개봉지부의 관저로 뛰어갔다. 급보였다.

2

개봉지부 이무력은 관저 밖이 시끄럽게 느껴져 문득 눈살을 찌푸렸다. 이 시간은 아무에게도 방해받지 않고 조용히 사색에 잠기는 이무력만의 시간인지라 특별히 주위를 물리고 홀로 내실에 있었던 것이다.

이무력의 눈에 서둘러 시녀들을 밀치며 방으로 들어서는 주소추가 보였다. 항상 침착한 그로서는 낯선 모습이었다.

"큰일 났습니다, 지부대인!"

평소와 다르게 침착함을 잃고 있는 주소추가 서둘러 이무력 앞에 한 장의 종이를 펼쳐 보였다. 이무력은 종이를 받아 들며 의아한 듯 주소추를 쳐다보았다.

"주 형, 이 무슨 주 형답지 않은……."

"일단 거기 적힌 것을 읽어보고 말씀하시지요."

천추서림에서 뿌린 격문을 읽은 이무력은 와락 종이를 구겨 버리며 주소추를 향해 분노를 터뜨렸다.

"이게 어찌 된 일이오?"

"서문추월이 죽던 날 어떤 방법을 썼는지 유서에 모든 사정을 적어 천추서림 측에 알린 모양입니다. 추월각을 감시하던 수하들에게서 그날 추월각을 빠져나간 인원은 아무도 없다는 보고를 받았는데 무슨 다른 수단이 있었는가 봅니다. 전서구 하나 없었음을 확인했는데……."

"그럼 저 시끄러운 소리는……?"

"천추서림 측에서 죽은 네 명에 대한 노제를 한다는 신고에 그만 행정관에서 허가를 내주고 만 모양입니다. 지금 수천 명이 몰려들어서 연좌(蓮座)를 하고 있습니다.”

이무력은 서둘러 몸을 일으키며 주소추에게 소리쳤다.

“일단 상황을 상세히 알아보고 대책을 논의합시다! 혹시 저들이 무력을 쓰지는 않았소?”

주소추의 미간이 찌푸려졌다.

“만일 무력을 사용했다면 민란(民亂)으로 몰고 가 단숨에 진압할 수 있었을 텐데 저들은 철저히 개봉의 이곳저곳을 평화적으로 행진해 왔고 지금은 관저를 둘러싼 채 사방에 격문을 붙이고 연좌 중입니다.”

이무력은 내실을 서성였다. 이렇게 되면 자신의 구상이 모두 틀어질지도 모르는 일이었다. 재판을 통해 모든 것을 종결 짓고 자신의 영명함을 널리 알렸다고 생각했는데 완전히 뒤통수를 맞은 격이었다.

“주… 주 형, 빨리 대책을 생각해야 하오! 일이 더 확대되기 전에 여론을 잠재워야만 하오!”

“일단 저들의 하는 양을 주시한 후 대책을 세워야 할 듯합니다. 저들 속으로 들어가 저들의 요구를 알아보지요.”

“서두르시오!”

주소추가 바삐 서둘러 나가는 뒷모습을 보며 이무력은 머리를 감싸안고 자리에 주저앉았다. 중앙으로 진출하기 위한 모든 준비가 끝난 지금 부민들의 반란은 그에게 치명타를 줄 수 있는 사건이었다.

움켜쥔 그의 두 주먹이 탁자를 내려쳤다.

쾅!

연단을 울리는 한광후의 주먹이 부르르 떨렸다.

개봉부 관저를 둘러싸고 만장(輓章)과 상여가 모인 가운데에 한광후의 연단이 마련되어 있었다. 개봉부 관저를 빼곡하게 둘러싼 인파가 한광후의 한소리에 모두 힘차게 주먹을 들어 하늘을 찔렀다.

"미령이, 효령이를 살려내라!"

"미령이, 효령이를 살려내라!"

한광후의 선창에 맞추어 온 개봉부를 쩌렁쩌렁 울리는 목놓은 소리가 수천의 입에서 하나가 되어 터져 나왔다.

"살인자를 처벌하라!"

"살인자를 처벌하라!"

"조작된 재판은 무효다!"

"조작된 재판은 무효다!"

한광후의 선창에 모두들 따라 외치고 있었다.

이 사건은 이미 죄없는 어린 두 소녀가 희생당했다는 단순한 분노를 넘어 더러운 권력에 대한 응징으로 자리 잡아가고 있었다.

그 한가운데에 천추서림의 학사들을 비롯한 유림의 중진들이 버티고 있어 그 정당성에 더욱 무게감을 실어주었다. 자고로 칼의 힘으로도, 돈의 힘으로도 꺾을 수 없는 것이 유사의 정신이라고 하지 않았던가.

개봉부 관저에 모인 사람들의 마음에는 까마득히 잊고 있던 의혼(義魂)의 불길이 타오르고 있었다.

연좌한 군중들의 뒤편에 조용히 팔짱을 끼고 지켜보는 두 명의 거지가 있었다. 행색은 남루하기 그지없으나 형형한 안광과 곧게 펴진 등허리로 보아 예사 거지가 아니었다. 뒤에 시립하듯 서 있던 젊은 거지가 입을 열었다.

"결국 그 재판은 개봉부에서 조작한 것이었군요."

목소리에 은은히 분기가 깔려 있는 것이 당장이라도 연좌 대열에 합류하고 싶어하는 듯했다.

"이거 보통 문제가 아니구나."

허리춤에서 호리병을 끌러 술 한 모금을 목에 틀어 부으며 말을 하는 노개(老丐)에게 젊은 거지가 말을 걸었다.

"우리도 저기 합류해야 하는 것 아닙니까? 협의(俠義)를 제일로 치는 우리가 이렇게 뒷전에서 구경만 한다는 것은……."

"경거망동하지 마라! 쉽게 결정할 문제가 아니야!"

호리병을 들어 젊은 거지의 머리를 가볍게 쳐 꾸짖고는 노개는 혼잣말을 하듯 중얼거리기 시작했다.

"마침내 불씨가 던져진 것인가……? 맹(盟)에 보고해야겠구나."

단상에는 의령이 올라서 있었다.

수천의 사람들이 의령을 주시하고 있었다.

관저에 모인 이후 인파는 점점 불어나 이제 개봉부 관저 앞은 발 디딜 틈도 없이 인산인해를 이루고 있었다.

의령은 고개를 들어 하늘을 잠시 바라보았다. 하늘도 슬퍼하는 것일까? 잔뜩 찌푸린 여름의 하늘은 곧 비라도 한줄기 뿌릴 듯 회색 빛으로 일그러져 있었다. 검은 구름 사이로 간간이 번개가 치며 천둥 소리가 울리기 시작했다.

"하늘도 효령이, 미령이의 죽음을 슬퍼하는 것일까요? 하늘도 할아버지와 서문 삼촌의 억울한 죽음에 분노하는 것일까요? 그동안 맑던 하늘이 오늘은 잔뜩 찌푸려 있군요."

　의령은 두 손을 들어 하늘을 향해 활짝 벌리고 저도 모르게 내공을 돌우어 큰 소리로 외쳤다. 개봉부 관저 앞이 쩌렁쩌렁 울리었다.

　"하늘이시여! 저 간악한 개봉부의 협잡의 무리에게 하늘의 뜻을 보여주소서! 나약한 인간의 몸으로 하늘의 뜻을 받들어 참되게 살고자 하였으나 저희에게 돌아온 것은 더러운 권력의 음모였나이다! 이제 저희가 그 더러운 권력의 무리들을 징치하고자 하오니 원컨대 저 개봉부의 무리들에게 천둥 벼락이라도 내려주소서!"

　의령의 외침이 채 끝나기도 전 개봉부 관저의 하늘 위에서 급작스런 천둥이 울려 퍼졌다.

　우르르릉! 콰아앙!

　의령의 연설이 계속되며 하늘에서는 벼락이 번쩍이고 천둥 소리가 천지를 뒤흔들기 시작했다.

　"저 간악한 무리들에게 철퇴를 안겨주소서! 효령이, 미령이를 살려내라!"

　운집한 군중들은 귀신에 홀린 듯 저도 모르게 두 손을 번쩍 치켜들어 있는 힘을 다해 목청껏 소리치기 시작했다.

　천둥 벼락이 내리 꽂히는 개봉부의 관저는 악의 온상이자 저주의 산물처럼 보였다.

　"효령이, 미령이를 살려내라!"

　천둥 소리와 어우러진 수천의 함성이 개봉부 관저를 뒤흔들었다.

　차디찬 빗방울이 흩뿌리는 가운데 개봉부 관저 앞에서 연좌를 끝낸 운구 행렬이 장지(葬地)에 도착했다.

　수천여 명의 개봉부민들과 속속 모여드는 학사들로 운구를 뒤따르는 사람들의 수는 점점 불어가고 있었다.

곧 하관(下棺)이 시작되었다.

미리 준비된 광중(壙中)에 심명조와 서문추월, 심미령과 심효령의 관이 안장되고 빗방울에 적셔진 흙덩이가 뿌려지기 시작했다.

누군가의 입에서 달구 소리가 터져 나왔다. 장엄하고도 힘이 있는 앞소리를 따라 느릿한 뒷소리가 불 끓는 분노를 품고 비 내리는 대지를 울리기 시작했다.

하늘— 에서 바라— 보소.
원한— 일랑 풀고— 가요.
남은— 우리 믿으— 시오.
그대— 들 못 잊으— 시오.

그대— 들은 간데— 없고,
만장— 홀로 나부— 끼오.
그대— 들 한 풀릴— 그날,
기다— 리며 변치— 마오.

풍운— 세월 흘러— 가도,
우리— 산천 기억— 하오.
우리— 모두 깨어— 나서,
주먹— 들고 외치— 려오.

앞장— 서서 먼저— 가니,

그대— 들을 따르— 려오.
산자— 들이 따르— 려니,
걱정— 말고 지켜— 보오.

달구 소리를 들으며 모두의 마음은 격정에 차 오르기 시작했다. 이제 시작인 것이다. 거짓과 비굴함을 떨쳐 버리고 저 더러운 권력의 야합을 우리가 벌할 것이다.

한 삽씩 떠내어진 흙덩이에 덮인 관이 네 개의 봉분을 이룰 때까지 달구 소리는 계속해서 울려 퍼졌다.

마침내 봉분이 완성되고 비문(碑文)이 세워지자 의령은 참았던 눈물을 왈칵 터뜨리고 말았다.

모두가 지켜보는 앞에서 당당함을 잃지 않았던 의령이었지만 막상 완성된 네 무덤을 보니 천지에 홀로 된 외로움이 온몸을 엄습해 왔던 것이다.

진영이 어디선가 전음을 보내주었다.

—울지 말게. 지금은 아직 슬퍼할 때가 아니네. 우리의 목표를 이루고 나서 크게 한번 울게나. 장부의 눈물은 그래야 하네.

의령의 귓가에 은신한 진영의 의형제들의 전음이 쏟아져 들어왔다.

—슬퍼 마라. 우리가 그들의 한을 풀어줄 거잖아!

—많은 이들이 함께 외쳐 주었으니 가는 길이 외롭지 않을 거예요. 울지 마세요.

—무사는 검으로 우는 거야. 그만 울어.

그들의 위로에 크게 마음이 안정된 의령은 서둘러 주먹을 들어 자신의 눈물을 슥슥 닦아내었다.

그렇다. 아직 이 네 죽음에 대한 단죄를 이루지 못한 것이다.

아직은, 아직은 마냥 슬퍼만 할 때가 아니었다.

가야 할 길은 멀고 멀었다.

그리고 그 길은 이제 시작이었다.

한광후는 장내에 운집한 인영들을 향해 목소리를 돋우었다.

"이로써 오늘의 노제를 마치도록 하겠습니다. 그러나 우리의 요구는 아직 끝나지 않았습니다. 개봉지부는 오늘 끝내 코빼기 하나 비치지 않고 이들에 대한 조의(弔意)도 표하지 않았습니다. 내일부터 계속 우리는 모일 것입니다. 우리의 요구에 저들이 사죄하고 굴복할 때까지 우리의 요구는 계속될 것입니다. 내일부터 개봉부 관저 앞에서 술시(戌時)에 만나기로 하겠습니다. 오늘 오신 여러분들께 진심으로 감사드립니다. 저승에 간 네 사람의 넋이 우리를 믿고 훌훌 날아올랐을 것입니다. 그럼 모두들 내일 관저 앞에서 다시 뵙도록 하겠습니다."

장지에 모인 수천여 명은 다시 한 번 조의를 표하고는 발걸음을 돌렸다. 그러나 그들의 가슴에는 이제 막 던져진 불꽃이 활활 타오르고 있었다.

진정한 싸움은 내일부터 시작이었다.

3

휘몰아치는 광풍과 폭우 속에 개봉부의 관저는 쥐 죽은 듯 조용했다. 사건의 전말을 전해 들은 일부 관속들까지 연좌 대열에 가담하는 바람에 개봉지부의 관저는 태풍이라도 휩쓸고 간 것마냥 뒤숭숭했다.

아침까지만 해도 영명한 지부로 존경받던 이무력의 이름은 땅에 떨어졌고 더러운 권력의 모리배라 부민들이 침을 뱉고 있는 형편이었다.

이무력은 내실에 홀로 앉아 머리를 두 손으로 감싼 채 눈을 감고 있었다.

어디에서부터 잘못된 것일까?

최선을 다해 여기까지 달려왔는데 여기서 무너져야 한단 말인가?

이때 주소추가 옷자락을 휘날리며 내실로 들어왔다.

"지부대인, 걱정이 많으시군요."

다소 여유를 되찾은 듯한 주소추의 음성에 이무력은 번쩍 눈을 떴다. 최악의 상황에 몰렸을 때도 주소추는 언제나 적절한 해결책을 제시했었다. 주소추를 믿는 마음은 그래서 더욱 컸다.

"그래, 알아보셨소, 주 형?"

주소추는 예의 자신의 수염을 꼬아 만지며 다리를 꼬고 앉았다. 무언가 계획이 선 모양이었다.

"이번엔 정말로 뒤통수를 맞았군요. 역시 천추서림과 유림의 잠재력은 상상 이상이었습니다."

멀거니 주소추를 바라보는 이무력의 눈동자엔 생기가 없어 보였다. 아직 정신을 차리지 못한 것이 틀림없었다. 주소추는 내심 혀를 차며 이무력에게 차를 권하였다.

자신의 미래를 걸었던 인물인데 겨우 이 정도밖에 안 되는 인물이었단 말인가? 고래로 위기를 맞았을 때 그의 인물됨을 알 수 있다고 했다. 이제까지 보아온 당당한 이무력의 모습과는 다른 면모에 주소추는 실망을 금치 못했다. 자신이 이무력의 그릇을 잘못 판단한 것일까?

주소추는 상황을 보고하기 시작했다.

"…그래서 저들은 내일부터 계속 관저 앞으로 몰려와 연좌를 계속할 작정인 듯합니다. 오늘의 파장을 볼 때 인원이 계속 불어난다면 만만치 않은 압력이 될 듯합니다."

이무력은 지그시 입술을 깨물었다. 이게 다 천패궁으로 돌아간 이가려와 그놈들 탓이었다. 그놈들만 아니었다면…….

"그럼 내일부터 성문을 닫고 그들의 출입을 막는 것이 어떻겠소?"

이무력의 말을 들은 주소추는 속으로 혀를 끌끌 찼다. 그토록 영민하던 이무력의 두뇌가 완전히 마비된 것이 분명했다.

"그것은 하 중 하책입니다. 가장 나쁜 방법이지요. 그렇게 된다면 저들의 정당성을 우리 스스로 인정하는 것밖엔 되지 않습니다."

"그럼 천패궁에 연락해서 도움을 취해볼까? 싹 쓸어버리면 되지 않겠소?"

위기에 닥친 쥐는 물불을 가리지 않는다고 했던가? 지금 이무력의 모양이 그래 보였다.

"그것도 하책입니다. 만일 그 방법을 쓴다면 지부대인은 영원히 천패궁의 노예가 되어버릴 것입니다. 너무나 큰 약점을 잡히는 것이니까요."

"그럼 어쩌란 말이오? 군사를 파견해 천패궁에 있는 내 동생과 마우간, 패일로를 압송이라도 하라는 말씀이오?"

이무력은 확실히 냉정한 판단을 하지 못하고 있었다. 주소추는 드러내어 한숨을 쉬고는 날카롭게 이무력에게 쏘아붙였다.

"지부대인, 위기일수록 침착해야 합니다. 아마 이번 일은 지부대인 정치 인생의 최고 난관이 될 것입니다. 침착해야만 돌파할 수 있습니다. 부디 냉정을 찾으십시오!"

이무력의 눈썹이 꿈틀했다. 그러나 주소추의 말이 옳았다. 이무력은 잠시 눈을 감고 심호흡을 했다.

지금이야말로 침착해야 할 때였다.

이씨 세가의 장자(長子)로 관계에 입문한 이후 승승장구하며 개봉지부의 지위에 오른 이무력에게 이번 일은 재난과도 같았다. 개봉은 경사의 턱밑, 황도(皇都)인 경사를 떠받치는 요지 중의 요지였다. 이곳의 지부를 지낸다는 것은 중앙으로 치고 올라갈 수 있는 가장 빠른 첩경(捷徑)이었다.

임기 동안 황법의 엄중한 수호자로 남고자 애썼던 것은 이후를 내다본 초석이었으나 지금 그것이 흔들릴 위기에 처해 있었다. 이 위기를 극복하지 못한다면 세가의 후계자로서의 지위도 흔들릴 것이 자명했다.

냉정해야 한다. 생사가 걸린 문제이다.

"그럼 저들이 개봉부 관저 앞에서 계속 저 생난리를 피우는 것을 방치해야 한다는 말이오?"

다소 냉정해진 듯한 이무력의 눈을 보면서 주소추가 속삭이듯 말했다.

"저들의 최대의 무기는 그 도덕적 순결함입니다. 그것을 부스러뜨려야 합니다. 천패궁에 도움을 청하는 것은 정말 마지막 수단으로 생각해야 합니다. 지부대인이 더 이상 어떻게 할 수 없는 경우가 아니라면 절대 그들의 무력을 동원해선 안 됩니다. 그렇게 되면 지부대인이 그간에 쌓아 올린 위상은 한순간에 무너지게 될 것입니다. 이제 이 사건은 전 중원의 눈길을 한 몸에 받게 될 테니까요."

"어떤 복안이라도 계신 거요?"

이무력이 다소 냉정을 되찾아 묻자 주소추가 꼰 다리를 풀며 바싹 머리를 기울였다.

"물론입니다."

주소추는 하얗게 웃으며 이무력에게 소곤대기 시작했다.

개봉부의 밤이 점점 깊어가고 있었다.

*　　　　　*　　　　　*

내리는 빗속에서 묵묵히 학사들의 회의가 진행 중인 북명원의 주위를 지키던 조온이 진영에게 전음을 날렸다.

―형님!

―음?

―아까 관저 위로 천둥 벼락이 친 것을 어찌 보십니까? 우연일까요?

―그렇겠지.

―모골이 송연해지는 기분이었습니다.

―아마 그 자리에 있던 모두가 그랬을 것이네.

의령에게 호풍환우하는 능력이 있다고는 믿어지지 않았다. 우연이었을 것이다. 그러나 정녕 그것이 하늘의 뜻이길 바라는 마음이 간절했다. 하늘의 도움이라도 없다면 이 싸움은 너무나 승리의 가능성이 희박했다.

―형님.

지붕의 한 켠에 은신해 묵묵히 토의를 하는 학사들을 지켜보던 유성혼의 전음이 진영에게 들려왔다.

—왜?

—조용히 말씀드릴 것이 있습니다.

—무언가?

—심 공자에 대한 일입니다.

—자리를 옮겨 얘기해야 하나?

—예.

유성혼의 말이 들리자 진영은 북명원을 둘러싸고 있는 의제(義弟)들에게 전음을 날렸다.

—잠시 성혼과 주위를 둘러보고 올 테니 계속 수고들 해라.

짤막한 투덜거림이 비를 뚫고 전해졌다.

—아니, 둘이서 연애라도 하는 거요?

—알았어요, 오라버니.

—예!

—곧 끝날 모양이니 빨리 오슈. 외곽으로 이동해 있겠수다.

진영과 유성혼의 몸이 북명원의 정원을 지나 소리없이 이동하여 천추서림의 담을 넘어 사라져 갔다.

빗속을 유영하듯 두 개의 신형이 유유히 천추서림 뒤편의 야산으로 향했다.

진영과 유성혼은 널찍한 떡갈나무 등걸에 자리를 잡고 이야기를 나누기 시작했다. 가지에 걸려 불안하게만 보이는 그들의 신형은 아무 불편함도 없는지 태연하게 대화가 오갔다.

"심 공자에게 무슨 이상한 점이라도 있나?"

진영의 물음에 유성혼은 잠시 망설이다가 말을 이었다.

"소제가 보기엔… 그는 매우 불안합니다."

"몇 안 되던 가족을 한꺼번에 잃었어. 그 나이에 불안한 건 자연스러운 거 아닌가?"

별것 아니라는 듯 진영이 말하자 유성혼의 얼굴은 점점 심각해졌다. 유성혼은 비무 수련 때 겪었던 의령의 살기에 대해 말하기 시작했다.

"…그날 제가 느낀 바로는 심 공자는 자기 몸의 변화를 모르고 있었습니다. 내력을 일으켜 발이 한 치쯤 땅을 파고들그 살기가 온몸에 요동 치고 있었는데도요."

진영은 다소 심각해져 물었다.

"네가 움찔거릴 정도의 살기였단 말이지?"

유성혼이 고개를 끄덕였다.

"예, 아주 끈끈하면서 강렬한 살기였지요."

유성혼은 말을 이었다.

"심 공자는 아직 완전한 마음의 평정을 얻지 못했습니다. 그 나이에는 당연한 일이겠지요. 문제는 그가 그런 감정을 완전히 통제하도록 전문적인 훈련을 받은 철저한 유생이라는 데 있습니다."

"으음……."

"그 분노를 폭발시키고 그것을 자신의 무공에 접목시켜 적을 상대한다면 아무 문제가 없을 터인데 심 공자는 본능적으로 그것을 억제하려 하고 있습니다. 그런데 그 분노는 점점 커져 가고 있지요. 강변에서 첫 살인을 하고 난 이후에 그는 죄책감과 자기 혐오로 극심한 혼란에 빠졌었습니다. 한바탕 울음을 터뜨린 후 다시 평정을 찾고 한광후란 분이 힘을 주긴 했지만 제가 보기엔 미봉(彌縫)일 뿐입니다. 오늘 개봉부 관저 앞에서도 자신도 모르는 새 내공을 돋우어 외치는 걸 보지 않으셨습니까?"

진영은 유성혼을 보며 심각하게 물었다.

"그가 사도(邪道)에 빠질지도 모른다는 거냐?"

유성혼의 고개가 다시금 끄덕여졌다.

"예. 심 공자의 무공은 대단히 복잡한 내력의 운용을 기본으로 하고 있더군요. 절대 평정의 상태에서만 제 위력을 발휘하는 무공입니다. 만약 다시 한 번 정신에 타격을 받는 일이 생기고 그때가 무공이라도 사용하던 중이라면 그는 완전히 몸을 망치거나 아니면 마기(魔氣)에 사로잡힐지도 모릅니다. 강호의 마인 중에는 원래 선한 인물이었던 사람들도 꽤 되지 않습니까?"

진영은 침중히 생각을 거듭했다. 자신이 의령을 처음 보았던 상황이 생각났다. 그때도 평정을 잃은 의령은 주화입마에 빠질 뻔했다.

'그의 무공은 마음의 평정을 잃은 상태에선 몸을 해치고 마는 것일까? 언제나 평정을 유지한다……. 깨달은 자라도 그것은 불가능하다.'

"어찌하면 좋을까요?"

유성혼은 애가 타는지 입술을 핥으며 진영을 바라보았다. 며칠간 의령과 함께 지내며 동생과 같은 정을 느낀 유성혼은 의령의 상태가 심히 걱정되었다.

"지금으로선 방법이 없다."

진영의 한탄이 터지자 유성혼은 안타깝게 외쳤다.

"형님의 능력으로도 어떻게 안 된단 말입니까?"

진영도 안타까운지 혀를 차며 대꾸했다.

"그런 것은 어디까지나 성격상의 문제이다. 그릇의 문제이기도 하지. 심 공자의 그릇은 큰 편이다. 하지만 지금 그 그릇에는 심하게 금이 가 있어. 너도 봐왔겠지만 유가의 정통 교육을 받은 심 공자는 나이에 비해 감정을 통제하는 바가 너무 심하다 할 수 있다. 그는 여태까지 감탄할 만큼 침착히 대처해 왔지만 결국 그 충격은 그의 내면에 차곡차곡 쌓여왔던 것이지 배출된 것이 아니었던 것이 틀림없다. 그렇다고 스무 해 가까이 수련해 온 그의 공부로 인한 성격을 하루아침에 바꿀 수도 없는 법이야. 지금 심 공자는 심중의 분노를 꼭꼭 제어해 두고 할 아버지의 유지를 좇아 법의 심판을 외치고 있지만 깊은 마음속에서는 당장이라도 그들의 목을 쳐 버리고 싶어하고 있다. 그것을 억지로 제어하고 있는 게야. 그러나 지금으로선 지켜볼 뿐 우리에게는 뚜렷한 해결책이 없구나.”

진영이 유성혼의 어깨를 툭툭 두드렸다.

“어쨌든 네가 심 공자를 생각하는 마음이 정말 깊구나. 우리가 앞으로 잘 살펴보도록 하자. 그럴 기미가 보일 때 혼혈(昏穴)이라도 제압해 잠들게 한다면 아마 주화입마는 막을 수 있을 게야. 이번 일을 무사히 해결하고 그의 한을 푸는 것만이 그런 비극을 막을 수 있을 게다. 그의 무공 내력을 정확히 모르는 한 우리가 할 수 있는 일은 거기까지다.”

유성혼과 진영은 다시 한숨을 내쉬었다.

이번 일을 목적한 바대로 무사히 해결하기란 거의 불가능에 가까운 일이었기 때문이다.

*　　　　*　　　　*

주소추는 자신의 방을 오가며 다시 한 번 모든 일을 꼼꼼히 점검하기 시작했다.

이렇게 천천히 방 안을 거닐며 생각을 정리하고 새로운 계획을 세우는 것이 주소추의 버릇이었다.

은은히 밝혀져 있는 황촉(黃燭)의 희미한 불빛이 주소추의 움직임에 따라 흔들리고 있었다.

주소추는 걸음을 멈추고 비가 내리고 있는 창밖을 응시했다.

주소추의 입가에 슬며시 미소가 머물렀다.

'일단은 의도대로 되었군.'

애초에 천추서림에서 노제 행렬이 출발했다는 보고는 이미 접수한 상태였다. 그럼에도 노제 행렬이 관저를 포위할 때까지 주소추는 수수 방관했던 것이다.

주소추는 자신의 실수를 곧이곧대로 상관에게 보고할 만큼 어리석은 자가 아니었다.

그가 양성한 정보대는 이무력이 아닌 그의 사조직이나 마찬가지였다. 모든 재량을 이무력에게 건네받고 개봉부 전체를 아우를 수 있는 치밀한 정보망을 구축했던 것.

그런데도 천추서림의 계책에 완전히 놀아났고 모든 정보망이 무용지물이 된 것이다. 천추서림의 내부로는 잠입조차 불가능했다. 고스란히 모든 책임이 자신에게 떨어질 것이 자명한 상황이었다.

그래서 주소추는 천추서림의 동향을 개봉지부에게 보고조차 하지 않았다. 노제의 준비 상황을 어렴풋이 눈치 채기는 했으나 노제를 강제로 막기에는 이미 때가 늦어 있었다. 무력으로 그들을 흩어보았자 그들에게 명분만 더 실어줄 뿐이었기에.

이렇게 상황이 꼬인 것은 어디까지나 주소추의 실수가 분명했다. 저들의 속임수를 너무 의식해 과감한 결단을 내리지 못한 탓이었다. 자신을 개봉에서 끌어낸 후 천추서림에서는 어떠한 일도 하지 않았음이 분명했다. 몇 번이고 검토한 끝에 내린 결론이었다.

주소추는 지부를 만나기 전까지 노제 후의 대책을 짜내는 것에만 심력을 집중했다.

일이 닥친 후에 허겁지겁 준비하는 모습을 보여서는 모사라 할 수 없다. 어디까지나 한 수 앞을 준비하고 있는 치밀한 모습을 보여야 한다.

맨주먹으로 여기까지 올라서기까지는 언제나 한 수 앞을 내다보는 치밀함이 밑바탕에 있었다.

자신의 가치를 빛내는 방법을 주소추는 너무나 잘 알고 있었던 것이다.

또한 노제를 방치한 것에는 덤으로 깔려 있는 계산도 있었다.

이무력의 그릇을 재고 싶다는 마음이 들었던 것이다.

치밀한 계산 끝에 이무력을 선택했으나 우연히 벌어진 천패궁의 마차 살인으로 인해 이무력의 입지는 크게 좁아질 것이 자명했다.

위기를 맞아 돌파할 때야말로 그 인물의 그릇을 잴 수 있는 가장 좋은 기회. 과연 이무력이 자신의 목적에 걸맞는 인물인지 시험해 보고 싶었다.

현재로선 자신의 예상보다 훨씬 배포가 작은 인간임이 틀림없었다.

부민들의 합세를 듣자마자 머리를 감싸고 주저앉는 꼴이라니…….

주소추는 자신이 사람을 잘못 고른 것이 아닌가 하는 회의가 들었다.

평소의 이무력을 생각한다면 곧바로 자신의 실수를 날카롭게 지적했어야 함에도 이무력은 전혀 그러지 못했던 것이다.

이대로 이무력을 섬길 것인가?

'조금 더 지켜보는 것도 좋겠지. 그동안 투자한 시간이 너무 아까워.

내가 사람을 잘못 보았다는 것도 인정하기 싫고.'

마음을 결정한 주소추는 조용히 발걸음을 옮기며 자신의 계획을 검토하기 시작했다.

꼼꼼하게 있을 수 있는 모든 상황을 검토해 보는 것이다.

이럴 때 많은 머리가 뭉쳐 생각한다면 더 다각도로 검토할 수 있겠지만 주소추는 자신 이외의 모사를 두지 않았다.

머리는 자신 하나로도 충분했다.

얼마 전 없애 버린 일호가 생각났다.

조조와 양수의 고사조차 듣지 못한 녀석이었나?

머리를 쓰는 자는 자신의 머리 속을 들여다보는 수하를 결코 좋아하지 않는다. 조조 또한 자신도 의식하지 못한 자신의 속내를 짐작한 양수를 죽이지 않았던가?

'하나만 알고 둘은 모르는 멍청한 녀석. 쯧쯧……'

일호를 생각하며 혀를 차던 주소추는 차갑게 얼굴을 굳혔다.

문득 자신을 속인 자에 대해 생각이 미쳤던 것이다.

자신을 멋지게 갖고 논 천추서림에 다시 한 번 승부욕이 솟구쳤다. 미처 손을 쓸 수 없을 정도로 수세로 몰아붙인 치밀한 작전이었다.

강변에서 발견된 수하들의 시신은 칼과 권장으로 살해되었음이 틀림없었으니 귀두도를 걸친 유성혼이라는 자와 의령일 것이다. 아니면 진영이라는 자일지도 모른다.

주소추는 자신을 우롱한 자가 누구인지 궁금했다.

그는 의령이 아니면 진영이라는 자가 분명했다. 개봉부에 남아 있던 자가 자신을 우롱한 그자가 틀림없었다.

'아니면 둘 다일지도 모르지. 이번엔 내 차례야!'

　이번 계획이 성공하면 자신의 뒤통수를 후려친 천추서림에 멋진 복수를 할 수 있을 것이다.

　이것은 마작과 같은 유희다.

　상대방의 수를 읽고 그에 대비해 한발 앞서 목을 베어버리는.

　머리 싸움만큼 즐거운 유희가 어디 있을까?

　거기에 피가 동반된다면 최고의 유희가 되리라.

　주소추는 냉정히 웃으며 슬쩍 콧수염을 매만졌다.

　'맘껏 떠들어봐라. 조금만 참아주지. 조금만……'

　주소추는 손가락을 튕겨 촛불을 끄고는 방을 나섰다.

　빗소리가 조용히 들리는 가운데 주인 없는 방에는 무거운 정적만이 감돌았다.

8장 위령촉루(慰靈燭淚)

　개봉부의 관저 앞에는 구름처럼 모여든 사람들이 연좌를 한 채 단상을 주목하고 있었다.

　노제가 끝나고 달포가 흐른 지금 매일 술시(戌時)에 이 자리에 참여하는 것은 이제 많은 개봉부민들의 일상이 되어가는 중이었다. 군데군데 밝혀진 활활 타오르는 횃불이 연좌를 하고 있는 학사들과 부민들의 얼굴에 일렁였다.

　개봉부에선 굳게 관저의 문을 걸어 잠그고 일체의 대응을 삼가하고 있었다.

　개봉부 측의 너무나 조용한 침묵이 이상스러웠지만 점차 고조되어가는 열기 속에서 대부분의 참여자들은 그 점을 잊어가고 있었다. 평상시와 같은 관원들의 위엄 어린 통제도 없었고 개봉부 관저는 시위가 끝날 때까지 쥐 죽은 듯 조용히 있는 것이 보통이었기 때문이다.

연좌 대열의 군데군데 반디가 모여 있는 것처럼 작은 불빛이 반짝이고 있었다. 흐르는 촉루(燭淚)를 이용해 불 켜진 초를 찻잔에 고정시켜 두 손으로 가붓하니 받쳐 들고 있는 중이었다.

이제 전 중원에서 모여드는 학사들과 점차 불어나는 참여 부민들로 개봉부의 관저 앞에 모이는 인파는 거의 만여 명에 육박하고 있었다. 곳곳에 타오르는 횃불과 촛불이 어우러져 개봉부 관저 앞은 대낮처럼 밝았다.

개봉부의 연좌에 촛불이 등장한 것은 추월각의 고아들 덕분이었다. 어른들이 관저 앞에 모여 횃불을 밝히고 있을 때 추월각의 고아들도 삼삼오오 손을 잡고 연좌에 참여했던 것이다.

서문추월이 죽은 이후 개봉부의 이름 높던 노니(老尼) 무진 사태(無盡師太)는 추월각의 아이들을 맡아 기르다 서문추월의 죽음에 얽힌 사연을 듣고 아이들을 데리고 연좌에 참여했다.

아이들의 손에는 연등제(練燈祭) 때 쓰였던 황촉 도막이 들려 있었고 백여 명의 아이들이 불을 밝힌 촛불의 향기는 어른들의 분노를 더욱 일깨우는 기폭제가 되었다.

그날의 연좌를 마무리하며 한광후는 생활의 여유가 있는 참여자들에게 평화를 상징하는 촛불을 들 것을 제안했다. 황촉은 꿀을 짜낸 찌꺼를 끓여 만든 밀랍(蜜蠟)으로 만드는지라 일반 부민들에겐 사치품에 가까웠기 때문이다. 훨훨 타는 관솔불이 분노의 상징이라면 조용히 자신의 몸을 녹여 불을 밝히는 촛불이야말로 이 연좌의 본의에 참으로 어울린다 할 수 있었다.

그 후로 많은 참여자들이 찻잔과 초를 갖고 다녔다. 바람이라도 불어 촛불을 꺼뜨릴까 봐 찻잔 안에 초를 고정시켜 세우는 것이 유행처럼 번져 갔다.

한광후의 손에 이끌려 단상으로 중년의 사내와 네 명의 소녀가 올라왔다. 다소 어색한 듯 주위를 살피는 다섯 명에게 군중들은 따뜻한 박수로 격려해 주었다.

박수 소리에 힘을 얻은 듯 중년의 사내가 천천히 말을 꺼냈다.

"저는 낙양에 사는 우이국(禹伊局)이라 합니다. 여기 있는 아이들은 제 딸자식들입니다."

좌중에서 '어, 힘도 좋지' 하는 우스갯소리가 튀어나왔다.

소녀들이 날아갈 듯 대례를 올리자 사람들이 모두 박수를 치며 환호했다. 하나같이 어린 십대의 소녀들이었다.

"처음 미령, 효령 소저의 비보를 듣고 딸자식을 키우는 사람으로서 남의 일 같지가 않았습니다. 돌아가신 심명조 학사님의 마음이 어떠했을지 감히 짐작도 가지 않습니다. 하루아침에 금쪽 같은 손녀 둘을 멀쩡한 백주에 잃었으니 얼마나 애통하셨겠습니까? 피를 토하고 돌아가신 그 마음이 안타까워 잠 못 이루곤 했습니다. 여기 있는 제 딸들도 슬퍼 눈물을 흘렸지요. 미령, 효령 소저보다 조금 어린 아이들이지만 자신의 친구가 죽은 듯 슬퍼했습니다."

나란히 촛불을 받쳐 들고 있는 네 딸들을 보던 우이국이 말을 이었다.

"자식을 키우는 분들이 얼마나 조마조마한 세상입니까? 언제 무슨 일을 당할지 모르는 흉악한 세상이 되었습니다. 심지어 관도를 걷다가도 마차에 깔려 죽는 세상이 되었으니 정말 억장이 무너질 지경입니다. 낙양의 연좌에 참여하다가 꼭 한 번 개봉에 와야겠다고 생각했었습니다. 고인들의 마지막 친인인 심의령 공자도 위로하고 싶었고 개봉부 관저에 직접 와 작은 힘이라도 보태고 싶었습니다. 다시 이런 일이 일어나지 말라는 보장이 어디 있습니까? 자신들의 권력이 누구에게서 나왔는지, 누가 자신들의 봉록을 주고 있는지 모르는 무지한 권력자들에게 저도 한마디 하고 싶었습니다. 더불어 이 잘못된 세상을 바로잡는 데 조그마한 일조라도 할까 하고 나왔습니다. 여러분! 우리 이런 일이 다시는 일어나지 않도록 모두가 조금씩 노력합시다. 우리 자식들이 마음 놓고 세상을 돌아다닐 수 있도록 우리 부모들이 앞장섭시다!"

우이국의 솔직하며 진솔한 고백이 끝나고 다시 한 번 네 딸들과 함께 군중을 향해 인사를 올리자 모두들 박수와 함성을 올렸다. 이 자리에 모인 대부분의 사람들의 마음이 바로 우이국과 같았던 것이다.

그들은 복잡한 정세도 몰랐고 무림과 관부의 힘도 제대로 모르고 있었지만 그들이 이 자리에 나선 것은 우이국과 같이 단순한 양심의 부름에 화답한 것이었다.

그동안 개봉 연좌는 여러모로 확대되어 가고 있었다.

관부에 의해 억울한 피해를 입은 사람들의 고백이 이어졌고 천패궁에 피해를 입었던 사람들도 나서서 자신들이 당한 억울한 사연들을 토로했다.

권력과 무력이란 얼마나 많은 이들의 눈에서 피눈물을 흘리게 했더란 말인가? 고금을 막론하고 자신들에게 내린 힘을 섣불리 남용해 힘없는 백성을 탄압한 예는 얼마든지 있었다.

강호무림의 평화를 유지한다는 명목으로 그간 천패궁이 자행해 온 온갖 추잡한 모략과 폭력이 폭로되었고 성토되었다. 이제 개봉 연좌는 효령이, 미령이의 죽음뿐 아니라 억울하게 희생된 다른 원혼을 위로하는 묵념도 빼먹지 않게끔 되었다.

일렁이는 횃불과 촛불 사이로 개봉부의 밤을 밝히는 기루(妓樓)의 기녀들이 품 안에 한가득 꽃을 안고 관저의 대문 앞으로 모여들었다. 평상시와는 달리 간단한 화장을 한 기녀들은 대문 앞에서 저마다 헌화(獻花)를 시작했다.

관저의 대문 앞에는 곱게 단장한 꽃다발이 수북이 쌓여갔다.

수수하게 차려입은 아름다운 기녀 한 명이 의령의 앞으로 사뿐히 다가와 인사를 건넸다.

"저는 고화(高華)라는 기녀입니다. 비록 저희들이 웃음을 파는 처지지만 같은 또래 소녀들의 억울한 죽음을 그냥 보아 넘길 수가 없었어요. 저희들의 꽃이라도 더럽게 여기시지 않는다면 효령, 미령 소저의 영전에 헌화를 하고 싶었답니다."

의령은 두 손을 모아 정중하게 고화에게 포권을 취했다.

"천만의 말씀입니다. 두 동생도 하늘에서 기뻐할 것입니다. 정말 고맙습니다."

의령의 인사를 받은 고화는 살풋 얼굴을 붉히며 고개를 숙이곤 총총히 동료들의 곁으로 돌아갔다.

바야흐로 개봉부 관저 앞은 신분도, 나이도, 성별도 초월한 뜨거운 가슴들만이 만나는 광장(廣場)이 되어가고 있었다.

이 광경을 바라보며 흐뭇하게 미소를 짓던 한광후의 우렁찬 목소리가 울려 퍼졌다.

"다시 한 번 힘을 모아 우리의 요구를 개봉부에 전달합시다! 여러분, 이제 곧 우리의 이 연좌를 전 중원에서 지켜보게 될 것입니다. 정의의 승리, 양심의 승리, 상식이 통하는 시대를 우리가 열어젖힐 것입니다!"

한광후의 힘찬 선창을 따라 광장에 모인 인파는 그들의 요구 사항을 외치기 시작했다. 사람이 많아 중간중간에서 전달되어 꼬리에 꼬리를 무는 복창 소리가 뒤섞여 개봉부 관저가 웅웅거릴 지경이었다.

하나, 개봉부에서 벌어진 재판을 취소하고 다시 재판을 열라!
하나, 추관 위도천을 처형하고 새로운 재판을 열라!
하나, 살인자와 교사자인 마우간, 패일로, 이가려를 압송하라!
하나, 모두가 인정하는 정당한 재판을 열어 율법대로 처단하라!

꼬리를 물고 우렁우렁 울리는 긴 복창 소리가 어느 정도 정리되자 한광후는 군중을 향해 외쳤다.

"미령이와 효령이, 심명조 학사님과 서문 각주가 저 하늘에서 우릴 지켜볼 것입니다! 더 이상 고개를 숙이고 비탄에 잠겨 있을 수만은 없습니다! 힘차게 우리의 의지를 모아 흥겨운 한마당의 축제를 마련해 돌아가신 넋들을 위로하고 우리의 힘을 북돋울 때입니다!"

한광후의 외침에 군중은 힘찬 박수와 함성, 휘파람 소리로 화답했다. 장기화될 수도 있는 대규모 군중의 연좌를 흥겹게 전개하기 위해 계획된 축제의 장이었다.

"오늘은 개봉부 최대의 유행으로 떠오른 만월루(滿月樓) 무희 분들의 합창을 듣도록 하겠습니다."

한광후의 소개에 이어 단상에는 악기를 든 삼십여 명의 무희단이 올라섰다. 본래 기녀들이란 가무(歌舞)에 능숙한 법, 이제 이들은 처음으로 취객이 아닌 자신들의 의지를 담은 노래를 부르게 되었다. 개봉부의 모든 아이들도 따라 하는 개봉부의 최대 유행가였다.

"감사합니다. 만월루의 고화라 합니다. 여러분의 성원으로 저희 노

래가 전 중원에 울려 퍼질 그날까지 계속 불러 올리겠습니다. 저 하늘
에서 우리를 지켜보고 있을 효령, 미령 소저에게 이 노래를 바칩니다."
　무희단의 가운데에 선 고화의 인사말이 끝나자 힘있으면서도 경쾌
한 반주가 터져 나왔다. 요즘 최고의 인기를 끌고 있는 노래 '마차라도
처단해' 였다. 다년간 가무로 단련된 여인들의 맑고도 화창한 음색이
널리 울려 퍼지기 시작했다.

이게 무슨 일인가?
대체 무슨 일인가?
아니, 도대체 이게 무슨 소리인가?

고삐 풀린 마차 몰아
갓길 걷는 소녀들을 짓뭉개고도
무죄라니 말이 되나?

그러면 우리 아이들은 도로 위의 들쥐인가,
마차 바퀴에 깔리고도
말이 없는 고양이인가?

마차라도 처단해.
말들이라도 처단해.
이제는 정말 참을 수가 없어.

지금 당장 처단해.

개봉부 관저에 있는 하인들의 입으로 천패궁의 요인들이 재수없다고 마차를 버리고 간 것이 알려졌고 이에 농담 삼아 '마차라도 처단해야지' 했던 말이 전해져 노래로 만들어진 것이 이 '마차라도 처단해'였다.

무거운 연좌의 분위기를 살리고 연일 계속되는 고단한 일정에 지친 이들의 힘을 북돋기 위해 시작된 이 노래 공연은 개봉부 최고의 화젯거리이기도 했다.

아이들이 부르는 노래야말로 그 시대의 밑바닥 정서를 가장 잘 드러낸다고 하던가? 아이들이 연일 시장통에서 불러 젖히는 이 노래야말로 효령이, 미령이를 죽인 천패궁의 요인들에 대한 들불 같은 분노를 담아 중원 곳곳으로 퍼져 나가고 있었던 것이다.

＊　　　＊　　　＊

"아주 신이 났군."

이무력은 귓전으로 들리는 노래가 지겹다는 듯이 고개를 절레절레 흔들며 주소추를 응시했다.

"주 형, 언제까지 참아야 하는 거요? 이미 내 체면은 바닥을 구르고 있소이다. 더 이상 이런 식으로 농성이 계속되다간 순천부에서 나의 인책설이 거론될지도 모르오. 이런 소문은 금세 퍼지기 마련이란 말이오!"

이무력이 볼멘소리로 퉁명스럽게 쏘아붙이자 주소추는 학우선을 가볍게 부치며 미소를 머금었다.

"우리가 저들을 강제로 진압하거나 쫓아내려다가는 오히려 명분만 상실하는 격입니다. 저들의 모임을 안에서부터 붕괴시켜야 합니다. 그것만이 천패궁의 손을 빌지 않고 우리의 힘으로만 이 사태를 돌파하는 해결책입니다."

이무력은 답답한 듯이 외쳤다.

"벌써 달포째요! 이젠 관저의 하녀들까지도 저 노래를 불러댄단 말이오! 언제까지 기다리란 말이오?"

주소추는 이무력을 안쓰럽다는 듯이 쳐다보았다.

주소추가 보기엔 이무력은 함께 고난을 돌파할 수 있는 인물이 아니었다. 이제까지 탄탄대로를 달려왔기에 그의 단점이 눈에 들어오지 않았던 것이다. 필요하다면 자신을 버리고서라도 이 위기를 벗어나려 발버둥 칠 인물이었다.

'그건 안 되지. 버리는 것은 나야. 배를 버리는 것은 사공이지 승객이 아니거든.'

주소추는 속마음을 숨기며 이무력을 위로했다.

"지부대인, 이제 곧 공작이 시작될 겁니다. 조금만 더 참으십시오. 그 방법이 실패하더라도 제가 전에 말씀드린 마지막 한 수가 남아 있지 않습니까? 침착하셔야 합니다."

이무력은 머리를 감싸며 투덜댔다.

"도대체 왜 그 마지막 수를 쓰지 않는 거요? 지금 당장 분위기를 바꿀 수 있는 계책이 아니오? 왜 가만있는 것이오?"

완전히 평정을 잃은 것이 지부로서의 위엄은 보이지도 않았다. 연일 계속되는 담장 너머의 함성으로 이무력의 신경은 칼끝에 올라선 것마냥 곤두서 있었다.

주소추는 내심 혀를 찼다. 이런 것까지 일일이 설명해 주어야 한단 말인가?

"다 때가 있는 법입니다. 지금은 저들의 마음이 하나로 모아져서 제 계책도 힘을 발휘할 수가 없습니다. 그들의 마음속에 빈틈이 생기고 그들의 무리가 다툼으로 인해 분열이 일어났을 때야말로 기회입니다. 아직은 때가 아닙니다."

"저렇게 똘똘 뭉친 이들이 언제 분열한단 말이오?"

이무력의 한숨이 터져 나오자 주소추는 예의 냉랭한 하얀 웃음을 지었다.

"사공이 많으면 배는 산으로 가는 법입니다. 이렇게 무대응으로 나가면서 순천부에 손을 써 여론을 잠재우는 작업을 계속하다가 그들의 분열이 일어났을 때를 노려야 합니다. 이제 곧 저들은 분열할 것입니다. 아니, 그렇게 될 수밖에 없을 겁니다."

주소추의 웃음이 점점 짙어져 가고 있었다.

『위령촉루』 2권에 계속…